Un rival si charmant

Le rancher et la citadine

W0402539

CAT SCHIELD

Un rival si charmant

Traduction française de
JOËL MALLET

PASSIONS

HARLEQUIN

Collection : PASSIONS

Titre original :
SEDUCTION, SOUTHERN STYLE

© 2021, Catherine Schield.
© 2022, HarperCollins France pour la traduction française.

Ce livre est publié avec l'autorisation de HARLEQUIN BOOKS S.A.

Tous droits réservés, y compris le droit de reproduction de tout ou partie de l'ouvrage, sous quelque forme que ce soit.
Toute représentation ou reproduction, par quelque procédé que ce soit, constituerait une contrefaçon sanctionnée par les articles 425 et suivants du Code pénal.

Si vous achetez ce livre privé de tout ou partie de sa couverture, nous vous signalons qu'il est en vente irrégulière. Il est considéré comme « invendu » et l'éditeur comme l'auteur n'ont reçu aucun paiement pour ce livre « détérioré ».

Cette œuvre est une œuvre de fiction. Les noms propres, les personnages, les lieux, les intrigues, sont soit le fruit de l'imagination de l'auteur, soit utilisés dans le cadre d'une œuvre de fiction. Toute ressemblance avec des personnes réelles, vivantes ou décédées, des entreprises, des événements ou des lieux, serait une pure coïncidence.

Le visuel de couverture est reproduit avec l'autorisation de :
© SHUTTERSTOCK/UNIQUE VISION/ROYALTY FREE

Tous droits réservés.

HARPERCOLLINS FRANCE
83-85, boulevard Vincent-Auriol, 75646 PARIS CEDEX 13
Service Lectrices — Tél. : 01 45 82 47 47 - www.harlequin.fr
ISBN 978-2-2804-6468-0 — ISSN 1950-2761

Composé et édité par HarperCollins France.
Imprimé en janvier 2022 par CPI Black Print (Barcelone)
en utilisant 100% d'électricité renouvelable.
Dépôt légal : février 2022.

FSC
www.fsc.org
MIXTE
Papier issu de sources responsables
FSC® C159065

Pour limiter l'empreinte environnementale de ses livres, HarperCollins France s'engage à n'utiliser que du papier fabriqué à partir de bois provenant de forêts gérées durablement et de manière responsable.

À Ella et Bri,
qui m'ont remplacée l'été dernier
pour me permettre de respecter mon délai.
J'ai adoré apprendre à vous connaître.
Je ne vous souhaite que du bonheur.

- 1 -

Sienna Burns ressentit une effervescence familière au moment où leur taxi à elle et sa sœur adoptive, Teagan, s'engagea sur l'avenue bordée d'arbres au centre-ville de Charleston. Sa carrière de consultante en art indépendante l'amenait souvent aux quatre coins du monde, et elle adorait découvrir de nouvelles villes. Celle-ci la laissait sans voix. Palissades et grilles de fer abritaient des jardins luxuriants traversés d'allées en brique, de haies, et parsemés d'une abondance d'hortensias à l'ombre des palmiers. Les bâtisses pastel surchargées de jardinières aux fenêtres jaillissaient l'une après l'autre en une explosion de couleurs vives.

— C'est tellement beau ! s'exclama-t-elle face au défilé de manoirs à colonnes.

Comme sa sœur ne répondit pas, Sienna pivota, peu surprise de la trouver en train de prendre un selfie. Teagan avait depuis longtemps cessé d'insister pour se photographier avec elle. Avec ses cheveux bruns foncés et ses sempiternels complexes quant à son poids, Sienna s'était toujours considérée comme l'ombre potelée de sa jolie cadette si à la mode, aussi évitait-elle le feu des projecteurs.

— Tu devrais te prendre devant une de ces merveilleuses maisons, suggéra Sienna quand la voiture s'arrêta à un croisement. Tes abonnés vont adorer.

— Hum ! grommela Teagan, la bouche en canard pour son objectif sans daigner prêter attention à son aînée.

— Si j'avais su, je serais restée chez moi, s'énerva Sienna, éreintée. Tu as eu le nez collé à ton téléphone tout le voyage.

Elle n'avait pas trouvé le sommeil durant les huit heures de vol entre Londres et New York ni pendant les trois heures d'attente avant que Teagan la traîne dans un jet privé en partance pour Charleston.

En dépit de leur manque total de similitudes, physiques et mentales, toutes les deux se rejoignaient sur un point : elles n'arrêtaient jamais de travailler. Teagan avait su exploiter son statut d'influenceuse pour créer plusieurs entreprises florissantes, aussi passait-elle sa vie à promouvoir ses lignes de bijoux et d'accessoires ainsi que son service de maquillage à domicile.

— J'ai besoin du soutien de ma sœur.

Sans même se détourner de son portable, Teagan lui saisit la main, sa poigne de fer pour seul indice de son anxiété derrière sa mine impassible.

— Tu sais que je panique à l'idée de rencontrer les proches de ma mère biologique.

Quelques mois auparavant, Sienna avait reçu un choc quand sa sœur avait passé un test ADN et découvert qu'elle venait en fait d'une éminente famille de Charleston, en Caroline du Sud. Quant à savoir comment un riche couple de l'Upper East Side new-yorkais avait adopté ce petit bébé, cela se perdait dans des brumes mystérieuses. Cependant, d'après les quelques informations glanées par Teagan auprès de sa famille de Charleston, Ava Watts, sa mère, s'était rendue dans la Grosse Pomme dans l'espoir de devenir top model, mais n'avait fait qu'y tomber enceinte et décéder dans des circonstances tragiques. Apparemment, Ava s'était si éloignée de ses parents qu'ils avaient mis plusieurs années à découvrir sa mort et la naissance de sa fille. Entre-temps, les Burns avaient adopté Teagan, et les Watts ne purent la retrouver en raison des archives du tribunal mises sous scellé.

— Tout ira bien, affirma Sienna en lui prenant les doigts pour apaiser ses angoisses. Ils te cherchent depuis des années. Je suis persuadée qu'ils sont sur un nuage.

— Oui, mais s'ils ne m'aiment pas ?

Tant de doutes chez une femme si belle, si talentueuse… Cela ne cesserait jamais de stupéfier Sienna.

— Que pourraient-ils détester en toi ?

— Je t'adore, fit Teagan en se blottissant contre son aînée pour un peu plus de réconfort. Je ne sais pas ce que je ferais sans toi.

Le cœur de Sienna se serra.

— Heureusement que tu n'auras jamais à le découvrir.

De nouveau pleine d'optimisme, Teagan se concentra de plus belle sur son téléphone. Sienna la relâcha donc pour admirer le paysage, laissant ce spectacle si charmant recharger l'énergie sacrifiée pour sa cadette.

— Je n'en reviens pas de tant leur ressembler.

Teagan lui montrait le fil Instagram de Dallas Shaw, sa cousine. Une photo de trois blondes souriantes. Les jumelles et leur mère, Lenora Shaw, la sœur d'Ava Watts, affichaient des traits similaires à Teagan. Une pointe de jalousie piqua Sienna qui s'imagina les futurs clichés de sa cadette au milieu des trois autres, ses longs cheveux dorés et ses yeux verts ensorceleurs pour preuves de son appartenance au clan Watts-Shaw.

— Même sans test ADN, on voit d'où tu viens, fit

Sienna, écrasée par la peur et le désarroi soudain de perdre sa sœur.

— Espérons qu'ils partagent ce sentiment.

— Ne t'inquiète pas, insista Sienna, écartant ses craintes et sa peine afin de rassurer Teagan.

— J'aimerais tellement que tu restes plus longtemps, se plaignit sa cadette.

Pour autant, elle continua de parcourir la page de sa cousine, passant les photos de beaux plats pour se concentrer sur les portraits de Dallas et sa jumelle, Poppy.

— Ce sont tes retrouvailles avec ta famille disparue, lui rappela Sienna. Je préfère ne pas m'imposer.

— Ne sois pas ridicule. Ils sont contents que tu m'accompagnes. D'ailleurs... Je leur ai dit que tu resterais deux semaines.

— Quoi ? s'insurgea Sienna, choquée. Même si je pouvais me le permettre, tu ne connais pas assez bien ces gens pour profiter de leur hospitalité pour m'imposer.

— Tu plaisantes ? Tu n'as pas pris de congés en trois ans, tu mérites un peu de repos. Et leur domaine est immense. En fait, Dallas et Poppy vivent toutes les deux dans la vieille dépendance des employés. D'après tante Lenora, il y a aussi une ancienne remise pour calèches inoccupée et toute une flopée de chambres dans le bâtiment principal. Crois-moi, il y a de la place.

— Je vais m'arranger pour rester une semaine.

— Dix jours.

— J'ai apporté des vêtements pour un long week-end, rien de plus.

Et malgré toutes ses objections, sa fatigue la rattrapa. La perspective de jouer les touristes et de flâner dans ces jolies rues lui plaisait énormément. Le rythme fou de sa carrière la laissait sous adrénaline en permanence. Quel bonheur de paresser une semaine entière !

— Je t'emmènerai faire les boutiques, grimaça Teagan. Sérieusement, as-tu autre chose à te mettre que tes pantalons de tailleur et tes ballerines à talon tout fades ?

— J'ai des robes…

— D'une autre couleur que noir, gris ou bleu marine ?

Sienna ouvrit la bouche, mais réalisa la futilité de protester.

— De toute manière, tu n'as pas l'air de comprendre que mes clients comptent sur moi.

— Ne t'attends surtout pas que je croie que tout s'effondrera autour d'eux si tu ne leur déniches pas un vieux bibelot croûté et hors de prix.

Sienna entendait trop souvent de telles phrases, et cela l'agaçait toujours autant.

— Je sais que mon métier t'ennuie à mourir, mais quand toi tu te passionnes pour la mode et la beauté, figure-toi que moi, j'adore trouver l'œuvre parfaite pour les collections de mes clients.

— Ce n'est pas que ça m'ennuie, mais depuis que tu t'es mise à ton compte, on ne se voit plus jamais.

Sienna manqua d'exploser de rire. Ridicule… S'il y en avait bien une qui vivait une vie survoltée au cœur de New York, entourée d'amis jetables et de parasites sociaux, c'était Teagan. Sienna, elle, sillonnait la planète à la poursuite d'œuvres d'art. Ses sorties, elle les préférait calmes, autour d'un dîner en petit comité.

— Oh ! arrête un peu, maugréa-t-elle. Tu connais des tas de gens avec qui passer du temps, Teagan.

— Des gens, oui. La famille, c'est différent.

— Eh bien, tout ça va changer, répondit Sienna en

désignant le fil de Dallas Shaw. Je te garantis que tu aimeras tant ton nouveau foyer que tu ne remarqueras même pas mon absence.

— Et si je ne les apprécie pas ?

Teagan se figea, perdue devant la photo de trois générations de Watts, et alors Sienna fut irrémédiablement attirée par la seule anomalie sur cette mer de mèches blondes et d'yeux bleus. Un grand homme aux cheveux noirs en bataille se tenait à l'arrière, un sourire séduisant soulignant une attitude nonchalante qui éveilla l'imagination de Sienna. Elle sentit un frisson à la fois exaltant et effrayant lui parcourir le corps en réalisant son attirance pour lui. Aussi, elle préféra se libérer de son emprise.

— Alors, tu reprendras ta vie à New York là où tu l'as laissée.

— Je ne suis pas sûre de retourner à New York.

— Quoi ? Pourquoi ?

Toute l'inquiétude accumulée par Sienna depuis que Teagan avait retrouvé sa famille explosa d'un coup.

— Parce que je compte bien devenir la directrice générale de Watts Shipping.

Sienna ne trouva pas les mots en se répétant les paroles de sa sœur. L'empire multimillionnaire des Watts reposait sur une flotte de cinquante navires qui livraient des marchandises à travers le monde. Fondée dans les années 1920, l'entreprise se plaçait dans le top 100 des meilleures compagnies du pays, avec près de mille cinq cents employés sur toute la planète. Si personne ne pouvait remettre en cause la motivation de Teagan ni ses diplômes de Harvard, elle ne connaissait rien au fret maritime ni n'avait l'expérience propre à gérer une société aux revenus annuels de centaines de millions.

— Je croyais que c'était ton oncle le patron, dit Sienna. Et qu'un de ses fils reprendrait le flambeau sous peu.

Elle se demanda comment cet apollon sur la photo de famille accueillerait les ambitions de la petite nouvelle.

— Ethan, précisa Teagan en revenant sur l'image en question. Le truc, c'est qu'il a été adopté et…

Voyant où sa sœur voulait en venir, Sienna s'efforça de ne pas grincer des dents. Même si elle restait la préférée de leur père et la seule à profiter de l'énergie illimitée de leur mère, Teagan se définirait à jamais comme la pauvre rejetée. Comme si elle en devenait moins une Burns que Sienna ou Aiden, leur frère. Une telle ironie poussait toujours Sienna dans ses retranchements.

En tant qu'enfant du milieu, c'était bien elle qui aurait dû se sentir exclue, ignorée. Aiden reprendrait l'entreprise familiale. Leur mère avait adopté Teagan parce qu'elle ne trouvait pas son autre fille assez mignonne pour en faire une poupée docile à exhiber devant ses amies. Ni un garçon ni une beauté, Sienna avait fini par disparaître dans les angles morts de ses parents.

— Ainsi, tu crois que tes origines te donnent d'office le droit de diriger la compagnie.

Sienna resongea à la déception de sa cadette quand, malgré sa réussite professionnelle, Samuel et Anna Burns avaient préféré ignorer sa légitimité au profit d'Aiden.

— Je suis sûre que tu as tes chances, mais Ethan n'a-t-il pas son mot à dire ?

— Je ne vais pas exiger qu'on me donne ce poste, précisa Teagan, incapable de dissimuler sa déception passée. Je compte bien le mériter. Alors je dois essayer. Et j'y parviendrai.

— D'accord, acquiesça Sienna, compatissant pour Ethan qui allait devoir se battre pour une place qu'on lui avait promise toute sa vie. J'imagine que c'est… équitable. Mais tout ça ne me dit toujours pas pourquoi tu veux que je reste si longtemps. Tu vas être trop occupée à nouer des liens avec tout le monde et à conquérir Watts Shipping.

Elle avait prononcé ces mots sur le ton de la plaisanterie dans l'espoir de masquer sa désapprobation.

— Je pensais que nous travaillerions de concert.

Un bourdonnement désagréable résonna dans l'oreille de Sienna. L'esprit de Teagan la terrifiait parfois. Cette dernière avait hérité de la froideur calculatrice de leur mère et peaufiné ses talents depuis ses jours de reine du bal, au lycée.

— Comment ça ?

— Tu as toujours su jauger les gens. Tu pourrais m'aider à bien cerner les autres pour établir la meilleure stratégie.

— J'ai du travail, objecta Sienna, craignant déjà de se retrouver empêtrée dans les manigances de sa sœur.

— Arrête de te cacher derrière cette excuse, pesta Teagan avant d'afficher une moue infiniment pathétique. Désolée. Je suis une sale garce, mais j'ai si peur de finir seule. Tu sais que j'ai vraiment besoin de toi. Aide-moi, s'il te plaît. J'angoisse trop à l'idée de ne pas trouver ma place.

— Très bien, concéda Sienna, consciente que résister s'avérerait inutile. Je n'ai aucun contrat urgent en cours.

Teagan se mit à irradier dans la seconde, comme chaque fois qu'on cédait à ses caprices.

— Fantastique ! En plus, il y a des tonnes de musées, ici, tu vas adorer.

Cependant, Sienna réalisa peu à peu… Ce qui s'était annoncé comme un doux interlude passé à découvrir les charmes de Charleston s'évaporait déjà sous le soleil matinal.

Ethan Watts était assis dans l'élégant salon chez son grand-père, à l'ouest de Montague Street, à quelques pâtés de maisons de la rivière, l'Ashley. Il relisait le message reçu la veille au soir. Bref, allant droit au but, énigmatique et acide, le mail venait d'un expéditeur anonyme. Au départ, il avait ri de cet avertissement. Quelqu'un cherchait à semer le trouble, et Ethan ne se souciait guère des motivations floues de cette personne. Pourtant, il n'avait pas effacé le mail. Une telle menace, seul un imbécile l'ignorerait.

Teagan Burns convoite le poste de directrice générale de Watts Shipping. C'est une manipulatrice prête à tout pour obtenir ce qu'elle veut. Prenez garde. Un ami.

Même après l'avoir lu des dizaines de fois, Ethan ne savait qu'en penser. Il ne croyait pas un seul instant à la bienveillance de ce soi-disant ami, aussi valait-il mieux ne pas se ranger de son côté.

— La voilà.

Sa tante était restée collée aux fenêtres, ces vingt dernières minutes, impatiente de rencontrer sa nièce.

Ethan Watts rejoignit Lenora Shaw pour observer le chauffeur en uniforme sortir de la berline de luxe et ouvrir la portière aux passagères. Sa tante trépignait d'agitation au moment de découvrir à quoi ressemblait la fille d'Ava.

Trente ans auparavant, la plus entêtée et la plus

gâtée des enfants de Grady et Delilah Watts s'était enfuie à New York, le jour de ses dix-huit ans, malgré l'interdiction formelle de son père. Après cinq ans sans nouvelles, il avait fini par engager un détective afin de retrouver la fugitive. Ils avaient alors appris, trop tard, la mort d'Ava et l'adoption de sa fille. Ils avaient ensuite cherché cette enfant pendant près de vingt-cinq ans, en vain. La traque avait pris fin quelques mois plus tôt quand les deux parties s'étaient inscrites dans une base de données génétique.

Les doigts de Lenora s'enfoncèrent dans le bras d'Ethan quand elle vit une petite brune sortir de la voiture.

— Ça ne peut pas être elle.

— Je crois qu'il s'agit de Sienna, son aînée.

Ethan le savait, car son frère, Paul, avait enquêté sur la famille Burns. La femme en question portait une tenue très professionnelle : un pantalon noir banal et un chemisier blanc qui masquait sa taille de guêpe. Rien chez elle n'attirait trop l'attention, ni ses longs cheveux brun foncé ni son maquillage léger sur ses lèvres et traits délicats. Contrairement à sa sœur, sa présence sur les réseaux sociaux était quasi nulle et, à en croire son langage corporel ou son apparence, Sienna Burns préférait manifestement éviter les vagues.

— Ah ! s'exclama Lenora. C'est elle !

Ethan arracha son regard de la brunette juste à temps pour voir sortir de la berline deux belles jambes élancées dans de hautes bottes blanches. Alors, la si célèbre New Yorkaise fit son apparition. Cette blonde chic, vraie gravure de mode très présente dans les tabloïds et sur les réseaux sociaux, incarnait l'archétype de la fashionista de Manhattan avec sa combinaison blanche courte à rayures bleu marine et sa chevelure d'or soyeuse relâchée en un voile jusqu'à sa taille.

— Le portrait craché d'Ava, dit Lenora, d'une voix inquiète. Pourvu qu'elle n'ait pas le même caractère.

Tout le monde savait à quel point elle ne s'était jamais entendue avec sa cadette. Néanmoins Ethan s'étonna de voir sa tante se braquer en raison d'une simple ressemblance physique. Toute la famille avait toujours attendu avec impatience ces retrouvailles. Il ne pouvait imaginer que Teagan serait mal reçue, même si la mine rembrunie de Lenora éveilla en lui un certain malaise.

— Nous devrions lui souhaiter la bienvenue, proposa Ethan comme sa tante ne manifestait aucun désir d'aller la saluer.

Lenora sortit de sa sombre torpeur puis afficha un sourire cordial avant d'acquiescer.

La femme de ménage, Jillian Post, les avait devancés et ouvrait déjà à leurs invitées. Ethan et Lenora passèrent la grande arche donnant sur le vaste hall au moment où Teagan franchissait le seuil toute seule. Jillian jeta un coup d'œil à l'extérieur et lui murmura quelque chose.

— Elle avait une affaire urgente à régler, lui expliqua Teagan, apparemment agacée.

Quand la porte sculptée se referma derrière elle, bloquant le soleil de juin, la fashionista ôta ses énormes lunettes noires pour jeter un bref regard à la demeure avant de se concentrer sur ses hôtes.

— Bienvenue à Charleston, la salua Lenora, reprenant les choses en main pour ne pas laisser un silence pesant s'installer. Lenora Shaw, ta tante, et voici ton cousin Ethan.

— Quel bonheur de vous rencontrer !

Les lèvres de Teagan dessinèrent un sourire parfaitement photogénique, mais ce regard froid et inquisiteur à l'encontre d'Ethan lui rappela ce message anonyme.

— Quelle gentillesse de m'avoir invitée.

— Tu es ici chez toi, lui assura-t-il, d'un ton jovial forcé dans l'espoir de compenser la réserve de sa tante. Nous sommes ravis de t'accueillir.

— Tout à fait, surenchérit Lenora en observant le style sophistiqué de la nouvelle venue. Je t'en prie, mets-toi à l'aise. Ton grand-père va bientôt arriver.

— Grady a tellement hâte de te connaître, continua Ethan. Il te cherche depuis si longtemps.

— Il me tarde, à moi aussi, se réjouit Teagan en les suivant dans le salon.

« Teagan Burns convoite le poste de directrice générale de Watts Shipping. »

Ethan chercha sur le visage de sa cousine la dualité dont on avait voulu le prévenir, mais ne trouva qu'une joie empreinte de nervosité. Cela lui parut tout à fait normal. Toute la famille s'était mise à bouillonner en apprenant son existence. Ce moment décisif baignerait dans la tension. Que se passerait-il s'ils n'aimaient pas la fille d'Ava ou inversement ? Et s'ils l'appréciaient sur-le-champ, mais qu'elle préférait rester à New York, incapable d'oublier sa vie palpitante ? Et si elle était un monstre et choisissait de s'installer à Charleston ? La dynamique familiale changerait-elle ?

— As-tu déjà visité Charleston ? lui demanda Lenora en l'invitant à s'asseoir sur le sofa damassé bleu pâle où Ethan se trouvait encore quelques minutes plus tôt.

— Je sors rarement de New York, avoua-t-elle, s'imprégnant des lieux…

Dressait-elle une liste des objets de valeur pour évaluer son héritage ?

— … et en général, je pars à Los Angeles ou dans les Caraïbes.

— Où est ta sœur ? s'enquit Ethan en repensant à la femme de tout à l'heure.

Les yeux verts de Teagan se posèrent aussitôt sur lui.

— Elle appelle un client. Elle ne devrait pas tarder.

Cerné de toute part par sa méfiance comme par une meute de vautours affamés, Ethan ressentit l'envie subite de prendre l'air.

— Je vais voir si tout va bien.

Laissant les deux femmes faire connaissance, il sortit pour découvrir ce qu'il était advenu de Sienna Burns. Il la trouva dehors, assise tout en bas des marches, dos à la porte, un ordinateur portable en équilibre sur les genoux. En la rejoignant, Ethan observa le chauffeur décharger un impressionnant assortiment de bagages crème.

— Bonjour, dit-il une fois assez près d'elle.

La petite brune sursauta, trop absorbée par son travail pour l'avoir entendu approcher, et se cramponna à son ordinateur pour ne pas le faire tomber. Elle leva la tête, les paupières plissées en raison du soleil aveuglant.

— Oh ! bonjour, le salua-t-elle en refermant l'appareil pour le ranger dans le sac à ses pieds.

Ethan s'étonna de sentir tout son être frémir de plaisir en remarquant son parfum de vanille accentué par la chaleur. De plus près, il vit ses taches de rousseur timides et son rouge à lèvres presque effacé. Mais ce qui le sidéra le plus resta cette vive intelligence dans ses yeux gris-bleu.

— Ethan Watts, le cousin de Teagan.

À son grand désarroi, il se prit à lui sourire sincèrement au lieu de la bombarder de ses charmes experts.

— Sienna Burns. La… euh… sœur de Teagan.

Il lui tendit la main, estomaqué de tant vouloir la toucher. Il ne fut pas déçu lorsqu'elle lui envoya une décharge dans tout le corps en lui rendant la politesse. D'après ses yeux écarquillés et ses joues soudain écarlates, il conclut qu'elle avait ressenti la même chose.

— Enchantée, répondit-elle sans chercher à se libérer.

En vérité, elle pivota vers lui en le dévisageant. Elle parut ravie, comme si le spectacle lui plaisait. Cette démonstration d'attirance mutuelle lui titilla les sens. Bien au fait de l'alchimie sexuelle, il appréciait à la fois une conquête stimulante et une victoire facile, mais en dépit de l'audace réjouie de Sienna, il dut se l'avouer, elle ne succomberait pas forcément à son charisme du Sud. Un défi. Il ne reculait jamais devant un obstacle. C'est alors que l'avertissement à propos de Teagan lui revinrent à l'esprit.

« C'est une manipulatrice prête à tout pour obtenir ce qu'elle veut. »

Se servirait-elle de sa propre sœur ? Ce doute le pétrifia d'un coup.

— Nous avions hâte de vous rencontrer toutes les deux, reprit-il, trop conscient de devoir lui lâcher la main.

Il voulait simplement la caresser du bout du pouce. Il se rappela à l'ordre et la libéra. Sa peau le chatouilla encore un moment après coup. Sienna avait semblé boire ses paroles, surprise.

— Toutes les deux ? Mais je ne suis personne…

Ethan n'en revint pas. De la fausse modestie ou une tactique pour qu'on la rassure ?

— De toute évidence, vous êtes quelqu'un.

— Oui, bien sûr. Mais c'est Teagan la star. Moi, j'ai suivi le mouvement, rien de plus.

Cette volonté de s'effacer le poussa à se demander combien de fois on l'avait dénigrée face à sa jolie sœur si sophistiquée. Il comprenait la rivalité au sein d'une famille. Non pas qu'il se fût un jour mis en quatre pour se faire valoir devant Paul. De même, son frère vivait dans son petit monde à lui et se lançait très rarement dans ce genre d'inepties. Toutefois, en tant que cadet, adopté de surcroît, Ethan avait toujours douté de son appartenance légitime à la fratrie.

Dans le cas de Sienna, c'était différent. Elle était l'aînée. La fille biologique des Burns. S'il en existait bien une qui aurait dû se sentir à sa place, c'était elle et non Teagan. Malgré tout, cette dernière avait su s'attirer tous les avantages de leur richesse et de leur statut, laissant Sienna se fondre dans le décor.

Et par là même, elle demeurait bien la plus accessible. Celle avec qui il pourrait baisser la garde. Elle semblait exempte de toute ambition mal placée. Ethan laissa échapper un soupir, exaspéré. Il ne voulait pas se torturer à propos de complots ni même imaginer ces deux femmes se liguer contre lui.

— Peu importe, je trouve ça bien que vous la souteniez. J'imagine que ça n'a pas dû être facile.

— Cette histoire lui tient vraiment à cœur, déclara Sienna en calant une de ses mèches sur son oreille, dévoilant des ongles courts naturels. Et votre famille doit ressentir la même chose. Teagan n'en dormait plus à l'idée de vous connaître.

Comme Ethan lui adressa un sourire sincère, ses joues s'embrasèrent, donnant à son visage des couleurs nouvelles. Derrière son éducation de citadine, elle possédait une délicieuse timidité. Jouait-elle réellement un rôle dans les éventuelles manigances de Teagan pour s'approprier Watts Shipping ? Il faillit réprimer cette possibilité puis, presque immédiatement, préféra ne pas l'écarter trop vite. Ignorer la participation de Sienna dans les plans de sa sœur aurait bien pu causer sa perte au bout du compte.

« Prenez garde. »

Cela n'atténua en rien son attirance pour elle. Pis encore, ce sentiment de danger potentiel éveillait d'autant plus son désir. Il cherchait déjà un moyen de se retrouver seul avec elle pour goûter à la douceur de ses lèvres et la séduire selon les règles. S'il avait cru avoir dominé l'appétit féroce de son adolescence et de ses vingt ans, il se trompait. Il ne l'avait pas dompté, seulement endormi.

— Voilà Cory, dit-il, soulagé de voir l'employé de maison de son grand-père approcher. Il va s'occuper de vos bagages. Cory Post, je vous présente Sienna Burns. Elle séjournera dans la chambre rose. Où est votre valise ?

Sans surprise, elle désigna un sac noir, corbeau perdu au milieu des colombes. Ses bords renforcés avaient connu leur lot d'aventures.

— Vous voyagez léger. Et beaucoup, semble-t-il.

— Principalement pour affaires.

— Dans quoi travaillez-vous ? demanda-t-il même s'il le savait déjà grâce aux recherches de Paul.

— Je suis consultante en art.

— Très intéressant. J'ai hâte que vous m'en appreniez davantage.

— C'est assez banal. Beaucoup de temps à bord d'avions ou dans de vieilles maisons poussiéreuses.

Il se pencha sur elle d'un air aimable pour l'encourager à lui dévoiler tous ses secrets. Elle se mordilla la lèvre.

— Ah ! je suis sûr que ce n'est pas si ennuyeux que ça. Je parie que vous avez vu des choses incroyables. Racontez-moi la plus extraordinaire.

— Il y a deux ans, un couple de Toulouse a découvert un vieux tableau dans son grenier après une infiltration d'eau. Un de mes contacts m'a prévenue, et je suis allée en France afin d'évaluer la peinture. Elle était signée par le célèbre artiste italien, Le Caravage.

Elle s'illumina en racontant cette histoire, et son visage déjà si joli devint envoûtant.

— Merveilleux, murmura-t-il, captivé par les fossettes dessinées aux commissures de son sourire pétillant.

Tout à coup conscient des battements de plus en plus rapides de son cœur, Ethan réprima un juron. Si cet avertissement anonyme disait vrai, alors il devrait se méfier.

« C'est une manipulatrice prête à tout… »

Ethan se ressaisit. Il ne devait pas laisser une inconnue s'immiscer dans ses pensées. Pour autant qu'il sût, Teagan aurait bien pu envoyer ce message elle-même pour le pousser sur de fausses pistes. Qu'importe si Sienna prenait part à ces éventuelles manigances, elle regorgeait de mystères qu'Ethan était bien résolu à percer. En attendant, le vrai défi consisterait à dissimuler son attirance pour elle aux yeux de tous, notamment de Teagan. La laisser profiter de cette fascination entre sa sœur et lui restait trop risqué.

- 2 -

En suivant Ethan en haut des belles marches en pierre incurvées, Sienna ne put s'empêcher de penser qu'il donnerait du fil à retordre à Teagan.

— Les autres doivent se demander où nous sommes passés, plaisanta-t-il en l'invitant dans l'air frais du manoir.

— Teagan exige beaucoup d'attention, je suis sûre qu'ils nous ont oubliés.

La baisse de température et l'humidité rappelèrent à Sienna son pantalon froissé et sa transpiration. Ethan, lui, semblait imperméable à la chaleur. Elle huma l'odeur fraîche de savon attachée à sa peau puis se prit à sourire. Tout en lui l'attirait. Nul doute qu'un homme aussi séduisant et charismatique multipliait les conquêtes. À sa grande surprise, Sienna s'en moquait. Elle n'avait pas prévu de jeter son cœur dans l'arène. Si elle s'offrait des vacances, autant profiter d'un peu de bon temps. Ethan convenait parfaitement pour une aventure.

Elle flottait sur un nuage en le suivant dans le salon où il lui présenta sa famille. Elle remercia Grady, le grand-père de Teagan, pour l'invitation puis resta en retrait afin d'observer les échanges entre sa sœur et les autres. Derrière la ressemblance frappante, ils se distinguaient par leurs manières.

Teagan et Sienna avaient été élevées par une mondaine

huppée et son mari plus réservé. Derrière cette façade abordable sur les réseaux sociaux, la fashionista semblait parfois froide, voire blasée, dans la réalité. Elle montrait peu les sentiments qui l'habitaient. Cela aurait brisé l'image de perfection innée qu'elle s'efforçait de véhiculer.

Quant à Poppy, Lenora et même Grady, ils affichaient de grands sourires en parlant avec entrain de Charleston, de leurs proches et de tout ce qu'ils voulaient absolument lui montrer. Sienna finit par succomber à leur enthousiasme contagieux et se demanda si Teagan partageait ce sentiment. Puis, celle-ci sortit son smartphone pour prendre une photo avec sa cousine. Le moment parut opportun : Sienna pouvait s'éclipser. Elle tira sur la manche d'Ethan discrètement.

— Pourriez-vous me montrer ma chambre ?

Elle ne put s'empêcher de bâiller puis se couvrit la bouche en riant, légèrement gênée.

— Pardon, j'espérais me reposer dans l'avion, mais Teagan était trop nerveuse, expliqua-t-elle avant de voir l'air intrigué du jeune homme. Je suis partie de Londres, ce matin, et je n'ai pas non plus réussi à dormir.

Ils s'excusèrent et s'engagèrent dans un vaste couloir séparant la bâtisse en deux.

— Toute la famille sera là, ce soir, lui indiqua-t-il. Ils sont tous très contents de vous rencontrer.

— Combien de personnes y aura-t-il ? s'inquiéta Sienna.

— Mes parents, mon frère, Paul, et sa fiancée, Lia, tante Lenora et oncle Wiley, Grady, les jumelles, vous et moi.

— Je ne suis pas certaine d'avoir ma place ici.

— Au contraire, lui assura-t-il, apparemment étonné d'une telle remarque. Vous faites partie de la famille.

Cela lui donna du baume au cœur.

— C'est vraiment une belle maison, fit-elle, préférant se réfugier dans les politesses, surprise par tant d'émotions en elle.

— Je peux vous la faire visiter.

Elle acquiesça. Elle voulait simplement passer plus de temps en sa compagnie. Il la conduisit alors dans la cuisine où il lui présenta Jillian Post puis la guida vers la bibliothèque.

— La maison a été bâtie par Jacob Birch en 1804, lui expliqua-t-il dans l'escalier menant au premier. Theodore Watts l'a rachetée en 1898, d'où son nom de manoir Birch-Watts. Les deux mille huit cent soixante-cinq mètres carrés du bâtiment principal ont été remodelés plus d'une fois, mais toujours dans l'optique de conserver son style fédéral.

— Qui a dominé l'architecture américaine de 1790 à 1840, continua Sienna, consciente d'étaler sa science. Tout respecte un plan symétrique et se pare d'ornements minimalistes.

Elle désigna une fenêtre où les rambardes en fer forgé des balcons dépassaient légèrement.

— Hormis les porches et les accès. L'intérieur ne suit pas cette tendance et exhibe souvent des moulures en plâtre aux plafonds et dans les angles.

— Vous vous y connaissez, dit-il, sans chercher à cacher sa surprise.

Le compliment d'Ethan et ce regard en coin titillèrent Sienna. Les photos de lui sur le fil de sa cousine avaient suscité son intérêt, notamment ces clichés, pris sur le vif à bord d'un bateau, de lui musclé de partout, bronzé, cheveux aux vents, un grand sourire sur ses lèvres sculptées au ciseau.

En personne, il dégageait ce charme irrésistible pour n'importe quelle femme. Ces demoiselles de Charleston devaient toutes lui courir après. Par ailleurs, sa sollicitude éveilla en Sienna le sentiment qu'il comblait toutes les attentes de ses conquêtes sans manquer d'assouvir les siennes. Pas étonnant qu'elle dût lutter pour ne pas s'humecter les lèvres et balbutier tous les sous-entendus coquins qui lui traversèrent l'esprit.

— J'ai pris l'habitude de me renseigner quand je voyage. L'histoire locale, la scène artistique, les musées, l'architecture, et bien entendu les meilleurs restaurants. De cette manière, je profite beaucoup plus des endroits que je visite.

— Voyagez-vous si souvent ?

— En général, je suis sur les routes trois semaines par mois.

La solution la plus efficace pour chasser sa frustration grandissante de ne pas avoir de vie personnelle.

— Une aventurière solitaire.

— Je travaille tellement, je ne m'en rends plus compte, fit-elle, le sourire transformé en une grimace amère.

— Ainsi, personne ne vous attend à New York ?

Sienna ne trouva pas la force de soutenir le regard si sincère de son hôte.

— Hum ! personne, non.

Elle ne plaisantait pas au sujet de son travail. Sortir avec quelqu'un lui demandait trop de temps, trop d'énergie. Les rares fois où elle fréquentait un homme dont elle avait vraiment envie, elle préférait ne pas tourner autour du pot afin d'assouvir ses désirs sexuels. Hélas ! cela la privait entièrement d'armes quand il fallait en venir aux nuances du flirt.

Ils arrivèrent vite en bas des marches menant au

deuxième étage. Ils montèrent côte à côte l'escalier étroit, forçant Sienna à une certaine proximité avec ce séducteur. Elle trébucha, il la rattrapa par le coude. Elle le remercia d'un sourire, étonnée de sentir son cœur battre la chamade.

— Voici votre chambre.

Elle découvrit une pièce claire, lovée sous l'avant-toit, aux mansardes peintes d'un rose apaisant. Un lit à baldaquin se dressait contre le mur, et on avait placé une causeuse sous la fenêtre donnant sur les toits et l'un des nombreux clochers de Charleston.

— C'est charmant. Merci.

Elle posa son ordinateur et se retint à grand-peine de se jeter sur le lit en poussant un gémissement de lassitude.

— J'espère que vous me laisserez vous montrer les environs, dit Ethan, irradiant de joie. Charleston regorge de merveilles.

Sa voix grave résonna en Sienna tel l'orage en été, la projetant au milieu d'une tourmente sauvage et chaotique.

— Avec plaisir, répondit-elle, hypnotisée malgré elle par ses lèvres, à se demander si ses baisers étaient lents et doux ou torrides ct endiablés.

De ses belles dents blanches, il lui adressa un sourire satisfait, à peine crâneur, et lui donna son numéro de téléphone. Il ajouta également Sienna à ses contacts. Le moment vint alors pour eux de se quitter, mais elle ne parvint pas à s'y résoudre.

— Je vous laisse vous installer. On se revoit à 19 heures. Pour l'apéritif.

Une fois seule, Sienna s'effondra sur le lit douillet et poussa un long soupir. Elle observa son téléphone encore dans sa main, prise d'un frisson devant le numéro d'Ethan. Quelques secondes plus tard, elle naviguait dans ses contacts favoris.

— Nous sommes bien arrivées à Charleston, dit-elle quand Gia Milani, sa meilleure amie, répondit.

Toutes les deux diplômées d'une maîtrise en art, elles s'étaient rencontrées durant leurs débuts à l'université, où on les avait souvent prises pour des sœurs en raison de leur ressemblance et de leur lien indéfectible.

— Comment ça se passe ? demanda Gia.

— Nous n'avons pas encore vu tout le monde, mais ils ont l'air gentils.

Les larges épaules et le charme envoûtant d'Ethan s'invitèrent dans ses pensées. Dans quel enfer Teagan l'entraînerait-elle en visant la tête de la compagnie familiale ? Elle soupira. Gia dut percevoir son trouble.

— Qu'y a-t-il ?

— Je crois que Teagan va s'installer à Charleston.

Pour la première fois depuis l'annonce de sa sœur, Sienna prit quelques secondes pour intégrer cette éventualité. Elle s'angoissa plus qu'elle l'avait imaginé. Dernièrement, elle voyait à peine Teagan. Charleston ou New York, cela importait-il tant ?

— Elle s'est mis une idée absolument ridicule en tête. Elle veut diriger l'entreprise de fret maritime des Watts.

— Parce que ton père a préféré confier les rênes de Burns Properties à Aiden ?

— Certainement, oui, mais il y a autre chose, selon moi, admit Sienna en repensant au commentaire de sa sœur quant à l'adoption d'Ethan. Bien avant la décision de papa, elle s'inquiétait de ne pas être une Burns de sang. Et maintenant qu'elle a retrouvé la famille de sa mère biologique, elle doit croire que tout va changer.

— Et qu'en penses-tu, toi qui les connais un peu ?

— Elle a peut-être raison. Je t'assure, la ressemblance est frappante. De plus, ils sont tous aux anges.

Gia se tut un instant pour réfléchir à la réaction de son amie.

— Et toi, comment te sens-tu ?

— Moi ? s'exclama-t-elle d'un rire nerveux. Super ! Teagan m'a suppliée de rester plus longtemps que prévu, je vais donc séjourner à Charleston environ une semaine.

— Tu prends enfin des congés, et c'est avec elle que tu les passes ? maugréa Gia, à la fois surprise et déçue.

Sienna ne put lui en tenir rigueur. Sa camarade n'avait même pas compris pourquoi elle avait accepté de suivre sa sœur. Toujours prête à partager les peines de Sienna sans aucun jugement, Gia n'avait cependant pas la langue dans la poche quand Teagan entrait dans l'équation.

— Je m'accorde des vacances. Pour le peu que j'en ai vu, Charleston a l'air magnifique. Et il me faut une pause.

— Très bien..., concéda Gia, à contrecœur visiblement.

— Quoi ?

— Je cherche toujours à comprendre pourquoi elle t'a poussée à l'accompagner.

Cette remarque agaça Sienna, même si elle se le demandait aussi. Lorsque Teagan l'avait invitée, Sienna s'était trop réjouie pour s'inquiéter et n'avait pas imaginé les manigances de sa cadette.

— Pour le soutien moral, répondit Sienna, hésitante, dans l'espoir de ne pas se tromper.

— Je l'espère pour toi. Ce serait ignoble si elle se servait de toi.

— Pour le moment, elle cherche simplement à faire bonne impression auprès de sa nouvelle famille.

— Et à déposséder quelqu'un d'un poste de directeur général.

— Oui, bon, mais je ne lui serai d'aucune aide pour ça.

Gia souffla, pensive.

— Peut-être pas. Rends-moi service et méfie-toi, s'il te plaît.

Ethan s'assura de s'asseoir à côté de Sienna au dîner. Il comptait bien apprendre à la connaître et, éventuellement, à mieux cerner Teagan au passage. Celle-ci portait une robe courte à paillettes, parfaite pour tout grand événement mondain, mais Sienna, elle, lui opposait un ample pantalon noir sous un modeste chemisier à lacets. Face aux pendants d'oreilles de sa sœur, assortis à sa crinière dorée qui soulignait son beau visage, la queue-de-cheval et les diamants d'oreilles discrets de Sienna lui conféraient une allure plus stricte.

Toute la famille noyait Teagan de questions sur sa vie à New York, ses fameuses collections de bijoux, son service de maquillage à domicile et toutes les stars qu'elle connaissait. Ethan remarqua que Sienna ne se força pas à participer.

— As-tu dormi un peu ? lui demanda-t-il, en l'imaginant étendue sur le lit dans des poses toutes plus affriolantes.

— La trace de l'oreiller n'a pas pu disparaître aussi rapidement, fit-elle en se touchant la joue d'un geste décomplexé, mais si charmant. J'aurais juré n'avoir fermé les yeux qu'une seconde, mais je me suis réveillée deux heures plus tard. Je crois que je commence à me faire à l'idée de ces vacances. Je dois faire attention, ou mes clients vont penser que je les ai abandonnés.

Était-elle aussi facile à cerner qu'elle le paraissait ? N'était-elle qu'une simple amatrice d'art acharnée qui avait su se servir de ses liens familiaux pour bâtir sa carrière ? Le dossier que Paul avait monté sur Teagan abordait à peine la situation financière et l'image publique de ses proches. Dans le cas de Sienna, cela se résumait à son site professionnel et à quelques références dans des magazines.

Pour avoir rencontré les deux sœurs, il comprenait les mystérieux avertissements au sujet de Teagan. Cependant, la joie timide et les silences de Sienna masquaient-ils réellement un esprit calculateur ? Difficile à croire. Et pourtant, cela ne la rendait-il pas plus dangereuse encore ?

— J'imagine que je vais devoir m'assurer que tu te reposes et passes du bon temps pendant ton séjour, fit-il en lui donnant un coup d'épaule taquin.

— C'est gentil, mais ne te sens pas obligé si tu as du travail. Et tu risques de trouver mon programme ennuyeux à mourir. Je compte visiter tous les musées de la ville et découvrir chaque artiste de la région.

Le repoussait-elle pour mieux le séduire ? Dans ce cas, sa stratégie fonctionnait, même si son attirance pour elle lui donnait la force de tout endurer.

Il se pencha sur elle d'un air de comploteur et fut immédiatement récompensé quand elle rougit.

— Je dois t'avouer quelque chose… Je n'ai jamais mis les pieds dans la moitié des musées de la ville. Une honte, non ?

Ses yeux perdirent de leur éclat. À sa manière de le dévisager, elle semblait ne pas comprendre pourquoi il flirtait avec elle. Pourquoi cette réaction ? Ne percevait-elle pas l'alchimie entre eux ? Sans la quitter du regard, il songea aux autres femmes présentes. Si Sienna Burns n'était certes pas la plus belle ni la plus élégante, sous son calme apparent elle vibrait de passion et de détermination. Ethan devait simplement trouver le moyen de s'attirer cette ferveur. Alors il saurait comment déjouer les plans de Teagan.

— Je ne peux pas t'accaparer, ajouta-t-elle, de plus en plus irrésistible à mesure qu'elle essayait de le repousser.

— Ce n'était pas de la fausse politesse quand je te proposais de te faire visiter les environs. Je ne voudrais pas que tu gardes un mauvais souvenir de notre belle Charleston.

— Dans ce cas, j'accepte volontiers.

Content d'avoir réussi la première phase de son plan visant à diviser pour mieux régner, Ethan jeta un coup d'œil à Teagan ; elle les observait. Il pensa déceler une infime lueur opportuniste dans le vert de ses iris. Il ancra son regard au sien et hocha la tête d'un geste évocateur. Elle esquissa un sourire avant de reprendre sa conversation avec Dallas.

Plus tard, quand tous s'installèrent dans le confort de la bibliothèque, Ethan proposa à Sienna une balade dans la propriété. Elle se tourna brièvement vers sa sœur, cernée par les jumelles sur un sofa de velours bleu. On aurait dit des triplées. Sienna sembla pensive tout à coup, et une anxiété familière transperça la poitrine d'Ethan. Seul membre de la famille à ne pas être blond, il comprenait trop bien la sensation de se sentir exclu.

Personne ne remarquerait leur absence, aussi passèrent-ils la grande porte double donnant sur la terrasse. Ils descendirent un escalier en colimaçon en fer forgé et arrivèrent sur une allée de brique longeant la demeure. Plusieurs chemins serpentaient vers les jardins, la piscine et les annexes au fond de la propriété.

— Le terrain s'étend sur près d'un demi-hectare, lui apprit-il en dépassant des buis et des fleurs variées. Il abrite le bâtiment principal, l'ancienne remise pour calèches et ce qui servait de quartiers aux employés. C'est là que vivent les jumelles, si jamais tu cherches après elles.

Les ors intenses du soleil couchant filtraient à travers la végétation dense tandis qu'ils déambulaient lentement sur un sentier de gravier. Sienna poussait de petits murmures enchantés à mesure qu'elle découvrait le jardin où se mêlaient des inspirations classiques et plus sauvages, entretenues des heures et des heures durant par des paysagistes. Peu intéressé par la botanique, Ethan se demandait, lui, quelle tactique emprunter.

Il avait envisagé de se lancer dans une vibrante série de questions sournoises pour la pousser à révéler les plans de Teagan. Seulement, la voir effleurer les feuilles luisantes et les pétales fragiles le fit changer d'avis. La déstabiliser grâce à sa sensualité latente s'avérerait plus amusant.

Il n'avait jamais fantasmé sur les bibliothécaires et même s'il avait entendu dire que le cerveau comptait parmi les organes sexuels les plus importants, il s'intéressait plus souvent au corps des femmes. Aujourd'hui, cependant, enivré par le doux parfum fleuri de Sienna, captivé par sa façon de se mordiller la lèvre quand elle réfléchissait, il eut l'impression de s'être trompé tout le long de sa vie. Il se la dessina alors dans une jupe fuseau moulante, sa poitrine opulente trop serrée dans un chemisier blanc. Et pour couronner le tout, dans sa vision charnelle, elle portait d'irrésistibles talons aiguilles et de grosses lunettes qu'elle ôtait en faisant sauvagement cingler sa chevelure libérée de son chignon strict.

— As-tu apporté ton maillot de bain ? lui demanda-t-il comme ils approchaient l'espace ouvert où la piscine scintillait tel un joyau turquoise. Dallas et Poppy s'adonnent au yoga sur paddleboard, le matin. C'est Lia qui les a initiées quand elle est arrivée pour aider mon grand-père à se remettre de sa crise cardiaque. Elles seraient sans doute ravies que Teagan et toi vous joigniez à elles.

— Je lui en parlerai, dit Sienna, hésitante. À propos de Lia… Je peux te poser une question ?

Sa curiosité le rendit nerveux. Il avait baissé la garde au cours de la promenade.

— Je t'en prie.

— Je ne voudrais pas vous manquer de politesse, mais j'aimerais savoir…

Elle fixait le cabanon de la piscine, comme pour mettre de l'ordre dans ses idées.

— Quand j'ai demandé à Lia comment elle avait connu Paul, elle m'a raconté une histoire assez troublante.

La première manœuvre de l'attaque en tenaille des sœurs Burns. Sienna remuait la crasse pour laisser Teagan porter les coups. Mais bon, ce n'était pas comme si personne ne savait comment Lia était entrée dans la famille.

— La santé de Grady se détériorait à vue d'œil après sa crise cardiaque, et tout ce qu'il désirait, c'était revoir sa petite-fille, l'enfant d'Ava, avant de mourir. J'ai persuadé Lia de jouer la comédie dans l'espoir de le rendre heureux.

— Alors, l'histoire était vraie. Excuse-moi, mais ce n'est pas banal comme idée.

— Sur le moment, ça me paraissait la meilleure chose à faire, fit-il, honteux en se rappelant à quel point la situation avait dégénéré. Un simple stratagème pour apaiser la peine d'un vieil homme. Mais Lia est une bénédiction. Après seulement quelques jours avec lui, il allait déjà mieux.

— C'est ce que disait ton frère, précisa-t-elle en le regardant avec intensité.

— J'ai cru que Paul allait me tuer quand il est rentré d'une conférence et a découvert le pot aux roses.

— Mais la guérison éclair de ton grand-père a dû le ravir.

— Certes, sans compter les fiançailles qui ont découlé de cette histoire.

— Même si ça n'a pas dû être facile sur le coup. Ce doit être légèrement gênant de tomber amoureux de sa prétendue cousine.

« Légèrement gênant » ? Ethan savait quel enfer avait traversé son frère. Il n'arrivait néanmoins pas à culpabiliser. Grady allait bien mieux, et tout cela les avait encouragés à chercher leur cousine disparue. Puis, après avoir retrouvé Teagan, Ethan avait lui-même décidé de subir un test génétique pour savoir si quelqu'un l'attendait quelque part.

— Comment ont-ils appris la vérité ? s'enquit Sienna, arrachant Ethan à ses pensées.

— Pourquoi t'intéresses-tu tellement à cette histoire ?

— Je me demande simplement ce que cela impliquerait pour toi et les tiens d'accepter Teagan. Après tout, ils sont tous tombés sous le charme de Lia malgré la supercherie. Se montreront-ils plus prudents ?

Des doutes tout à fait compréhensibles.

— Va savoir. Ne te méprends pas, nous étions tous ravis de retrouver la fille d'Ava. Personne ne m'a fait part d'aucune réserve. Pourquoi cette question ?

— Même si elle ne laisse pas souvent transparaître ses émotions, je sais que Teagan fonde de grands espoirs sur vous. Je ne veux pas qu'elle soit déçue.

— D'après l'ambiance à table, tu n'as pas à t'inquiéter. Teagan est une Watts pure et dure.

— C'était gentil de me faire visiter le jardin, mais je devrais rentrer, le remercia-t-elle, visiblement apaisée.

— Tout le plaisir est pour moi, affirma Ethan, surpris de ne pas vouloir la quitter. Et j'étais sincère quand je te proposais de te montrer Charleston. Commençons par un dîner, demain soir.

— D'accord.

Ce manque d'hésitation chez Sienna l'embrasa.

— Super. Je passe te prendre à 18 heures.

Ils regagnèrent la maison sous la lumière décroissante. Au pied de l'escalier en colimaçon, il lui souhaita bonne nuit.

— Merci de m'avoir mise à l'aise.

La main de Sienna s'attarda sur son bras un peu trop longtemps. Ce simple contact l'électrisa de part en part.

À en croire la réaction démesurée de son corps, Mlle Sienna Burns avait gagné cette manche. La mâchoire crispée, il laissa son regard errer sur elle plus que de raison avant de se diriger vers sa voiture.

« Prenez garde. »

De sages paroles, mais Ethan n'était pas sûr que cela suffise à le protéger.

- 3 -

Sienna s'était installée sur la causeuse douillette à sa fenêtre, son ordinateur sur les genoux. Elle étudiait une collection d'œuvres d'art mises aux enchères à Salzbourg dans deux semaines et dressait l'inventaire des articles susceptibles d'intéresser ses clients. Soudain, Teagan s'invita sans frapper.

— Du shopping s'impose, annonça-t-elle, lancée tout droit sur l'armoire de son aînée.

Elle fit la sourde oreille aux objections de Sienna, ouvrit la penderie puis l'inspecta l'air écœuré avant de se retourner.

— Tout ce qui vient de New York part à la poubelle.

Sachant que toute protestation s'avérerait stérile, Sienna posa son ordinateur et soupira.

— Tu t'es peut-être trompée en faisant tes valises, mais tout ce que j'ai apporté convient parfaitement, lui assura-t-elle en ignorant son ricanement désobligeant. Et tu n'as pas vraiment besoin de changer de garde-robe. Donc, tu cherches simplement une excuse pour faire les boutiques.

L'expression de Teagan en dit alors plus que tous les longs discours.

— Je n'ai jamais besoin d'excuse pour ça. Et tu sais que j'ai raison. Tous mes vêtements crient : « New

York ! » Je me démarque trop et je cherche absolument à éviter ça.

— Pour une fois…, marmonna Sienna trop vite et trop bas pour que Teagan l'entende.

— Je ne veux pas que ma famille me traite comme la fille de la grande ville. Je veux m'intégrer, qu'on se dise que j'ai ma place ici.

Sienna reçut alors un message. Un de ses clients venait de lui écrire par rapport aux enchères.

— Vas-tu arrêter de travailler deux minutes et m'écouter ? s'énerva Teagan.

— C'est encore à cause de Watts Shipping ? demanda Sienna en parcourant son mail avant d'y apporter une réponse brève.

— Bien entendu. Comment parviendrais-je à les convaincre de me laisser ma chance si j'ai l'air de vouloir repartir ? Je dois leur donner l'impression que je m'intègre.

Même si ce plan la mettait mal à l'aise, Sienna ne pouvait nier sa logique. Les apparences comptaient. Cela lui avait brutalement sauté aux yeux dès qu'elle avait eu l'âge de s'habiller toute seule.

Tout avait commencé par le désespoir de sa mère. Elle avait beau dépenser des fortunes pour elle dans les plus grandes boutiques de mode, Sienna semblait toujours mal fagotée. Puis, vint le lycée où, en dépit des uniformes, seuls les élèves élégants se démarquaient. Une coupe tendance, un assortiment de bijoux, des chaussures ; quelque chose chez les influenceurs les différenciait de la masse.

Inutile de préciser que Teagan imposait la mode là où Sienna, et son manque inné de confiance en elle concernant son look, se fondait dans la masse.

— Oui, bon, tu as raison, admit Sienna. Va donc faire les boutiques. Amuse-toi bien.

Elle avait espéré se débarrasser de sa sœur, mais n'en revint pas quand celle-ci posa la main sur le dos de son ordinateur pour le fermer d'un coup. Sienna eut à peine le temps de retirer les doigts pour ne pas se faire méchamment pincer.

— Hé ! à quoi tu joues ?

— Tu viens avec nous.

— Nous ? fit Sienna en posant son ordinateur. Qui d'autre t'accompagne ?

— Dallas et Poppy, bien évidemment. Et Lia.

Sienna connaissait trop bien les manœuvres de sa cadette. Dès qu'elle se retrouvait dans une situation nouvelle, elle ralliait du monde à sa cause, par ses charmes, des promesses ou du chantage en fonction du contexte. Dans ce cas précis, elle devait éviter de se faire des ennemis. Le charme et les promesses convenaient donc le mieux.

— J'ai l'impression que les filles seront bien assez nombreuses pour te conseiller…

Et te noyer de louanges.

— Tu n'as pas besoin de moi.

— Bien sûr que si, la contredit Teagan en la forçant à se lever. Toi, au moins, tu seras franche.

— Toi, tu veux mon avis sur la mode ? ricana Sienna en croisant les bras pour lancer un regard sévère à sa sœur. Arrête de mentir.

— Très bien, j'abandonne. Je savais que tu refuserais qu'on renouvelle ta garde-robe. Et je sais ce que tu vas dire. Mais très franchement, il n'y a rien de flatteur, dans tout ce que tu as apporté. Il te faut de quoi souligner tes courbes au lieu de les cacher, et des tonnes de couleurs.

Sienna baissa les yeux sur son pantalon bleu marine très pratique et son chemisier blanc. Ce n'était pas tant qu'elle se moquait de sa tenue, mais elle détestait devoir se comparer à sa sœur si glamour. Aussi avait-elle abandonné la compétition depuis longtemps.

— Je ne vois pas l'intérêt de dépenser des fortunes dans des vêtements que je ne pourrais pas porter au travail.

Teagan balaya sa remarque d'un geste.

— Ça ne te tuerait pas d'ajouter un peu de charme à ta garde-robe.

Elle prit Sienna bras dessus, bras dessous, attrapa son sac à main pour elle et la traîna hors de sa chambre.

— Et de toute manière, il te faut quelque chose de plus léger pour Charleston. Sérieusement, personne ne se retournera sur ton passage si tu ne fais pas d'efforts.

— Et que veux-tu que ça me fasse ?

Mais malgré toutes ses réticences, Sienna dut bien l'admettre, elle était ravie d'avoir été invitée. À New York, Teagan faisait toujours des millions des choses. Entre sa vie sociale effrénée et ses trois entreprises à succès, elle ne se consacrait jamais entièrement à quiconque.

— J'ai bien vu la façon dont tu baves devant Ethan, s'amusa Teagan. Si tu veux attirer son attention, il te faut une jolie robe, une nouvelle coupe de cheveux et un peu de maquillage.

— Je ne bave pas devant lui, nia Sienna, les joues rouges.

— Oh ! à d'autres ! Tu le reluquais comme le gâteau au chocolat le plus appétissant que tu aies jamais vu.

Sienna se rappela son sourire, la décharge électrique quand leurs mains s'étaient touchées pour la première fois, et elle faillit râler, mais elles atteignaient déjà le palier, et elle craignait qu'on les entende.

— Voilà de quoi t'encourager, Sienna. Je crois qu'il t'aime bien, lui aussi. Vous seriez mignons, ensemble.

— Je ne dois pas être son type, maugréa-t-elle dans l'espoir de dissuader sa sœur.

Cette dernière avait tellement l'habitude d'occuper le devant de la scène que si quelqu'un montrait le moindre intérêt à Sienna, alors Teagan activait ses charmes. Pas volontairement. Cependant, son exubérance et sa beauté la forçaient à devenir le soleil de son petit monde.

— Si on t'écoute, tu n'es le type de personne, mais nous savons très bien que c'est faux.

En vérité, beaucoup d'hommes l'avaient trouvée séduisante. Hélas ! dès leur rencontre avec Teagan, ils avaient changé leur fusil d'épaule.

— Et encore une fois, je sens qu'il a craqué pour toi, Sienna.

Elles sortirent par la terrasse ouverte sur les grands jardins entre l'arrière de la maison et le garage. Leurs hôtes avaient mis à leur disposition une des voitures de Grady, qui prenait la poussière depuis sa crise cardiaque.

Elles se rendirent alors au salon de beauté de Poppy. Sienna aurait dû sentir le coup fourré, mais elle ne comprit la manigance qu'une fois assise de force devant un miroir. Là, on lui imposa une coupe de cheveux tendance et même des mèches. Tandis que sa sœur et ses nouvelles cousines discutaient d'elle comme d'une poupée de chiffon, elle savoura tout de même du vin blanc et rendit les armes pour sa transformation. Une heure et demie plus tard, elle s'observait dans la glace, ravie par les boucles caramel qui donnaient du volume à sa coiffure.

— Tu as des cheveux magnifiques, la complimenta Poppy, visiblement contente de son œuvre. Il fallait simplement rafraîchir un peu le tout.

Quel euphémisme… Son deuxième verre à la main, Sienna se reconnaissait à peine. Avait-elle vraiment abandonné tout espoir au point de ne même plus essayer d'être élégante ? Manifestement. La femme souriante dans la glace paraissait non seulement jolie, mais également plus heureuse.

Légèrement décontenancée, elle se leva pour aller payer Poppy qui refusa en riant.

— C'est gratuit pour la famille.

Décidée à lui rendre sa gentillesse un jour ou l'autre, Sienna emboîta le pas aux autres en direction des boutiques de mode. Ce qui suivit se résuma à une tornade floue de vin et de bien trop de vêtements pour elle. Vers le milieu de son troisième verre, Dallas et Lia les rejoignirent, sans se priver de partager leur avis. Le quatuor empilait tenue sur tenue dans la cabine d'essayage, laissant à peine à Sienna le temps de comprendre qu'elle avait déjà adopté cinq ensembles similaires aux leurs.

Enfin, après avoir répété l'opération plusieurs fois dans d'autres boutiques, elle avait acheté plus de vêtements en un après-midi qu'en toute une année. Elles déposèrent leur butin à la voiture avant de se rendre au bar préféré des jumelles, situé sur un toit. Savourant un martini fruité, Sienna observa le paysage et profita du fait d'appartenir à la bande de Teagan. Bien sûr, cela ne durerait pas, elle le savait. Sa sœur n'agissait jamais par pure bonté et ne tarderait pas à révéler ses intentions réelles.

— À la nouvelle Sienna, fit Teagan en levant son verre. En espérant qu'une certaine personne la remarque.

Tandis que les autres trinquaient avec elles, Teagan ancra son regard à celui de Sienna et afficha un sourire malicieux. Sans avoir jamais douté de la perfidie de sa cadette, un frisson lui parcourut tout de même l'échine. De toute évidence, on allait la jeter en pâture à Ethan, mais dans quel but ? Elle ne pouvait pas exiger de réponse. Teagan se défilait comme une anguille quand on la forçait à parler. Sienna devrait rester vigilante et espérer que lorsque le couperet s'abattrait, elle le verrait assez tôt pour l'éviter.

Ethan monta les marches deux par deux, pressé de retrouver Sienna Burns et de lui soutirer des informations sur sa sœur. Il la trouva dans la salle à manger, occupée à taper quelque chose sur son ordinateur. Il songea tout d'abord qu'elle ne plaisantait pas quand elle disait ne jamais s'arrêter de travailler. Puis, une deuxième pensée se mit à germer lentement dans son esprit. Tandis que son regard se perdait sur elle, ses sens se reconnectèrent à son cerveau, si bien que ce fut son corps, et non plus sa raison, qui décida de sa réaction devant la transformation de la jeune femme.

Quelqu'un, sans doute Poppy, lui avait fait une couleur pour mettre en valeur son teint crème parfait. Adieu, la queue-de-cheval brune. Bonjour, les boucles chocolat aux reflets caramel autour de son visage ovale, attirant toute l'attention sur ses yeux gris-bleu et ses lèvres pulpeuses.

Mais ce n'était pas tout. Son uniforme utilitaire, pantalon noir et haut blanc, avait cédé la place à une robe florale en organza aux tons pêche et corail pour mieux rendre hommage à ses courbes voluptueuses. Des ruchés couraient le long du corsage en V et attiraient l'attention sur sa poitrine rebondie, offrant une vue plongeante sur son ample décolleté. Féminine, abordable. C'en était presque au point qu'il devenait impossible de ne pas vouloir l'embrasser. Il désirait passer les doigts sur sa taille fine pour se coller à elle. Se régaler des délices charnels de sa douce poitrine écrasée contre son torse.

Par tous les diables ! Le simple fait de la contempler l'excitait. Ethan se ressaisit, il dut lutter pour afficher une expression de sincère gentillesse. Cela ne lui servirait à rien de l'effrayer en un instant à cause d'une œillade lubrique. Il garderait cela pour plus tard.

— Salut, dit-il, d'une voix un peu rauque avant de se racler la gorge. Tu es prête ?

— Une minute, s'excusa-t-elle sans se détourner de son écran. Un client aimerait une œuvre qui part aux enchères dans deux semaines. J'essaye de tâter le terrain pour lui donner un aperçu du prix.

— Prends ton temps, répondit-il, ravi de l'admirer quelques instants supplémentaires. Jolie robe. Elle est neuve ?

Elle grimaça. À cause du compliment ou du message ? Il l'ignorait.

— Oui, répondit-elle en le regardant enfin. Pourquoi ?

Son expression quand elle le fixa en retour lui fit l'effet d'un coup de poing venu de nulle part. Elle esquissa un léger sourire appréciateur. Le cœur d'Ethan s'emballa, il ne savait pas s'il devait refouler cette attirance ou la canaliser afin de découvrir ce que Teagan complotait. Sans ce satané mail, il se serait sans problème amusé avec Sienna. Son mélange d'intelligence et de naïveté représentait une tentation si nouvelle.

Chez Teagan, chaque mimique ou parole sentait le

factice. Dans ses yeux verts, Ethan avait perçu un esprit froid, manipulateur, calculateur. Il n'avait donc eu aucun mal à croire sa volonté de s'approprier Watts Shipping.

Sienna, elle, restait bien plus complexe. Un instant, elle rougissait à une remarque, et la seconde d'après elle donnait l'impression d'adorer s'abandonner à des ébats débridés. Et quand il pensait enfin la percer à jour, elle se retranchait derrière son intellect, derrière des faits et des remarques innocentes. Avait-il déjà connu femme plus mystérieuse ? Qui était la vraie Sienna Burns, et comment l'exploiter à bon escient ?

— Parce que… tu as oublié de couper l'étiquette, reprit enfin Ethan en comprenant qu'il s'était tu trop longtemps.

Elle se lança alors dans une danse chaotique à la fois comique et charmante. Ethan se maudit de rire. Il aurait dû lui indiquer où dépassait l'étiquette en question. Effleurer de si près le galbe de son sein aurait sans nul doute provoqué un effet des plus prévisible en eux. Cependant, il resta immobile et l'observa se contorsionner dans tous les sens et lui offrir un aperçu toujours plus généreux de son corsage jusqu'alors caché par les ruchés.

Impossible de passer une soirée avec elle sans céder à la tentation.

Elle se rendit dans la cuisine en quête de ciseaux, et il en profita pour loucher sur l'écran de l'ordinateur. Il ne détecta aucun message entre elle et sa sœur. Il ne s'était pas attendu à trouver quoi que ce soit de compromettant. Elles devaient être assez malignes pour effacer les preuves.

Sienna revint assez vite, le bas de sa robe flottant à hauteur de ses genoux, attirant le regard d'Ethan sur ses mollets fins. Elle allait pieds nus, ses sandales corail abandonnées loin sous la table. Elle devrait ramper pour les attraper. Il se mit à genoux devant elle puis les saisit par la sangle avant de les poser à ses pieds, tout à coup hypnotisé par ses douces jambes pâles.

— Merci, souffla-t-elle d'une voix éraillée en se mordant la lèvre comme si elle ignorait quoi faire de son attirance évidente.

— Aucun problème.

Il n'avait jamais été si sincère. Apparemment déconcertée de ne pas le voir se relever, elle se laissa tomber sur sa chaise. Ainsi à genoux à ses pieds, il l'empêchait de lacer ses sandales, si bien qu'ils s'observèrent, gênés, jusqu'au moment où il se ressaisit et recula.

Sa simple présence lui nouait le ventre. Et si ses longs cils se mettaient à papillonner, alors il perdrait la raison. Face à l'air curieux, inquiet et perplexe de Sienna, Ethan crut vaciller. Soit elle jouait très bien la comédie, soit elle se trouvait au-delà de toutes celles qui l'avaient séduit.

En matière de sexe, il aimait les femmes expérimentées et entreprenantes. Il s'embarrassait rarement de gêne ou de mélodrames. Sa réputation de célibataire indomptable le précédait à Charleston.

Il avait déjà décidé d'user de tous ses charmes sur Sienna et espérait obtenir sa confiance, lui faire baisser la garde pour l'interroger au sujet de sa sœur. Il ignorait encore jusqu'où il devrait aller. Coucher avec elle s'imposerait comme la cerise sur le gâteau de sa vie sociale surchargée, mais parviendrait-il à rester indifférent ?

— Tu es prête ?

— Je dépose mon ordinateur dans ma chambre et je prends mon sac à main.

En l'attendant, il sortit son téléphone pour relire le dernier mail de son contact anonyme.

Sienna sait parfaitement analyser les autres. Attention à ce que vous lui révélerez. Un ami.

Le contenu du message inquiétait peu Ethan. Néanmoins ce prétendu ami semblait en savoir trop sur lui. Qui cela pouvait-il être ? Sans doute pas un proche. Quiconque tenait à lui n'aurait pas eu recours à de telles méthodes, mais serait venu lui en toucher deux mots. Par ailleurs, ce conseil n'était pas très pertinent. Ethan se dévoilait rarement à ceux en qui il avait confiance. Il n'allait donc pas céder la clé de ses pensées à une femme qu'il venait de rencontrer.

Quand Sienna redescendit, Ethan avait établi sa stratégie. Ils iraient dans un restaurant romantique et, ainsi comblés par un succulent repas et de charmants échanges, ils se promèneraient au clair de lune où, enfin débarrassé de cette table entre eux, il donnerait à Sienna d'appétissants indices sur les plaisirs qui l'attendaient. Tout cela pour la pousser à tout avouer dans les vapeurs exaltantes de l'extase.

- 4 -

Ils passèrent par un portail en fer forgé puis remontèrent un jardin à la végétation dense sur un chemin de brique sinueux avant d'arriver au restaurant choisi par Ethan. Sienna eut l'impression de s'aventurer dans un lieu secret. À l'intérieur, un mélange d'ancien et de neuf rendait l'atmosphère chaleureuse. De grands lustres contemporains réchauffaient les tons nacrés, sur les murs soulignés de rideaux de velours pendaient des portraits vieux de plusieurs générations.

L'hôtesse les guida jusqu'à une petite table isolée dans un coin. En s'asseyant sur la banquette, Sienna se rendit compte que si elle disposait d'une vue sur tout le restaurant, Ethan n'aurait qu'elle pour seule distraction. Cettc idée la dérangea d'autant plus lorsqu'il reposa son menu et se concentra sur elle.

— Ce restaurant te convient-il ?

Il agissait en parfait gentilhomme, un vrai charmeur, à l'emmener dans un endroit si romantique, à vérifier si elle allait bien.

— C'est parfait.

Tu es parfait. Trop parfait. Pourtant, Sienna ignorait désespérément les sirènes d'alarme dans son esprit.

— Merveilleux, se réjouit-il d'un sourire irrésistible qui réchauffa le ventre de la jeune femme. Je voulais que ta première sortie soit mémorable.

— Ah ! Je ne doute pas qu'elle le sera, murmura-t-elle en s'imaginant en train de lui retirer sa veste de lin et d'ouvrir les boutons de sa chemise un à un.

La chaleur étouffante de Charleston lui donnait envie d'heures de sexe torride et débridé entre les bras d'un homme qui la regardait comme la plus belle femme de la Terre. Ethan Watts jouerait ce rôle à la perfection.

Sienna but un peu d'eau, résistant à l'envie de s'éventer. Elle n'avait pas l'habitude qu'on la séduise. Ou plutôt, elle se sentait mal à l'aise quand on cherchait à la charmer. La seule manière qu'elle avait trouvée de se garder des déceptions restait de sélectionner avec soin ses fréquentations et ses amants. En général, elle optait pour des hommes peu sophistiqués, pas romantiques et sans aucun lien avec sa carrière. Difficile de les prendre au sérieux, mais cela lui permettait de profiter de leur corps sans mettre son cœur ou son âme sur la sellette.

Voilà ce qui rendait Ethan si dangereux.

Elle sentait ses derniers remparts céder sous ses avances ouvertes et ses œillades aguicheuses. Non seulement elle mourait d'envie de se jeter sur son corps magnifique, mais elle distinguait également cette vivacité d'esprit sous son charme flagrant. Sexy et intelligent, un mélange destiné à éveiller toutes sortes de pulsions. Et il en déchaînait tellement en elle.

— À la première de tes nombreuses visites à Charleston, fit Ethan en levant son verre.

Comme ils avaient tous les deux opté pour les raviolis au crabe bleu, il avait suggéré de commander une bouteille de châteauneuf-du-pape. Sienna huma ses arômes floraux avant de boire. Fruité, frais, souligné d'une touche de miel, le vin blanc la fit sourire en lui coulant sur la langue.

— Ah ! un vrai régal.

— Ravi que ça te plaise.

Sa voix profonde lui évoqua des images sensuelles d'Ethan l'embrassant longuement et caressant son corps nu et brûlant.

— Passons tout de suite à l'essentiel, déclara Ethan.

— Euh… D'accord.

Sans trop savoir à quoi s'attendre de sa part, elle reprit une gorgée de vin.

— Les moules sont absolument incontournables, ici.

Ah ! Voilà donc de quoi il parlait. Plus tranquille, mais bien trop consciente de rougir, elle s'agita légèrement sur son siège. Et cela ne l'aida en rien quand Ethan sembla la dévisager comme s'il analysait la moindre de ses mimiques. À son grand soulagement, le serveur arriva pour prendre leur commande. Ce court répit offrit à Sienna le temps de se ressaisir. Ensuite, ce fut à son tour d'aiguiller la conversation.

— À quoi cela ressemble-t-il de grandir à Charleston ?

— Je pense que c'est comme grandir n'importe où.

Cette réponse toute faite en dit bien assez long. Il ne voulait pas parler de lui.

— L'école, les amis, la famille. Tu as déjà dû cerner que nous sommes très soudés.

— Oui. D'ailleurs, vous semblez tous avoir accepté Teagan comme l'une des vôtres.

Sienna marqua une pause pour mesurer ses paroles. Sans vouloir trahir sa sœur, à un moment ou un autre, sa vraie nature finirait par éclater au grand jour.

— Elle n'est pas aussi détendue que la plupart des gens du Sud. J'espère que vous êtes prêts à gérer son énergie de New Yorkaise.

— Je crois qu'elle aura une bonne influence sur mes

cousines. Elles devraient s'inspirer de sa motivation sans faille.

— Ah ! ça, elle n'en manque pas ! affirma Sienna en tentant de masquer sa pointe d'ironie. Un peu comme toi et Paul.

— Paul orbite dans des sphères bien à lui.

La fierté d'Ethan contrastait avec son air sardonique, indice de la relation complexe entre les deux frères.

— Il n'a jamais aimé que l'informatique et, bien entendu, personne dans la famille ne comprend vraiment son travail si ce n'est qu'il maîtrise son domaine.

— Vous ne vivez pas au centre de Charleston, tous les deux, je me trompe ? s'enquit Sienna, curieuse de savoir pourquoi les deux jeunes hommes avaient préféré s'éloigner du clan. Et vous habitez sur l'eau, tous les deux.

— La maison de Paul, sur l'île aux Palmiers donne sur la plage, mais moi je préfère passer le plus clair de mon temps sur l'eau à pêcher et à partager une bière avec mes amis. Chez moi, j'ai un accès direct au fleuve, il me suffit de franchir la porte pour prendre mon bateau.

Le téléphone de Sienna vibra dans son sac à main. Elle eut le réflexe de l'attraper avant de se souvenir qu'elle méritait bien une soirée de repos.

— C'est assez logique d'aimer ça quand on a grandi au milieu d'un empire de transport maritime, commenta-t-elle, bien décidée à se consacrer entièrement à Ethan.

— Je le dois à Grady. Il a un yacht à la marina. Nous y avons tous accès, mais je suis le seul à m'en servir.

Lorsque son portable se manifesta encore une fois, Sienna serra les dents et regretta de ne pas avoir éteint ce satané appareil.

— Ne devrais-tu pas répondre ? demanda Ethan, pas du tout agacé par cette interruption.

— Non, ça va.

— Mais tu aimerais bien.

— C'est surtout un réflexe pavlovien à la moindre alerte de mon téléphone. Étant donné que je traite avec des marchands d'art partout dans le monde, il n'est pas rare qu'on m'appelle à n'importe quelle heure du jour ou de la nuit. D'habitude, je leur réponds, mais ce soir je préfère te consacrer toute mon attention.

Face à son sourire ravi, elle sut qu'elle avait trouvé les mots justes. Sienna se prit à vouloir s'asseoir sur les genoux d'Ethan pour caresser son épaisse chevelure de jais.

— Quelle conscience professionnelle ! s'exclama-t-il, en inclinant la tête. Ce travail te tient-il tant à cœur ?

— J'adore l'aspect chasse au trésor. Je ne regrette jamais les heures et les heures passées à chercher l'œuvre d'art parfaite quand je découvre la mine réjouie de mes clients.

— Tu as de la chance de faire quelque chose qui te plaise tant.

— Oui, même si, de temps à autre, je redoute l'idée de reprendre l'avion.

— As-tu déjà envisagé dc ralentir et devenir conservatrice de musée ?

— Ça m'arrive. Parfois je songe à terminer mon doctorat en histoire de l'art pour me reconvertir dans l'enseignement.

— Pourquoi hésites-tu, alors ?

— J'ai un peu peur de me retrouver devant une salle pleine d'étudiants et de me perdre dans leur ennui pendant le cours.

— Je comprends tes doutes, mais tu pourrais sans doute mettre ton expérience à profit d'une autre manière.

— Effectivement, répondit-elle, mal à l'aise à l'idée de sortir de sa bulle. Cependant, je dois l'avouer, je n'ai pas encore trouvé de raison de ralentir.

— Que faudrait-il pour cela ? insista Ethan, la curiosité piquée au vif, apparemment.

— Je l'ignore.

Ce n'était pas tout à fait vrai. Depuis sa rencontre avec Ethan, elle s'imaginait des dimanches matin de paresse au lit, ponctués de conversations sans fin et d'ébats divins.

— Peut-être la bonne personne, ajouta-t-elle.

— Tu n'as pas l'air très convaincue.

Sienna regretta son impulsivité.

— Ne nous le cachons pas, il ne s'agit que de spéculations. Je ne le saurai qu'une fois que je l'aurais rencontrée.

Pour quelque étrange raison, évoquer en présence d'Ethan une relation potentielle avec un homme la mettait mal à l'aise.

— Et ce n'est pas près d'arriver.

— Qui sait ? Il est peut-être plus proche que tu ne le crois.

— C'est le problème de l'œuf et la poule, assura Sienna en secouant la tête. Je n'ai personne dans ma vie pour me pousser à ralentir, mais je ne pourrais jamais m'y résoudre tant que je n'aurais pas rencontré cet homme.

— M'est avis que de nombreux célibataires esseulés n'ont pas encore eu la chance de savourer quelques instants en ta compagnie, affirma-t-il, ses yeux bruns luisants de sensualité. Mais si tu ne fréquentes personne, comment t'occupes-tu ?

— Je passe mon temps au lit.

Comme il arqua un sourcil, elle dut préciser.

— Je dors.

Son air déçu provoqua en elle une réaction inattendue.

— Je sors avec des amies.

— Et ta famille ? Est-ce que tu la vois souvent ?

— Teagan et moi nous écrivons beaucoup, mais elle est très occupée. Quant à mes parents…

Son hésitation sembla éveiller la curiosité d'Ethan.

— Disons que je suis l'enfant du milieu, et que mes parents s'intéressent davantage à mon frère et à ma sœur.

— J'ai l'impression que tu te sens à l'écart.

S'imaginait-elle des choses ou s'était-il penché en avant comme si sa réponse lui tenait à cœur ? Elle revit les photos de famille sur le fil Instagram de sa cousine, la façon dont ses cheveux noirs et ses iris marron le démarquaient au milieu des cheveux blonds. Ressentait-il la même solitude ? Leurs situations étaient-elles seulement comparables ? Ses proches l'adoraient, c'était évident.

— En fait, je suis différente, précisa Sienna. Aiden ressemble beaucoup à mon père. Il connaît tout le monde en ville, mais se montre parfois paresseux, et son étourderie s'avère tellement agaçante par moments. Malgré tout, il est l'aîné, et le seul garçon. Pour mes parents, c'est un peu l'élu.

— Et Teagan ?

— Le soleil de ma mère. La belle blonde au corps de mannequin et au sens inné de la mode…

Tout le contraire de moi.

— Dès ses treize ans, ma mère a eu l'idée de lui lancer sa propre ligne de vêtements. Comme j'aime dessiner, j'ai fait quelques patrons pour la première collection. Puis, ma mère a malencontreusement oublié ma participation, et au moment de choisir le visage de l'entreprise c'est Teagan qu'on a placée en égérie. Elles forment un duo de choc depuis, et personne n'oserait s'imaginer que j'ai pu contribuer à leur réussite.

— Alors, tu dessines…

Elle acquiesça puis marqua une pause, soulagée de ne plus évoquer son enfance difficile. Puis, d'un sourire malicieux, elle ajouta :

— Quand je suis inspirée.

— Et qu'est-ce qui t'inspire ?

Toi. Elle l'avait déjà imaginé dans le plus simple appareil. Autant ne pas se cacher ses envies de dessiner sa glorieuse nudité.

— Principalement le corps humain. Ma thèse portait sur les courbes humaines sous tous les angles.

— Je serais ravi de te servir de modèle, lança-t-il, le regard empreint d'espièglerie. Si je t'inspire, cela dit.

Lisait-il ses pensées ? Alors, coucher avec lui dépasserait ses rêves les plus fous.

— Dans ce cas…, commença-t-elle avant d'avaler une gorgée de vin pour humecter ses lèvres soudain desséchées, trouve-moi une boutique d'art.

Après dîner, Ethan et Sienna flânèrent dans le quartier historique de South of Broad, situé au sud de la grande avenue. Ils marchaient dans la pénombre des lampadaires et de la végétation luxuriante. Une légère brise aux effluves de jasmin et de rose leur portait occasionnellement un répit bienvenu dans l'air lourd et humide. Ils déambulèrent au gré de la chaude lueur filtrée par les fenêtres des manoirs centenaires, derrière les grilles de fer et les hauts murs de brique.

Ethan adorait voir Sienna s'ébahir de la beauté des lieux tout comme il s'était délecté de la moindre bouchée de leur repas. Il appréciait sa sensualité en l'entendant signifier son admiration devant telle sculpture ou tel détail architectural. Il aimait la caresse de son bras sur le sien quand elle perdait légèrement l'équilibre en passant du macadam aux pavés.

— Tu dois t'ennuyer à mourir, s'excusa-t-elle lorsqu'ils atteignirent un croisement. J'ai l'habitude du tumulte de New York. Tout est si calme, ici.

— Si tu veux continuer, je te suis. White Point Garden et la célèbre digue la Batterie se trouvent tout près. Il fait nuit, tu ne verras pas grand-chose, mais au moins tu pourras revenir facilement le jour.

— Pour épargner mes pieds avec toutes les visites que j'ai prévues, je préférerais rentrer.

Cependant, ce qu'elle fit ensuite le surprit. Un grand mur de brique séparait la rue et un jardin. Sienna recula pour s'y appuyer, s'enfonçant dans l'ombre dessinée par des lilas. Elle saisit la manche d'Ethan du bout des doigts, une invitation si délicate qu'il aurait pu ne pas la remarquer sans la vive réaction de son corps. Espérait-elle le voir se coller à elle contre ce mur, poser les lèvres sur les siennes et la faire gémir ? Car lui en mourait d'envie. Malgré tous ses instincts, il se contenta de fixer les motifs de sa robe claire contre les briques rouge délavé, à se demander ce qui le retenait.

— Je ne voudrais pas que tu aies des ampoules à force de marcher, déclara-t-il afin de prendre le temps de savoir si elle cherchait à se reposer ou si elle se perdait sur les mêmes sentiers que lui.

S'il réduisait l'écart entre eux, l'enlacerait-elle pour l'entraîner dans son monde ?

— Ah ! soupira-t-elle d'une voix teintée d'assez

d'autodérision pour le pousser à sourire. Je suis certaine que tu as déjà dû comprendre que je ne suis pas fragile.

Il s'avança tandis qu'elle dégageait d'épaisses mèches de ses épaules et de son cou. Sa peau ainsi dévoilée luisait sous les ombres, et la bouche d'Ethan se dessécha.

— Toutefois, je dois l'admettre..., reprit Sienna tandis qu'il s'approchait encore pour s'appuyer contre le mur, avec toi, je me sens si faible.

— On pourrait le croire, avec ton petit nez et ton menton si fin, affirma-t-il en suivant du doigt les contours de son visage. Ta silhouette frêle, tes jolies mains et tes pieds délicats.

Ethan lui prit la main, paume contre paume, et les compara.

Elle passa alors le bout des ongles sous son menton mal rasé, et il sentit son cœur s'arrêter. Un éclair de désir le foudroya. Puis, le désarroi prit le relais. C'était son jeu. Sa conquête. Elle n'était pas censée pouvoir l'exciter d'un geste. C'était lui le séducteur, lui qui devait la pousser à révéler ses secrets et son corps merveilleux.

Or, il se mit à caresser les grandes vagues de sa chevelure, à savourer la douceur de la soie sur sa peau. Il plissa les yeux pour observer Sienna passer d'une curiosité aventureuse à une sorte d'impatience angoissée. Cette guerre entre ses incertitudes et son désir le troublait. Pourquoi redoutait-elle ses envies ? Et que choisirait-elle en fin de compte ?

Puis, elle se mit à glisser des doigts joueurs dans ses cheveux à lui.

— Merci pour la soirée.

Son souffle doux sur sa joue avant d'y déposer un baiser, un geste si chaleureux qui lui donna un aperçu de sa poitrine voluptueuse pressée contre son torse, lui laissa un goût d'inachevé.

Une bise amicale, réalisa-t-il, se retenant à grand-peine d'afficher sa frustration. Pis encore, il ne savait plus si elle se moquait de lui ou si sa tendresse naissait d'un sentiment sincère. Il voulut retrouver le même éclat dans ses pupilles qu'au restaurant, celui qui avait dû animer son regard à lui aussi. Le temps d'une incroyable seconde, il trouva ce qu'il cherchait. Cela lui suffit pour lui prendre la main et y déposer un baiser à son tour.

— Tout le plaisir est pour moi, lui assura-t-il, ravi de l'entendre soupirer.

Les battements irréguliers de son cœur le poussaient vers le chaos. Il mourait d'envie de sentir ses seins si doux s'écraser contre lui, de les dénuder et d'en offrir le galbe parfait à ses yeux, à ses doigts et à sa bouche.

— Non, je t'assure, murmura-t-elle. Tout le plaisir est pour moi.

Il plongea dans son regard où flottaient l'émoi et la vulnérabilité. Elle le désirait. Cela ne l'emplit pas tant de fierté que d'émerveillement. Tous ses doutes et ses envies de la piéger s'envolèrent. Lorsque cette femme entrait dans la danse, il préférait ne rien laisser s'immiscer entre eux.

— Il reste bien assez de plaisir pour deux.

Il lui saisit alors le menton pour lui lever le visage. S'il brûlait d'impatience, on ne lui offrirait néanmoins jamais de seconde chance pour leur premier baiser. Il comptait bien le rendre mémorable.

Surprise, elle ferma les paupières au moment où il posa les lèvres sur les siennes. Leur baiser le fit penser à du jazz. Un appel suivi d'un écho, d'un échange de notes claires à la trompette, une improvisation extatique au piano, le tout souligné par le battement d'une contrebasse.

Ethan la prit par la taille pour la serrer lentement, bien au chaud contre lui. C'était tout ce qu'il désirait et si peu à la fois. Le monde s'arrêta, se comprima, s'évanouit. Des visions de l'avenir lui apparurent. Un corps nu. De doux gémissements. Des caresses avides. Des lèvres enfiévrées. De gentilles morsures. Sa paume brûlante serrée autour de son érection.

Sienna fondit sous son étreinte, ses courbes généreuses dociles contre lui. Il lui lâcha le menton pour lui effleurer la nuque puis le dos. Ses pensées s'embrumèrent quand il la sentit frissonner. À cet instant, il ne voulut se trouver nulle part ailleurs. Leur place était là. Il eut le sentiment que toute son existence n'avait eut pour but que ces quelques secondes. Un premier baiser parfait avec une femme qui court-circuitait le moindre de ses neurones.

Sa peau le chatouillait là où elle le taquinait. Sur la pommette, sous l'oreille, dans le cou et la nuque. Le crescendo de cette étreinte s'apparentait tout autant au paradis qu'à l'enfer. Il lui titilla les lèvres du bout de la langue. Il se gonfla d'orgueil quand elle ouvrit un peu plus la bouche. Leurs souffles se mêlèrent. Elle avait encore le goût de la framboise et du chocolat du dessert qu'ils avaient partagé.

Alors, le hurlement d'une alarme de voiture leur tomba dessus telle une douche froide après un massage sensuel. Sienna se libéra d'un coup. Maudissant en silence cette interruption malvenue, Ethan voulut la retenir le temps d'un battement de cils avant de la sentir se crisper, et il la lâcha.

Elle scruta les environs comme à la recherche d'un

abri. Dans cette rue déserte sans aucune chance de salut, elle remit sa chevelure en place, éclata d'un petit rire nerveux puis s'écarta. Ethan, la mâchoire serrée, dut le reconnaître : l'instant s'était enfui à tire-d'aile.

— Je devrais te ramener chez mon grand-père.

S'il agissait selon les règles de la courtoisie, il espérait tout de même l'entendre lui suggérer autre chose. En fait, lui-même était sur le point de l'inviter chez lui quand elle hocha la tête.

— Il est tard, c'est vrai. Et un marchand d'art parisien doit m'appeler à 6 heures, demain matin.

— Je te croyais en vacances.

Il lui tendit le bras avant de faire demi-tour et de se remettre en marche. Elle referma les doigts sur son biceps.

— J'ai du mal à rester inactive.

Des idées sauvages lui traversèrent l'esprit, déjà prêt à lui suggérer toutes les manières dont il aurait aimé passer le temps avec elle.

— Si tu as besoin de t'occuper, alors tu as frappé à la bonne porte.

— Tiens donc… plaisanta-t-elle, à bout de souffle. Et à quoi penses-tu ?

— Et si nous allions de nouveau dîner, demain soir ? Comme ça, tu verras.

- 5 -

Le lendemain matin, Sienna se rendit au Gibbes, un musée. Installée dans un bâtiment de style Beaux-Arts depuis 1905, la collection exhibait dix mille œuvres raffinées, en grande partie liées à Charleston ou au sud des États-Unis. Sienna avait tout particulièrement hâte d'étudier le passé de la ville, depuis les avantages de la richesse et de la culture jusqu'aux affres de la guerre et de l'esclavage.

Plusieurs membres de la famille de Teagan avaient voulu l'accompagner. Elle avait refusé cependant, trop consciente que son rythme de tortue dans une galerie en frustrait plus d'un. Selon Sienna, l'art ne se résumait pas à un luxe, mais représentait la chance de se plonger dans le cœur des autres, dans le tréfonds de leur âme, afin de partager leurs émotions. Elle adorait ce moment où, face à un tableau, elle sentait son esprit s'ouvrir à un point de vue différent. Et avec tant à intégrer, Sienna avait prévu d'y passer la journée entière.

Plus tard, après avoir mangé une salade sur place, Sienna déambula dans le Lenhardt Garden, au décor classique. Puis, elle regagna l'exposition dédiée au régionalisme américain du XXe siècle et à la Renaissance de Charleston, mouvement qui fleurit dès 1915 et dura une trentaine d'années.

Elle admirait l'installation innovante de trois cents

portraits miniatures lorsqu'un parfum masculin familier lui titilla les narines. Elle tourna la tête et eut à peine le temps de voir Ethan avant qu'il lui passe un bras musclés autour de la taille pour lui déposer un baiser sur la tempe. Même si cette démonstration d'affection la perturba un brin, elle se détendit vite, là, près de lui, et savoura la force latente de son être. Dans son univers à elle, on se saluait par de faux bisous, de faux sourires. Cette familiarité chez Ethan et ses cousins avait peu à peu raison de sa réserve habituelle.

— Tu es magnifique, dit-il, le compliment s'échappant naturellement de ses lèvres fermes.

Sienna se sentait féminine et à l'aise dans sa longue robe ample, même si l'imprimé de coquelicots sur un tissu noir demeurait audacieux pour elle.

Elle se mit à rougir sans raison, à part le regard évocateur d'Ethan, qui faisait ronronner tous les moteurs de son désir.

— Merci. Tu es très beau, toi aussi.

Il portait une chemise au col ouvert à rayures bleues et blanches ainsi qu'un bermuda décontracté. Il avait remonté ses manches pour exposer ses bras solides. En toute franchise, même avec une parka et des lunettes de ski ce garçon n'aurait rien perdu de son incomparable magnétisme sexuel.

— Le musée te plaît ?

— Oui, lui assura Sienna, le souffle court, ravie qu'il ait surgi de nulle part. Tout est si incroyable, je n'ai pas vu l'heure passer. Mais que fais-tu là ?

— Je voulais découvrir les expositions à travers tes yeux, alors j'ai annulé mes rendez-vous de l'après-midi.

— J'en suis vraiment contente, mais peux-tu te le

permettre ? s'inquiéta-t-elle, se figurant déjà Teagan profiter du fait qu'il négligeait ses obligations.

— Si tu préfères rester seule..., répondit-il, l'air déçu.

— Oh ! non ! s'exclama-t-elle pour le rassurer. Ne te méprends pas. Je croyais que ce ne serait pas très intéressant pour toi. Je m'égare si souvent en observant un tableau.

— Si je m'ennuie, je t'admirerai, toi, affirma-t-il en lui embrassant le dos de la main.

Sienna ne put réprimer un gloussement déconcerté face à la chaleur de ses lèvres. Elle le dévisagea, à l'affût d'un sourire.

— Je ne parviendrai absolument pas à me concentrer, dans ce cas.

Il se fendit d'une moue malicieuse puis se tourna vers la vitrine devant eux.

— Bien, qu'avons-nous là ?

— Des miniatures. Avant l'invention de la photographie, on commandait ces petits portraits. On pouvait facilement conserver ces preuves d'amour près du cœur.

Elle désigna alors un cadre ovale d'environ cinq centimètres, serti de perles et de rubis abritant une peinture sur porcelaine d'un gentilhomme.

— Des amoureux se les échangeaient. On les portait comme un bijou au bout d'une chaînette, et on y ajoutait parfois une mèche de cheveux ou un billet doux.

En vérifiant si elle n'avait pas ennuyé Ethan à mourir, elle le saisit en train de la regarder, fasciné. Elle dissimula son soulagement derrière un sourire espiègle.

— Tu sais désormais pourquoi je préfère visiter les musées seule.

— Tu es vraiment passionnée, en fait.

— On dirait que ça t'étonne.

Il se para de tendresse.

— Tu n'as de cesse de me surprendre.

Ces quelques mots atteignirent leur but. Sienna lui passa la main autour du bras et se mit presque à ronronner en sentant son biceps sous sa paume. Son ventre papillonna alors qu'elle revivait le baiser de la veille. Y aurait-il un deuxième épisode, aujourd'hui ? Elle en ressentait assez le besoin pour s'en assurer.

— Je te retourne le compliment, reconnut-elle. Pour tout dire, chaque instant passé en ta compagnie est une merveille.

Comme il ne répondit pas tout de suite, elle craignit d'avoir effarouché ce célibataire insaisissable. Elle se creusa la cervelle pour trouver une échappatoire quand il s'arrêta, et sans comprendre ce qui lui arrivait, elle le sentit l'attraper par la taille pour la pencher en arrière comme dans un film romantique.

Là, en plein milieu du musée, Ethan lui caressa les cheveux et l'embrassa langoureusement. Elle se jeta dans leur étreinte, aussi délirante de bonheur que n'importe quelle héroïne de comédie à l'eau de rose, se laissant conquérir par les étincelles d'un baiser et l'excitation de sentir la douce force de cet homme si viril. Quand il la libéra, Sienna était à bout de souffle, la tête lui tournait, et son corps entier s'était engourdi.

— Cela va sans dire, je le crois, chuchota-t-il, les yeux posés sur ses joues enflammées et ses lèvres déliées, que moi aussi je trouve ta compagnie des plus merveilleuses.

— Tu connais toutes les bonnes répliques pour faire chavirer les filles, le taquina-t-elle en retour, curieusement heureuse de rester contre lui quelques secondes encore.

Puis, il la redressa en douceur. Sienna retrouva

l'équilibre et dut ordonner à son imbécile de cœur de se calmer tandis qu'Ethan mit encore un moment avant de la libérer. Elle poussa un soupir discret quand ils reprirent la visite, bras dessus, bras dessous. Heureusement, elle ne resterait pas à Charleston indéfiniment. Connaître la date d'expiration de cet interlude lui permit de savourer une expérience encore inédite sans la peur d'un adieu déchirant.

Une heure plus tard, ils quittèrent le musée et regagnèrent Meeting Street. Dans l'allée imitant un échiquier, Sienna s'arrêta pour se tourner vers Ethan.

— Où allons-nous ?

— À la base, je voulais t'emmener sur le yacht familial pour un dîner au calme.

— S'il y a eu un imprévu, ce n'est pas grave, le rassura-t-elle, saisissant le regret dans la voix d'Ethan. Une autre fois peut-être.

Il arqua les sourcils aussitôt.

— Chercherais-tu à te débarrasser de moi ?

— Mais non, bien sûr que non.

— Tant mieux. Tu te souviens quand je te disais que j'étais le seul à profiter du bateau ? Eh bien, Poppy y organise une soirée avec ses copines, et elle nous a invités.

Ethan semblait mécontent, aussi Sienna se demanda-t-elle combien de ses anciennes conquêtes comptaient parmi les amies de sa cousine. Craignait-il qu'elles cherchent à rebuter Sienna avec leurs histoires ? Dans ce cas, elle trouva cela plutôt mignon qu'il se souciât tant de ce qu'elle pensait de lui.

— Et donc, nous pouvons les accompagner ou faire autre chose avant le dîner.

Sienna rougit en s'imaginant tout ce à quoi ils pourraient s'adonner pour passer le temps.

— Peu importe, je te laisse décider, Ethan.

— Allons voir le yacht, dans ce cas, fit-il, amusé par ses joues écarlates. Poppy et les autres n'arriveront pas avant un moment. Nous devrions être tranquilles.

Bien consciente de ce qu'il sous-entendait, Sienna ne trouva pas les mots et sentit son corps vibrer tout le long du chemin vers la marina sur l'Ashley, non loin de la propriété des Watts. Une fois à bord du bateau impeccable, Sienna se rappela l'éclat dans les yeux d'Ethan quand il avait parlé de ses journées en mer et remarqua qu'il se détendit d'un coup.

— Vous avez dû organiser de sacrées fêtes, ici ! s'exclama-t-elle en inspectant les lieux.

— Il en a vu de belles, murmura Ethan, mystérieux, en invitant Sienna à descendre un escalier.

— J'imagine.

Il déposa ses chaussures dans un placard. Sienna ôta ses sandales, les rangea dans son sac à main puis le mit à côté. Alors, ils se retrouvèrent face à face dans cet espace réduit, et leurs regards se croisèrent.

Un délicieux frisson la saisit.

— À quelle heure arrive ta cousine ? demanda-t-elle, en jetant un coup d'œil vers le lit à quelques pas de là.

— Vers 17 heures.

Il s'approcha pour lui caresser le bras. Elle eut la chair de poule. Comme sa main descendait vers la sienne, leurs doigts s'entrelacèrent. Une étincelle jaillit en elle, elle soupira.

— C'est dans un peu moins d'une heure, fit-elle remarquer, le souffle court, impatiente. Que va-t-on bien pouvoir faire ?

Il lui caressa la nuque puis les cheveux pour jouer avec une boucle.

— Voudrais-tu un cocktail ?

— Peut-être…

Ce petit badinage oscillait entre le plaisir et la torture. La tension dans ses reins l'écrasait, cependant elle aimait trop cette montée vaporeuse de leur passion pour précipiter les choses.

Il lui toucha la joue du bout du pouce.

— Ou alors…

— Oui ? fit-elle en lui prenant la main, déjà prête à lui expliquer comment l'apaiser.

— J'ai bien une idée.

Comme elle le soupçonnait de songer à quelque chose de bien plus enivrant qu'un verre, elle faillit ronronner. Puis, il la fit pivoter sans crier gare, elle se retrouva dos à lui. Sa peau la picota de plaisir quand elle le sentit écarter ses épaisses mèches de cheveux et passer la bouche à un poil de sa nuque.

— J'adore ton parfum, lui susurra-t-il en lui effleurant le bas de l'oreille avec le bout du nez.

— Ah ! lâcha-t-elle dans un gémissement étouffé, le corps de plus en plus ardent tandis qu'il lui léchait le lobe.

— Ah ? l'imita-t-il avec un rire diabolique qui fit se raidir les pointes de seins et le bassin de Sienna.

Un mélange de ricanement et de cri guttural lui échappa quand Ethan la cala contre lui, une main sur ses côtes, juste sous ses seins. Jamais elle n'aurait trouvé la force de se libérer de son étreinte, non pas qu'elle le voulût. Elle put simplement trembler et haleter tant il la rendait folle. Il l'embrassait et lui mordillait le cou et les épaules. Les flatteries conjuguées de ses lèvres douces et de sa barbe rugueuse lui embrasèrent l'abdomen.

— Sienna ?

Ce seul murmure suffit à la faire fondre, à lui liquéfier les os. Du bout des doigts, il caressa son bas-ventre puis sembla hésiter sous son nombril.

— Oui, Ethan ?

Il s'arrêta à hauteur de sa culotte à travers sa robe.

— J'aimerais te toucher.

— Vas-y, lui ordonna-t-elle d'une voix brute, brisée, alors qu'il descendait déjà sur son mont de Vénus. Je t'en prie.

Un gémissement se bloqua dans la gorge de Sienna. Ethan lui prit la hanche et glissa une main aventureuse le long de sa cuisse. À ce train-là, il mettrait une éternité à atteindre le bas de sa jupe. Elle préféra l'aider en saisissant des pans entiers de tissu léger pour exposer sa peau. Elle respirait difficilement, les dents serrées, un souffle après l'autre, dans l'attente de le sentir calmer les vives pulsations entre ses jambes. Elle tendit le bras en arrière, lui attrapa la cuisse et commença à se déhancher contre la bosse de plus en plus imposante sous sa ceinture.

— Touche-moi, lâcha-t-elle entre ses dents, son excitation frôlant le désespoir.

— Sois patiente.

Une envie incoercible la consumait. L'espace d'un instant, elle crut qu'il allait la tourmenter plus longtemps encore et faillit lui expliquer en détail ce qu'elle voulait de lui, mais ses doigts franchirent les plis de sa robe pour la titiller à travers ses dessous, et jouer avec son clitoris derrière le voile si fin de sa culotte. Le plaisir l'envahit tout à coup, lui arrachant un cri inattendu suivi d'un long gémissement. Elle vibra, trembla, tandis qu'il la caressait puis descendit encore plus bas.

— Eh, bien ! s'étonna-t-il. Tu en as vraiment envie.

— Ne t'arrête pas, le coupa-t-elle, peu soucieuse de le supplier. Continue. Par pitié.

Ethan passa sous le tissu et lui titilla les plis de la chair.

— Tu aimes ça ?

Sa voix rocailleuse lui enivrait les sens tandis que ses longs doigts s'enfonçaient dans sa chaleur, embrasant son clitoris encore et encore, en des caresses incessantes, magiques.

— Voyons si on peut faire mieux.

De plus en plus débridée, Sienna écarta les jambes, s'ouvrit un peu plus pour lui. Il joua avec elle avant d'introduire un doigt en elle. Elle eut le souffle coupé quand il toucha un point sensible de son intimité. Tout devint noir l'espace d'une seconde tant la volupté la submergeait.

— Oh !

— Ça te plaît ?

Cette question la ramena dans la cabine et lui rappela les délicieux mouvements de ses doigts lancés dans des va-et-vient lancinants.

Étourdie de plaisir, elle bougea le bassin afin d'accélérer le rythme. Ses jambes vacillaient, sa peau la brûlait. Trop chaud. Trop sauvage. Elle allait… Jouir…

Des gouttes de sueur lui perlaient sur le front au moment où l'orgasme arriva. Elle ne pensa plus à rien, à peine consciente de ses halètements irrépressibles ou encore d'avoir rejeté la tête en arrière contre Ethan.

—Viens pour moi, lui intima-t-il d'une voix douce, accélérant la cadence, s'enfonçant plus loin en elle pour la mener à une extase surpuissante. Laisse-toi aller.

Alors elle perdit tout contrôle. En cherchant en vain à retrouver sa respiration, elle se cambra, prise de tremblements. Elle se cramponna à Ethan et sentit le plaisir éclater en elle. Elle allait basculer dans un gouffre de volupté.

— Sienna.

Ce seul nom sur ses lèvres, mêlé à ses inspirations torturées, la poussa dans un orgasme survolté. Elle tourna la tête vers lui et ferma les yeux, concentrée sur la tempête entre ses reins se propageant à tout son être. Des éclairs jaillirent dans l'obscurité quand Ethan l'embrassa avidement tandis qu'elle jouissait comme jamais auparavant.

Sienna tremblait encore en reprenant conscience du monde autour d'elle. De retour à la réalité, elle se rendit compte que seul le bras d'Ethan autour de ses hanches l'avait empêchée de tomber. Elle eut un rire coquin.

— Waouh ! dit-elle en se tournant vers lui pour se pendre à son cou. Incroyable !

Elle s'apprêtait déjà à conquérir ses lèvres et à entamer la deuxième mi-temps quand des pas assourdis retentirent au-dessus d'eux.

— Mince ! pesta Ethan.

Il posa le front contre le sien dans un grognement déçu, écho des frustrations de Sienna. Des voix enjouées filtraient par le pont, aussi lui donna-t-il un baiser plein de promesses avant de se reculer et de se recoiffer. D'un regard en coin, il lui murmura :

— À suivre.

Ethan laissa Sienna sortir de la cabine la première, préférant s'offrir quelques secondes plus que salutaires afin de se remettre de ces minutes explosives avec elle. Pour ce qui était des révélations, la plus flagrante restait que derrière son apparente réserve quant au sexe, elle s'animait bien plus vite que toutes celles qu'il avait connues. Cela lui donna d'autant plus envie de coucher avec elle. En vérité, en regagnant le pont, il ressentit immédiatement un irrépressible besoin de couper court à cette soirée avec sa cousine. Il s'arrêta derrière Sienna, peu enclin à se joindre à des pipelettes déjà en train de se servir des verres et de tenter de ranger leurs provisions pour la nuit.

Il prit Sienna par la taille, conscient d'une étincelle entre eux.

— Si tu préfères, nous pouvons toujours trouver une excuse pour nous en aller, lui chuchota-t-il.

Elle sembla soulagée.

— Vraiment ? répondit-elle d'un sourire hésitant en observant les autres femmes s'agiter. Ce serait malpoli, non ?

— Je crois qu'elles ne le remarqueraient même pas.

Il lui caressa le bras en remontant jusque sur son omoplate puis sur sa nuque, heureux de la sentir frissonner. Eh bien, qu'elle était sensible !

— D'ailleurs, j'aimerais vraiment reprendre là où nous en sommes restés.

— Moi aussi, reconnut-elle.

Il ne l'aurait jamais cataloguée comme le genre de fille à coucher après deux rendez-vous. Sortaient-ils ensemble ? Bon sang ! Il agissait de plus en plus comme s'il sortait avec elle parce qu'il s'était entiché d'elle plutôt que pour lui soutirer des informations.

— Il faudrait trouver une bonne excuse, continua-t-il en prenant son téléphone.

Il avait reçu plusieurs mails depuis cet instant de panique, presque familier désormais, où il avait lu le premier message anonyme de son mystérieux ami. Rien d'inquiétant cette fois-ci ; quel soulagement ! Néanmoins, presque tout en bas de la liste, il aperçut une adresse inattendue.

Ethan dut vérifier deux fois avant de bien comprendre. Un calme olympien l'envahit quand il lut l'objet du message. Le laboratoire génétique grâce auquel les Watts-Shaw avaient retrouvé Teagan avait détecté une autre correspondance. Soudain, l'inquiétude le gagna. Lui écrivait-on pour lui signaler une erreur, ou avait-on découvert l'existence d'un autre enfant d'Ava Watts ?

Il jura. Sienna jeta un regard en arrière.

— Un problème ?

Elle lui posa une main sur la taille, et ce simple contact le calma.

— Je ne sais pas encore.

Il préférait ne pas trop attirer l'attention, aussi répondit-il à voix basse.

— J'ai reçu un mail du centre génétique.

La conversation bourdonnait au loin au moment où Sienna se tourna vers lui et se plongea au plus profond de ses yeux. Leurs lèvres se touchaient presque, un battement de cils les séparait d'un baiser. Il aurait pu se perdre dans ses yeux et oublier ce satané message pour quelques instants au moins. Il lut le mail. Son cœur s'arrêta. Il dut le relire. Le poids de ces quelques mots lui arracha un juron.

— Ethan ? s'inquiéta Sienna en lui touchant la cuisse, le poussant à bout. Que se passe-t-il ?

Sa voix semblait résonner au loin. Le sang lui tambourinait dans les oreilles. Il parcourut le message une fois de plus comme s'il pouvait, ce faisant, le changer.

— Tout va bien ?

— Non, répondit-il sans trop savoir ce qu'elle venait de lui demander. Enfin, si. Ça va. Aucun problème.

En relevant la tête, il vit les yeux gris-bleu de Sienna posés sur lui. Son inquiétude manifeste le prit de court. Elle ne le connaissait pas. Comment pouvait-elle se soucier de lui ? Et pourtant, elle semblait sincère.

— C'est… Je dois partir, déclara-t-il. Je vais chercher nos chaussures et je te rejoins sur le quai.

Heureusement, elle acquiesça simplement puis s'éloigna. Ethan sentait son cœur battre à tout rompre en récupérant leurs affaires puis en s'excusant auprès de sa cousine.

— Où allez-vous ? lui demanda Poppy quand il lui fit la bise.

— Cette soirée s'annonce un peu trop agitée pour nous, répondit-il sans se soucier de trouver un meilleur mensonge.

Elle lui adressa une moue dubitative.

— D'habitude, tu aimes te retrouver entouré de filles, s'étonna-t-elle en regardant Sienna. Ou n'aurais-tu qu'une seule belle plante en tête, ces jours-ci ?

Bon sang ! comment s'était-il trahi ?

— Nous la trouvons tous géniale, lui dit Poppy tout bas en se penchant vers lui.

Il se força à sourire. Il n'avait ni le temps ni l'envie d'expliquer qu'il fréquentait Sienna dans le seul but de surveiller son opportuniste de sœur. C'était son problème et, pour l'heure, il préférait ne pas influencer ses proches vis-à-vis de la nouvelle venue dans la famille.

— Je ne vous contredirais pas là-dessus.

Il rejoignit ensuite Sienna et afficha une mine joviale en masquant ses autres sentiments.

— Bon, que se passe-t-il ? insista-t-elle lorsqu'ils se mirent en marche. Tu as l'air complètement déboussolé.

— Le laboratoire a trouvé une correspondance avec moi, murmura-t-il, surpris de se sentir si déstabilisé. Un membre de ma famille aimerait me rencontrer. Si je donne mon accord, on nous mettra en contact.

Dans son trouble, Ethan vit tout de même Sienna se rembrunir et se demanda s'il ne venait pas de commettre une monumentale erreur. Sans doute mourait-elle d'envie de courir tout rapporter à Teagan.

— C'est une bonne nouvelle, non ? demanda-t-elle d'un ton simplement inquiet.

— J'imagine. Je ne m'y attendais pas.

Il craignait de trop dévoiler sa confusion.

— Mais tu en as fait la demande. N'espérais-tu pas retrouver quelqu'un ?

— C'était il y a plusieurs mois déjà, je ne pensais plus recevoir de nouvelles, lui répondit-il, marquant une pause pour mieux assimiler la nouvelle. Pas après tout ce temps.

— Je comprends.

Il la croyait. Elle avait connu cela avec sa sœur et les Watts.

— Teagan a dû attendre au moins deux ans avant de vous retrouver.

Elle lui serra la main. Sa sollicitude semblait sincère, et dans le fond Ethan en avait besoin. Cependant, un instinct plus primaire lui dicta de ne pas s'y complaire. Il devait paraître fort. Comme il se raidit, Sienna se renfrogna, sans pour autant le lâcher. Sa gentillesse le peinait. Comment accepter son aide quand il ne lui faisait pas confiance ?

— Désolé, dit-il. C'est dur à encaisser.

Par ailleurs, il n'avait pas pour habitude de montrer sa vraie nature aux autres. Encore moins d'exposer ses peurs les plus noires à une femme dont il se méfiait.

— Bien sûr, le rassura-t-elle, soudain plus douce. Tu ne dois plus savoir où tu en es.

Il tenta de lui sourire, à la fois content et agacé de sa compassion.

— C'est le cas.

— Si tu veux en parler, je pense que je comprends assez bien ce que tu ressens.

Ils se connaissaient à peine, mais elle espérait sincèrement le voir lui donner les clés de son âme. Quel culot ! Comment pouvait-elle croire qu'il se confierait à elle plutôt qu'à sa famille ?

Quand bien même, en imaginant à quel point la nouvelle troublerait ses parents, Ethan s'aperçut que la présence de quelqu'un de neutre s'avérerait utile. Sienna n'agissait pas sans intérêt, toutefois. Il devait s'inquiéter de ce qu'elle raconterait à Teagan.

— Demain, peut-être, répondit-il machinalement, tenté par sa proposition. Il me faut un peu de temps pour me faire à cette idée.

— Prends tout le temps que tu voudras. Je serai là.

Ethan poussa un long soupir surchargé d'émotions.

— Tu sais, je ne me suis jamais mis à la place de Teagan, dit-il en mesurant ses paroles. Ou peut-être préférais-je ne pas le faire.

Sienna attendit quelques secondes pour répondre, elle cherchait certainement les mots justes.

— Ces derniers mois se sont résumés à un ascenseur

émotionnel. Selon moi, c'est la peur de l'inconnu qui l'inquiétait le plus au départ.

— Nous aussi, admit-il, tout à coup submergé par la culpabilité. Tu as entendu parler de l'arrivée de Lia et de mon rôle dans cette histoire. Ça a soulevé son lot de confusion et de peine quand la vérité a éclaté. Et peu après, Teagan débarquait. Mais lorsque le test génétique nous a fourni la preuve attendue, toute la famille s'est montrée à la fois très enthousiaste et un peu inquiète.

— D'après ta mère, vous la cherchiez depuis longtemps.

— D'interminables années. Je ne sais pas pourquoi nous n'avons pas songé plus tôt à passer par les laboratoires.

— Peut-être ne vous attendiez-vous pas que Teagan vous cherche elle aussi.

— Pourquoi l'a-t-elle fait ?

— Quand notre père nous a expliqué qu'il confierait Burns Properties à notre frère, elle s'est mis en tête de connaître ses origines. À mon avis, c'était parce que c'était la première fois qu'elle éprouvait du rejet.

Sienna se couvrit la bouche et écarquilla les yeux comme si elle regrettait ce commentaire déloyal.

— Je ne l'ai jamais vue aussi nerveuse, mais je sais qu'elle est ravie de vous avoir rencontrés.

— Nous aussi, lui assura-t-il, dissimulant sa mélancolie abyssale. Son retour dans la famille a réellement apaisé mon grand-père.

— Ce ne sont pas mes affaires, donc ne te sens pas obligé de répondre, mais pourquoi as-tu souhaité en apprendre plus sur tes origines ?

— Tu veux dire après si longtemps ? Pourquoi maintenant ?

— Serait-ce parce que tes proches ont tant lutté pour retrouver ta cousine disparue ?

— J'imagine qu'après cet heureux dénouement avec ta sœur j'espérais vivre la même expérience.

— Mais tu en doutes, désormais ?

— C'est assurément un saut dans l'inconnu.

Une terreur vive dans ses entrailles le pétrifia. Manifestement, il n'avait pas vraiment cru en ce test génétique, ni ne s'était préparé à l'éventuelle peine de découvrir pourquoi sa mère l'avait abandonné à la naissance.

Craignait-il également de savoir qui elle était ? Teagan, elle, avait été adoptée par l'une des familles les plus influentes de Manhattan, tout cela pour apprendre que ses parents biologiques possédaient tout autant de pouvoir, ici, à Charleston. Comment aurait-elle réagi s'ils avaient été des quidams dont elle aurait eu honte ? Seule son image assurait la pérennité de ses affaires. Une mauvaise publicité à cause de bons à rien lui aurait vite posé problème.

Ethan ne partageait certes pas les mêmes préoccupations, mais il avait de l'argent, lui aussi. Si les personnes en question ne roulaient pas sur l'or, alors le rencontrer équivaudrait peut-être à apprendre qu'un membre de la famille venait de gagner à la loterie. Peut-être se jetteraient-ils sur son porte-monnaie toutes griffes dehors.

— Quant à savoir pourquoi, c'est parce que je ne me sens pas toujours en phase avec les autres. Il ne s'est rien passé de grave et je ne pourrais même pas te dire ce qui m'a poussé à ressentir que je ne suis pas l'un des leurs.

Cette fois-ci, lorsque Sienna tenta de le réconforter, il se laissa faire. En fait, selon lui, la seule façon d'échapper au poids de cette terrible nouvelle consisterait à revivre cet instant où elle avait joui sans retenue contre lui.

— Je ne prétendrai jamais comprendre ce qu'un enfant ou un adulte adopté ressent, affirma-t-elle, les yeux calmes comme l'océan après la tempête. En revanche, je sais très bien à quel point c'est accablant de jouer le rôle du vilain petit canard.

— Ce qui m'a aussi tracassé depuis le test était l'éventualité que personne ne me cherchait. Et s'ils avaient simplement voulu réaliser leur arbre généalogique ? Et s'ils ne s'imaginaient même pas renouer des liens avec moi ?

— Tu ne le sauras qu'en les rencontrant. Mais je suis persuadée que peu importent leurs raisons, ils ne pourront que se réjouir de t'accueillir dans la famille.

En tout cas, il lui avait ouvert son cœur. Au lieu de boucler son tourment à double tour et de présenter un masque impassible à Sienna, Ethan lui avait laissé entrevoir ses craintes sans retenue.

— Pourvu que tu aies raison.

- 6 -

Sienna s'étonna quelque peu quand Ethan insista pour l'emmener dîner au Peninsula Grill après une telle nouvelle. Ils s'installèrent face à face dans un box douillet près d'un tableau représentant la récolte du riz dans le Lowcountry. Ils sirotèrent des martinis en mangeant un ragoût d'huîtres aux champignons, accompagné de gruau de maïs.

Même s'il semblait attentif à leur conversation, elle le sentit se déconnecter plus d'une fois. Ainsi, après avoir hésité entre le célèbre gâteau à la noix de coco et une tarte au citron vert, l'objet de son choix en fin de compte, Sienna décida de crever l'abcès.

— Je sais que nous voulions nous retrouver rien que tous les deux, commença-t-elle, rougissant au souvenir de leur petite aventure sur le bateau. Mais tu ne te sens pas bien, et je pense que je vais rentrer.

— Tu as raison, tu mérites que je sois tout à toi.

Malgré sa déception, Sienna tenta de ne rien en montrer quand il lui prit la main en sortant du restaurant. Leur conversation cordiale se mua en silence sur le chemin du retour.

De son côté, Sienna pensait trop à la force et à l'irrésistible odeur virile d'Ethan. Plus ils approchaient du manoir et plus elle hésitait à envoyer la raison au diable pour lui demander de l'emmener dans un coin tranquille. Toutefois, ils arrivèrent vite dans la propriété, et il fut trop tard.

Toujours galant, Ethan la raccompagna jusque sur le seuil. Sienna tergiversait trop, les nerfs en pelote dans l'attente d'un baiser.

— Je suis vraiment content que tu sois venue à Charleston, dit-il d'un ton étonnamment sincère.

— Quel charmeur…, le taquina-t-elle, la poitrine serrée.

— Non, je suis sincère.

Elle se mit à glousser, légèrement mal à l'aise.

— Je ferais mieux de rentrer avant de dire des bêtises, minauda-t-elle espérant lui arracher un de ses si beaux sourires.

Il se dérida. *Ah ! voilà !*

— Comme quoi ?

La brise se perdit dans ses cheveux, lui souffla quelques mèches sur le visage. Ainsi dissimulée, elle invoqua tout son courage pour se confier à lui.

— Je t'aime bien.

— Moi aussi, répondit-il en dégageant ses boucles pour lui tenir le menton. Énormément.

Sienna s'intima de ne pas trop gamberger lorsque les lèvres d'Ethan se posèrent sur les siennes pour un baiser sans retenue et si passionné qu'elle se sentit frémir de la tête aux pieds. Elle gémit, tout engourdie, mais avant de trop s'égarer il brisa leur étreinte.

— Merci pour le dîner, murmura-t-elle, une main sur la poignée de la porte. Et si tu as besoin de parler… Appelle-moi.

— À ce propos, fit-il, soudain plus grave. Peux-tu garder le secret pour le moment, s'il te plaît ?

Elle resta quelque peu atterrée qu'il pût la croire

capable de révéler une information si personnelle et si lourde de sens. Mais en y songeant bien, il allait sans dire qu'une famille aussi soudée devait éprouver un mal fou à conserver un minimum de vie privée.

— Ça ne m'aurait jamais traversé l'esprit d'en parler.

Sienna entra alors et monta vers sa chambre, pensive. À force de se rejouer en boucle les événements de la journée, elle se retrouva entre les feux nourris de sa raison et de son corps. Elle ignorait ce qui la tracassait le plus. Même si la découverte d'Ethan au sujet de sa famille biologique tenait la corde, cet incroyable baiser sur le yacht l'ébranlait encore, faisant naître en elle angoisse et désir.

La forte attirance entre eux leur promettait des ébats fantastiques, mais après tant de révélations elle se demanda si elle allait le revoir. Et dans ce cas, comment se glisserait-elle entre ses draps ?

Tout à coup, elle imagina ses mains explorer le large torse d'Ethan, ses lèvres s'aventurer sur les muscles de son cou. Gémirait-il si elle lui léchait les tétons ? Perdrait-il la tête lorsqu'elle prendrait son sexe en bouche ?

— Tu rentres tôt.

Interrompue dans ses idées coquines, Sienna sursauta en entrant dans sa chambre. Elle n'avait pas remarqué Teagan derrière elle. Cette dernière s'invita à l'intérieur pour aller s'affaler sur la causeuse sous la fenêtre. Quelle déception… Sienna avait espéré rester un peu seule pour se détendre et penser à Ethan. Face à l'air intrigué de sa sœur, elle préféra enfouir ses émotions loin, très loin, à l'abri de ses ambitions.

— Qu'est-ce que tu fabriques là ? s'étonna Sienna en jetant son sac à main sur le lit et en enlevant ses talons d'un coup de pied.

— Je te cherchais, répondit-elle en se redressant pour convier son aînée à s'asseoir près d'elle. Je veux tout savoir de tes sorties en amoureux avec Ethan.

— Ce sont des sorties toutes bêtes.

— Alors, tout ça n'a servi à rien ? se plaignit Teagan, sceptique, en désignant d'un geste le nouveau style de Sienna. Dis-moi au moins s'il apprécie tes efforts.

— Peut-être.

Son cœur s'emballa tandis qu'elle se rappelait ce regard traînant sur sa robe et la façon dont il s'était égaré sur ses jambes, son décolleté et ses lèvres.

— Peut-être ?

Teagan ne semblait pas du tout avaler ce simulacre d'innocence.

— C'est pour ça que tu rougis. Parce qu'il aime « peut-être » ton nouveau look.

Comme Sienna garda le silence, sa sœur émit un rire guttural.

— Et vous êtes allés au restaurant, tout de même, alors raconte-moi, tu veux.

— C'est vrai, mais il agissait par pure politesse étant donné que tu préférais passer du temps avec tes cousines.

— Il est presque 23 heures, surenchérit Teagan, un sourcil arqué. Vous n'avez sûrement pas fait que manger. Allez, où t'a-t-il emmenée après dîner ?

— Nous avons discuté en nous promenant au bord de mer. La ville est belle de jour comme de nuit.

— Et t'a-t-il embrassée ?

Sienna leva les yeux au ciel pour sous-entendre le ridicule de cette question, mais, à en croire son sourire de plus en plus équivoque, Teagan n'abandonnerait pas.

— Tu rougis, Sienna. Tes orteils se sont-ils entortillés ? Ou as-tu levé la jambe comme ces idiotes dans les comédies romantiques ?

Sienna resta de marbre, mais Teagan bondit d'un coup pour mimer la scène en étreignant quelque amant invisible. Cela s'était-il passé ainsi ? Possible, en toute honnêteté. Au contact de la plus infime partie des lèvres d'Ethan, son corps ne lui avait plus obéi. Quant à ses orteils… Autant ne pas nier tout ce que leurs baisers avaient provoqué en elle.

— Ne sois pas ridicule.

— Tu l'aimes bien.

Empreintes de moquerie et de joie, les paroles de Teagan atteignirent Sienna comme un train lancé à pleine vitesse.

— Il est très gentil. Et si différent des autres hommes.

— S'agirait-il de cet accent traînant du Sud ? insista Teagan, visiblement bien trop ravie des déboires de sa sœur. Je parie qu'il s'en est servi sur plus d'une femme pour les persuader de jouer les coquines. Ou seraient-ce ses manières charmantes derrière lesquelles le loup enragé dissimule sa vraie nature ?

Lui rappeler la réputation de séducteur d'Ethan parut incohérent à Sienna si Teagan voulait tant les voir ensemble. Que cherchait-elle, en fin de compte ?

— Je crois que ça vient de sa propension à ne jamais me presser. Sa façon de prendre son temps me détend. Mais le mieux, c'est qu'il n'essaye jamais de se comparer à moi. Il me laisse parler encore et encore. Personne ne le fait jamais.

— C'est toi qui as parlé ? s'exclama Teagan sans dissimuler son étonnement. Ça ne te ressemble pas.

Cette façon de croire que sa réserve venait de sa nature et non de leur dynamique familiale agaça Sienna. On l'avait reléguée à l'arrière-plan à la minute où Teagan était devenue une Burns. Celle-ci exigeait l'attention de chacun et n'hésitait pas un seul instant à en faire des tonnes quand n'importe qui d'autre risquait de lui voler la vedette.

— Peut-être ne me connais-tu pas aussi bien que tu le prétends.

— Ne sois pas bête, répondit Teagan, soudain dépourvue de toute légèreté. Je lis en toi comme dans un livre ouvert.

— Vraiment ? s'offusqua-t-elle vivement.

Teagan se complaisait trop dans ses petits problèmes pour s'encombrer du monde intérieur complexe de son aînée.

— Dans ce cas, explique-moi ce que je traverse depuis que tu as découvert que tu étais une Watts.

— Tu es heureuse pour moi.

Un sentiment sombre et implacable jaillit en Sienna, une vague de colère triste aussi intense qu'inattendue.

— En partie.

— Comment ça ? demanda Teagan, choquée.

Sienna prit une grande inspiration avant de souffler longuement.

— J'avais peur de te perdre. Tu les as cherchés si longtemps.

Sienna hésita à se confier et lui montrer à quel point elle l'aimait. Et si Teagan balayait ces aveux d'un geste blasé ?

— Je craignais que tu n'aies plus besoin de moi.

— Jamais, répondit Teagan en retournant sur la causeuse. C'est toi ma sœur, et ça ne changera jamais.

Pourtant, au plus profond de son cœur rampait cette jalousie aiguë envers la facilité avec laquelle sa sœur avait conquis les jumelles Shaw. Toutes les trois ne partageaient pas seulement une ressemblance physique ; elles se montraient exubérantes, adoraient la mode et sortaient tout le temps.

— Bien, revenons à Ethan et toi. Vas-tu coucher avec lui ?

Sienna rougit de nouveau. Se confier à Teagan constituerait une énorme bêtise.

— Je l'apprécie, mais sans plus.

— Bon, eh bien si tu décides d'aller plus loin, sache que je te soutiens à 100 %, fit-elle, apparemment sincère. Vu que je pense m'installer à Charleston, ce serait sympa que tu aies quelqu'un d'autre que moi à retrouver lors de tes futures visites.

Ce rappel qu'elle comptait arracher Watts Shipping à Ethan fit disparaître les dernières traces de la bonne humeur de Sienna.

— Peu importe ce qu'il y a entre lui et moi, ça ne durera pas si tu lui voles son poste.

— Ne mélange pas tout, rétorqua Teagan sur-le-champ.

— Tu ne comprends pas. Je suis ta sœur et donc de ton côté. Il le sait.

Alors, gagnant ou perdant, il ne voudrait plus jamais entendre parler d'elle.

— Tu n'espères tout de même pas que je passe à côté d'une chance pareille simplement parce que tu aimerais fricoter avec Ethan ?

— Non.

Sienna redoutait la réaction de sa cadette si elle venait à croire le contraire.

— Mais je suis réaliste. Dans toute cette histoire, je vais me retrouver obligée de choisir un camp. Et tu es ma sœur. Tu connais déjà ma décision.

Ethan passa voir son frère dans sa compagnie de cybersécurité. La veille, après avoir reçu le message du centre de génétique et ramené Sienna, il avait autorisé le laboratoire à communiquer ses coordonnées. La personne qui le cherchait était sa mère biologique.

On lui avait donné son nom, son adresse mail, et il lui avait envoyé un message neutre, choqué par le tumulte dans sa poitrine. Il n'avait pas trouvé le sommeil, trop impatient de recevoir une réponse. Ses pensées s'emmêlaient, étouffées telles des carpes koï dans un bassin surpeuplé. Ethan s'inquiétait de la réaction de ses parents. Seul Paul était au courant pour ce test génétique. Il n'avait voulu alarmer personne d'autre, bien conscient de l'importance d'une pareille nouvelle. Ses parents avaient toujours été merveilleux, l'avaient toujours aimé de tout leur cœur, oui. Cependant, il ressentait un certain manque grandissant depuis quelque temps.

Peut-être devait-il ce sentiment à son grand-père. Ces dix dernières années, le vieil homme avait de plus en plus déploré l'absence de sa petite-fille disparue. Ethan avait donc fini par se demander si quelqu'un quelque part le pleurait autant. Il ne s'était simplement pas attendu à cette angoisse en apprenant qu'on se rongeait bel et bien les sangs pour lui.

— Désolé de passer sans prévenir, s'excusa Ethan en s'installant sur le canapé dans le bureau de Paul.

Il accepta une tasse de café et dévisagea son frère avant d'ajouter :

— Eh bien, tu as l'air en forme.

— Tu dis ça comme si c'était mal.

— Je n'ai pas l'habitude de te voir aussi détendu et… heureux.

— Ça change, hein ? ricana Paul.

Avant de connaître Lia, Paul n'avait vécu que pour son travail. En tombant amoureux de cette femme à l'esprit libre, il avait délégué ses responsabilités pour passer plus de temps en sa compagnie. Accoutumé au sérieux de son frère, Ethan était heureux de voir son aîné aussi souriant. Après tout, Lia n'aurait jamais croisé son chemin s'il ne l'avait pas convaincue de se faire passer pour leur cousine.

— Franchement, ta bonne humeur m'étonnera toujours.

— C'est l'amour. Tu devrais essayer.

— Je ne peux décemment pas me réserver à une seule femme quand elles sont des milliers à chercher un peu de bon temps.

— J'aurais pu tenir tes discours de célibataire volage avant Lia, mais à la minute où je l'ai vue, j'ai su que je devais lui offrir ma vie.

— Si tu le dis, répondit Ethan sèchement pour dissimuler son envie de connaître le même bonheur. Enfin bref, je ne suis pas venu te parler de tes amours. Deux ou trois choses me tracassent. Premièrement, as-tu découvert qui m'a écrit au sujet de Teagan, par hasard ?

— Non. Cette mystérieuse personne s'est assurée de bien brouiller les pistes.

— Comme si elle savait que tu enquêterais…

— Crois-tu qu'en fouillant plus loin dans le passé de Teagan on trouverait des gens qui lui en voudraient ?

— Certainement.

Cela n'avait rien d'étonnant qu'une riche chef d'entreprise se soit fait un ennemi ou deux. Mais était-ce si simple ? Quelqu'un cherchait-il uniquement à se venger de Teagan ?

— Pourrais-tu enquêter ?

— Je suis déjà sur le coup, déclara Paul en lançant

un regard dubitatif à son frère. Mais tu aurais pu me parler de tout ça au téléphone. Que fais-tu là ?

— J'ai reçu un message un peu différent, hier.

— Encore des mises en garde ? Des menaces ?

— Rien de tout ça, lui assura Ethan en se penchant, coudes sur les cuisses et doigts entremêlés. Tu te rappelles que j'ai passé un test génétique, moi aussi.

— Il y a une correspondance, fit Paul en comprenant où il voulait en venir.

— Voilà. Je suis sorti avec Sienna, hier soir, et elle m'a fait réfléchir.

— Au sujet de ?

— Des conséquences de ma démarche sur les gens qui m'ont élevé et sur le frère que j'aime.

— Si tu crains que maman et papa se sentent trahis parce que tu as voulu découvrir tes origines, tu te trompes. Dès l'instant où nous avons retrouvé Teagan, nous avons tous compris le manque qui ternissait nos vies… Et en plus, tu ne trouveras jamais mieux que nous.

Cette plaisanterie inattendue détendit Ethan.

— Ma plus belle réussite a été d'amener Lia dans la famille. Tu as vraiment changé depuis.

— C'est tout toi, ça. Il faut toujours que tu tires la couverture à toi quand ce sont les autres qui font tout le travail.

— Maman et papa ne m'en voudront pas, alors ?

— Ils t'épauleront en toutes circonstances. Tu le sais.

— Tu as raison. Je leur parlerai à mon retour de Savannah. Ma mère habite là-bas.

— Quoi ? s'exclama Paul, décontenancé comme jamais. Tu sais déjà qui c'est…

— Elle s'appelle Carolina Gates, dit-il d'une voix légèrement chevrotante. Je pars mercredi.

Paul ne s'en remettait pas.

— Je crois que tu devrais le dire aux parents.

— Et si ça ne se passe pas bien avec Carolina ? Pourquoi les inquiéter avant même de savoir si je compte la revoir ?

— Tu dresses toujours des barricades entre toi et ceux qui t'aiment. Un jour, tu comprendras à quel point tu as tort.

— Peut-être, grommela Ethan, agacé par son M. Je-sais-tout de frère. En attendant, je me demandais si tu pouvais te renseigner sur les Gates afin que je voie dans quoi je m'aventure.

— Aucun problème, répondit Paul en écrivant quelque chose sur son téléphone. Tu fais bien de prendre des précautions.

— Je suis toujours prudent, tu le sais.

Malgré cela, Ethan se trouvait à deux doigts d'éclater d'un rire hystérique. Qui pensait-il berner ? Son comportement s'avérait de plus en plus destructeur, dernièrement. Après les mensonges concernant Lia, il cachait désormais cet énorme secret à ses proches et s'isolait. Sans compter ses jeux dangereux avec Sienna.

— Je peux me libérer s'il te faut de la compagnie, à Savannah.

— Je m'en voudrais de t'arracher à Lia.

— Au vu de la situation, elle ne m'en tiendrait pas rigueur.

Si Ethan ne souhaitait pas impliquer sa famille, la proposition de Paul lui montra qu'un peu de soutien, une épaule amicale, s'avérerait le bienvenu. La veille, Sienna avait semblé comprendre son tourment grâce à l'histoire de sa sœur.

— Merci, mais je pensais demander à Sienna.

— Ah bon ? fit Paul, en se rembrunissant. Mais tu la connais à peine.

— C'est vrai, mais elle a déjà vécu ça, et ce sera plus simple d'y aller avec quelqu'un d'émotionnellement neutre.

— Moi qui croyais que tu n'avais pas confiance en elle.

Comment expliquer ses sentiments de plus en plus ambigus pour elle ?

— Pas si on prend en compte les ambitions de sa sœur. Mais, dans ce cas précis, je pense qu'elle saura m'aider.

Et se retrouver seul à seul à Savannah devrait lui accorder une chance d'explorer ce magnétisme entre eux. Ethan en avait tout autant envie que de rencontrer sa mère.

— Tu es un grand garçon qui sait ce qu'il fait, j'imagine, répondit Paul, parfait dans ce scepticisme d'aîné.

— Et dans le cas contraire, ce ne serait pas la première fois que quelque chose m'explose au visage, ironisa Ethan tristement.

Toutefois, d'ici à ce que tout dégénère, il comptait bien passer les plus beaux moments de sa vie.

- 7 -

Sienna était assise sur la terrasse arrière devant son ordinateur, les yeux posés sur l'homme charismatique qui approchait sur le chemin. D'après la réaction de son cœur, son attirance pour lui n'avait que grandi depuis la veille.

— Te voilà, la salua-t-il, un large sourire sur ses lèvres charnues. Je te cherchais.

Elle abaissa son écran et lui indiqua une chaise. Il secoua la tête pour lui tendre la main.

— Allons marcher.

Sienna ne put réprimer son plaisir en la lui prenant. Lorsqu'il la conduisit dans l'intimité relative de la piscine, elle pensait savoir de quoi il retournait.

— Aurais-tu reçu des nouvelles de ta famille biologique ?

— De ma mère, précisa-t-il en sortant un dossier de sa mallette. Voilà tout ce que Paul a découvert sur elle.

Sienna fixa l'épais dossier, curieuse de savoir s'il avait constitué le même au sujet des Burns. Inutile de se le demander : il ne s'en était pas privé, bien entendu. Et il avait dû le lire attentivement. Ainsi, il savait déjà tout d'elle, même s'il lui avait quand même posé de nombreuses questions. Elle se sentit quelque peu trahie, mais refoula ce sentiment. Au vu de leur fortune, les Watts auraient été fous de ne pas enquêter sur Teagan.

— Qui est-elle ? demanda Sienna, rongée par la curiosité.

— Carolina Gates, de Savannah, en Géorgie. Ma mère… fit-il en déglutissant avant de se maîtriser. Elle a eu recours aux tests génétiques en apprenant que j'étais en vie.

— Quoi ? Elle te croyait mort ? Comment est-ce possible ?

— Je ne connais pas tous les détails, mais apparemment elle est tombée enceinte à dix-sept ans, et il y a eu des soucis à ma naissance. En gros, elle ne savait pas que j'étais en vie.

Sienna prit Ethan par le bras en réalisant son angoisse. Elle voulait à la fois lui montrer son soutien, mais avant tout créer un lien entre eux dans ce moment difficile.

— Pourquoi penser cela ?

— Elle a dit qu'elle m'expliquerait tout quand on se verrait.

— Comment a-t-elle finalement appris que tu étais en vie ?

— Une infirmière le savait. Elle est décédée il y a peu et a laissé une lettre à son notaire pour ma mère, dans laquelle elle lui racontait tout.

Cette histoire semblait louche, aussi Sienna craignit qu'Ethan aille au-devant de gros problèmes.

— Quand iras-tu à Savannah ?

— Je pars mercredi et reviendrai dimanche. Veux-tu m'accompagner ?

Il prononça cette dernière phrase si calmement qu'elle pensa avoir mal entendu.

— Je ne sais pas si je devrais. C'est votre toute première rencontre.

— Ça me rassurerait que tu sois là.

Cet aveu, ce ton rauque, elle mourait d’envie de l’aider. Mais ce n’était pas sa place. Ils se connaissaient à peine. Néanmoins, chaque seconde en sa compagnie renforçait leurs liens. Du moins, de son point de vue à elle. Elle n’était jamais tombée amoureuse, mais cela y ressemblait sans aucun doute.

— Je sais que j’en exige beaucoup, continua Ethan comme elle ne répondit pas tout de suite. Mais tu as vécu ça avec ta sœur, et tu commences à avoir de l’expérience avec ce type de situation, alors je me suis dit que tu comprendrais ce que je traverse.

Elle n’aurait jamais osé affirmer tout savoir d’Ethan après si peu de temps, mais elle dut se rendre à l’évidence : il demandait rarement de l’aide aux autres. Manifestement, rencontrer sa mère représentait une épreuve qu’il ne voulait pas affronter seul.

— Ne devrais-tu pas plutôt emmener quelqu’un de ta famille ?

— Sincèrement, je préférerais la compagnie de quelqu’un de neutre. Je crains que mes proches ne rapportent tout à eux. Toi, tu n’as pas agi comme ça avec Teagan. Et j’aimerais vraiment que tu acceptes.

Sienna songea alors qu’il ne lui en aurait jamais parlé s’il n’en avait pas réellement eu envie. Elle s’intima de ne pas se sentir flattée. Il le lui avait expliqué, elle constituait un simple choix logique. Seulement, cette escapade leur permettrait de mieux cerner cette connexion entre eux.

— Si tu crois que ça t’aidera, alors c’est d’accord… Laisse-moi d’abord prévenir Teagan. Après tout, je suis venue pour elle à la base.

— Bien sûr. Je ne voudrais pas t’arracher à elle. Mais si tu pouvais éviter de parler de tout ça. Je ne sais pas encore ce que je vais raconter à mes parents.

Sienna se rappela le désarroi de sa mère en apprenant que Teagan cherchait ses origines.

— Je te donnerai une réponse dès que possible, Ethan.

Teagan était partie rejoindre les jumelles, et Sienna dut l'appeler.

— Ethan m'a invitée à Savannah pour un week-end prolongé, annonça-t-elle à sa sœur, consciente de l'agitation dans sa voix. J'aimerais beaucoup y aller.

Elle s'attendait à se faire harceler de questions. Cependant, même si Ethan ne lui avait pas demandé, elle n'aurait rien révélé de ses raisons de l'accompagner à Savannah. Teagan serait trop morte d'envie d'utiliser cette information pour semer la zizanie chez les Watts.

— Il t'emmène en week-end ? se délecta Teagan. Parfait.

— Comment ça « parfait » ? demanda Sienna, en alerte maximale.

— Tout ça me confirme que tu l'aimes vraiment beaucoup, répondit sa sœur d'un ton à la fois désinvolte et neutre. Et je te répète qu'il a l'air de t'apprécier, lui aussi.

— Ça, je n'en sais rien, la coupa Sienna en vitesse. S'il m'a proposé de venir, c'est pour me faire visiter la région.

Même à elle, cette excuse sembla pathétique. Mais où était le problème si sa sœur pensait qu'ils s'offraient quelques jours romantiques ? Sauf qu'elle pourrait essayer d'en tirer profit pour s'emparer de Watts Shipping.

— Je crois qu'il aimerait te faire visiter autre chose, surenchérit Teagan d'une manière qui pervertit ce qui ressemblait à une tentative de soutien. D'ailleurs, si tu peux le garder là-bas plus longtemps, tu as ma bénédiction. Plus il est loin, mieux j'arriverai à persuader les autres que je suis la plus apte à diriger la compagnie.

Et voilà !

Tout à coup, Sienna eut moins envie de partir avec Ethan. Elle avait horreur de se retrouver entre sa sœur adorée et l'homme qu'elle brûlait de mieux connaître.

— Tu sais que je déteste quand tu te sers de moi, pesta-t-elle, comme si cette déclaration pourrait mettre un terme aux manigances de sa cadette.

— Mais qu'est-ce que tu racontes ? s'insurgea Teagan immédiatement. Je n'attends qu'une chance de montrer à toute la famille ce dont je suis capable sans sentir l'ombre d'Ethan me peser sur les épaules.

Sienna se massa la tempe pour chasser la migraine qui la guettait.

— En as-tu au moins parlé franchement avec Ethan ?

— Pour quoi faire ? Pour qu'il entrave tous mes faits et gestes ? Une approche directe ne fonctionnera pas, tu le sais.

Inutile de discuter avec cette tête de mule, le moindre argument tomberait dans l'oreille d'un sourd. Sa sœur avait échafaudé un plan et comptait bien s'y tenir quitte à entraîner tout le monde droit dans le mur.

— M'est avis que tu devrais quand même lui en parler, grommela Sienna, consciente de gaspiller sa salive.

— J'y réfléchirai, dit Teagan sans le penser. En attendant, occupe-toi bien de lui pour moi. Et sois prudente. S'il découvrait tes sentiments, il s'en servirait pour te rallier à sa cause.

— Ce n'est pas son genre.

Mais au moment même de contredire ardemment sa sœur, Sienna se demanda qui avait raison. Jusqu'où irait-il pour sauver son poste de directeur ? Se montrerait-il aussi impitoyable que Teagan ? Prêt à exploiter n'importe quoi… n'importe qui… pour assouvir ses ambitions.

— J'ai enquêté, insista Teagan. C'est exactement son genre.

Sans même chercher à connaître les sources de sa cadette, Sienna préféra marmonner dans sa barbe et raccrocha. Elle envoya un SMS à Ethan puis se mit à réfléchir à ce qu'elle porterait, à Savannah. Elle avait délaissé sa vieille valise abîmée pour acheter un ensemble de bagages plus adaptés à sa nouvelle garde-robe.

Elle ouvrit l'armoire et observa ses vêtements neufs. Que prendre ? Les filles l'avaient poussée à s'offrir des tenues plus en accord avec le climat et ses formes. Malgré tout, elle éprouvait encore la sensation de vendre son âme quand elle les portait. Selon Teagan, la mode faisait la femme, aussi avait-elle harcelé Sienna d'année en année pour la pousser à suivre les tendances.

Ce n'était pas tant qu'elle ne voulait pas écumer les boutiques ni devenir une version plus glamour d'elle-même qu'elle détestait se comparer à son top model de sœur. Cela posait-il encore problème aujourd'hui ? Elles n'étaient plus à l'école, où chaque journée foisonnait de violentes critiques et d'humiliations permanentes.

Avec ces vêtements flatteurs pour sa silhouette et ce sentiment de féminité et de bien-être qu'elle ressentait, elle avait accompli une révolution. Sans compter la réaction d'Ethan face à ce changement. Cependant, sans retomber dans son conservatisme monochrome, elle s'imaginait mal complètement abandonner son ancien style.

Elle choisit des ensembles variés pour rencontrer la famille d'Ethan, sortir ainsi que passer la journée de façon plus décontractée. Après leur premier baiser au clair de lune, elle s'était offert de la lingerie fine qu'elle rangea avec soin dans son bagage. Autant être prête si ces quelques jours qu'elle passerait seule avec Ethan faisaient naître quelque chose entre eux.

Alors, son corps réagit en un instant. Elle dut se reprendre : coucher avec elle serait bien le cadet des soucis d'Ethan. Il ne penserait qu'à apprendre à connaître sa mère. Pourtant, Sienna espérait qu'il se tournerait vers elle s'il se sentait perdu. Elle l'accueillerait à bras ouverts.

Ethan récupéra Sienna chez son grand-père, peu après 17 heures. Durant les deux heures de trajet de Charleston à Savannah, elle observa le paysage défiler sans jamais se plaindre du silence. Désormais tout près de leur destination, Ethan sentit son impatience devenir de l'angoisse. Dès qu'il avait appris l'existence de sa mère, il n'avait eu qu'une envie : la rencontrer le plus vite possible. Et voilà que surgissaient les premières lueurs du doute.

Lorsque le panneau marquant l'arrivée en Géorgie se dressa au loin, Ethan se rendit compte de sa poigne ferme sur le volant. Il desserra les doigts, expira longuement.

— Ça va ?

— J'ai toujours cru que ma mère m'avait abandonné, mais je sais aujourd'hui qu'elle ignorait que j'étais vivant. Je ne réalisais pas à quel point le fait de ne pas être désiré me rongeait jusqu'alors, et là…

Il serra les lèvres, s'extirpant de ce flot sauvage d'émotions.

Les vastes eaux de la Black River se dessinèrent

devant eux au crépuscule, leur surface éclatante balayée par le vent. Des reflets cristallins lui piquèrent les yeux, lui arrachant une larme. Il cilla rapidement pour y voir plus clair.

— Et maintenant ? reprit Sienna.

— Je suis encore en colère. Mais soulagé. Et nerveux. Je trouve ça louche qu'elle m'ait cru mort, je ne sais pas du tout dans quoi je m'embarque.

Sienna lui caressa le bras d'un geste amical. Ce contact le galvanisa et, sans réfléchir, il prit ses doigts entre les siens. Cela l'apaisa sur-le-champ.

— Je suis sûre qu'elle pourra tout expliquer.

Il appréciait sa capacité à analyser ses humeurs et à se laisser porter par le torrent. Sans compter tout ce qu'il aimait d'autre chez elle. Se doutait-elle que, quand il n'avait pas broyé du noir, il avait louché sur ses incroyables jambes soyeuses et sa poitrine dévoilées par son irrésistible robe blanche à pois rouges, à se demander combien de temps il mettrait à la lui retirer une fois arrivés ?

— Veux-tu aller manger avant de déposer nos bagages ? demanda-t-il, égayé par un désir soudain. Ou plutôt voir où nous séjournons d'abord ?

— Je préfère la troisième solution, fit-elle en marquant une pause pour le suspense. Nous pourrions commander au service d'étage.

— Alors, en fait, l'interrompit-il en s'éclaircissant la voix, mon assistant m'a loué une maison. Donc nous allons devoir nous débrouiller.

Il avait voulu Sienna rien que pour lui, sans l'inconfort des couloirs bondés ou des verrous électroniques.

— Je me suis dit que tu aimerais découvrir le quartier historique, et le hasard fait que ma mère habite à quelques minutes à pied.

— J'ai hâte de visiter la ville, lui assura-t-elle avec un entrain non dissimulé. S'il y a une cuisine, nous devrions faire des courses. Je vais nous préparer quelque chose.

Il aimait l'idée de la voir cuisiner pour lui. Cela lui parut étrangement intime.

— Avec plaisir.

Ethan lui donna l'adresse, et Sienna chercha un supermarché dans les parages sur son téléphone. Elle le guida alors au fil des rues. Autant d'initiative le perturba. Ses autres conquêtes n'avaient jamais rien pris en main, l'avaient toujours laissé tout gérer. Sienna, elle, montrait à quel point elle avait l'habitude de vivre seule. Être avec elle s'apparentait plus à un partenariat, à un agréable partage des responsabilités.

Après avoir fait des courses, ils se dirigèrent vers leur location, près de Forsyth Park.

— Avais-tu postulé ici pour tes études ? demanda Ethan en dépassant une enseigne des Beaux-Arts de Savannah.

— L'école d'arts graphiques de New York était mon premier choix, mais oui. Je m'étais aussi inscrite ailleurs. L'université de Savannah est incroyable, ses efforts pour revitaliser la ville sont impressionnants, mais je reste une enfant de New York dans l'âme.

Il ressassait encore cette dernière remarque au moment où ils remontèrent l'allée de leur location. Il avait tellement pensé à sa mère biologique qu'il en avait oublié le départ prochain de Sienna. Sans elle, Teagan perdrait son espionne. Ethan aurait dû se sentir soulagé. Cependant, l'idée de ne plus la revoir l'attrista.

Avait-elle tout raconté à sa sœur concernant ce

voyage, malgré sa promesse ? Il avait voulu la mettre à l'épreuve. Si elle vendait la mèche, il découvrirait sa vraie nature et saurait qu'il ne pouvait lui accorder sa confiance. Il n'avait néanmoins pas encore envisagé la suite des événements dans le cas où elle n'aurait rien dit.

— Tout cet espace rien que pour nous deux, fit-elle remarquer en entrant dans le grand hall, des sacs de nourriture plein les bras.

Le bâtiment ancien s'étendait sur plus de neuf cents mètres carrés, en face de Forsyth Park, à quelques rues seulement de la fontaine si emblématique de Savannah. Connaissant l'amour de Sienna pour tout ce qui donnait du caractère à une ville, Ethan avait vraiment hâte de découvrir les environs à travers ses yeux.

— Je voulais m'assurer que tu sois au cœur de tout.

Ils trouvèrent une cuisine digne d'un grand restaurant à l'arrière de la maison. Sienna rangea les commissions, Ethan monta leurs affaires à l'étage. Comme il ne savait pas quelle chambre elle choisirait, il déposa les bagages sur le palier puis redescendit. Il la rejoignit dans le salon, où elle étudiait un dépliant laissé par les propriétaires.

— J'ai fait quelques recherches avant de partir, dit-elle, joyeuse, en l'entendant ricaner. Comme ça, pendant que tu fais connaissance avec ta famille, j'aurai de quoi m'occuper.

— À ce propos. J'espérais que tu m'accompagnerais chez ma mère. Nous jouerons les touristes ensuite. Il y a plusieurs cimetières, si tu aimes ce genre de choses, des monuments historiques et des tas d'attractions le long de la rivière.

— Tu n'es pas là pour ça.

— Non, mais j'adore te servir de guide.

— As-tu passé beaucoup de temps à Savannah ?

Cette question lui rappela que sa famille habitait ici. Famille dont il ignorait l'existence jusqu'à peu. Il frissonna en réalisant qu'il s'était trouvé tout près de la femme qui lui avait donné la vie.

— Je suis déjà venu, oui. Pour un mariage et pour un stage.

— Un stage ? s'étonna-t-elle. Moi qui croyais que tu avais toujours travaillé pour Watts Shipping.

— En quelque sorte. Quand mon grand frère a suivi sa passion pour l'informatique et lancé sa société, l'entreprise m'est naturellement tombée entre les mains.

Elle le dévisagea quelques longues secondes.

— Avais-tu d'autres perspectives d'avenir ?

Cherchait-elle des informations pour sa sœur ? Pour l'heure, Ethan écarta sa paranoïa.

— Franchement, je n'ai jamais eu l'occasion de trouver un domaine qui me passionnait.

— Parce que personne chez toi ne s'intéressait au fret maritime ?

— Plus ou moins.

Même s'il envisageait parfois de ne plus travailler pour sa famille, il comprenait bien à quel point on comptait sur lui. Ce poids lui avait lourdement pesé sur les épaules, les premières années. Il ressassa sa colère envers Teagan et son opportunisme. Quelle ironie… Au moment où il avait cessé de se tourmenter quant à son destin, une petite nouvelle menaçait tout à coup de lui voler le poste qu'il s'était désormais persuadé de vouloir.

De plus, il apprenait que sa famille de sang possédait elle aussi une grande compagnie. Peut-être lui trouverait-on une place. Dans ce cas, Ethan n'aurait plus à se soucier de Teagan et pourrait explorer sa relation avec Sienna.

— Allons voir où nous dormirons, ce soir.

Il n'avait pas voulu provoquer un orage dans la pièce, mais s'imagina immédiatement Sienna entre les draps avec lui, nue et sauvage. Le regard qu'elle lui adressa fit bouillir son sang.

— Ethan…

Son prénom, rien de plus. Ce mélange d'inquiétude et d'insistance le foudroya. Il la prit par la taille et l'attira près de lui.

— Qu'allons-nous faire de ça ? demanda-t-il en enfouissant le nez sous son oreille.

Elle frémit au contact de ses lèvres sur sa peau sensible.

— Que veux-tu faire, toi ?

— T'emmener en haut et passer le reste de la nuit à te faire vibrer de plaisir, lui susurra-t-il en lui caressant le sein, savourant sa douceur. Qu'en dis-tu ?

— J'en dis que… je suis partante.

Cette hésitation, même infime, lui fit relever la tête pour la regarder.

— Si tu n'es pas sûre, je comprendrai.

— Détrompe-toi, j'en ai envie, précisa-t-elle en posant la main sur la sienne avant d'esquisser un sourire timide. Mais j'aimerais simplement…

La vulnérabilité dans le gris-bleu de ses yeux lui sembla sincère.

— … ne pas être une… distraction passagère.

Il émit un ricanement nasal.

— Tu as été une distraction dès l'instant où tu es descendue de cette voiture, l'autre jour. Dans le bon sens.

Sa sœur l'avait certainement compris et comptait bien en profiter. Ethan oublia cette affaire et se concentra sur la chaleur au creux de son être.

— Ah !

Sa surprise s'avéra si ravissante que, l'espace d'un instant, Ethan se demanda si ses doutes étaient fondés. Seule une actrice de génie pourrait feindre la candeur aussi longtemps sans s'égarer. Il ne restait qu'une seule manière de le savoir. Il la souleva et se dirigea vers l'escalier.

- 8 -

Prise dans la sensation de tomber en chute libre, Sienna enroula les bras autour du cou d'Ethan et se laissa enlever. Tout entre eux les avait conduits à cet instant. Sa poitrine se serra, elle eut le souffle court. Elle se sentait stupide de penser le connaître depuis toujours quand en vérité ils s'étaient rencontrés quelques jours auparavant. Malgré tout, elle lisait en lui, remarquait la moindre émotion sur son visage.

Il la reposa près du lit puis tira en douceur sur le ruban de sa robe. Les pans se séparèrent quand la ceinture tomba pour exhiber la soie et les lacets cachés dessous. Après l'avoir débarrassée de la robe, il posa jeta dans un fauteuil à l'autre bout de la chambre.

Il se pencha pour murmurer à son oreille :

— Tu es divinement belle.

D'autres avaient vanté ses charmes avant lui, mais elle n'y avait jamais vraiment prêté attention. Le compliment d'Ethan, en revanche, éveilla en elle une émotion brute. Son besoin désespéré d'y croire brisa toutes ses résistances. Elle souhaitait simplement qu'il ne la traite pas comme un vulgaire objet.

Elle entreprit de déboutonner sa chemise, pressée de toucher tous ses muscles saillants et sa peau ardente. Il fit sauter ses boutons de manchette, si bien que quand elle eut terminé, le tissu tomba tout seul sur le sol avec légèreté. Haletant un peu tous les deux, ils s'observèrent quelques secondes.

— Ce n'est plus un rêve, chuchota-t-elle, la gorge nouée.

— Si c'est ce que tu veux, fit-il, un sourcil arqué.

Lui accordait-il vraiment une porte de sortie ? Sienna n'avait jamais autant eu envie d'un homme. Quand elle comprit que lui ne devait sans doute pas partager ce sentiment, elle recula. Donnait-elle trop d'importance à tout cela ?

— Bien sûr.

Soudain, la climatisation la fit trembloter. Elle se sentit gênée, là, dans la lingerie de soie qu'elle avait achetée en pensant à lui.

— Sauf si tu n'en as pas envie, Ethan.

D'un rire rauque, il effleura ses dessous délicats, chevaucha la rondeur de sa hanche et le creux de sa taille. Et il remonta plus haut et plus haut encore jusqu'à sa poitrine. Elle n'avait pas mis de soutien-gorge, aussi son pouce joua-t-il avec ses pointes durcies, lui arrachant un léger cri.

— J'en aurai toujours envie.

« Toujours » lui parut bien fort, comme s'il suggérait qu'ils n'assouvissaient pas un simple désir sexuel. La panique virevolta au fond de son âme comme un oiseau captif. Ce ne devait être rien de plus qu'une aventure légère et sans lendemain, avant son retour à New York.

Elle oublia de telles pensées et passa la main sur son biceps hâlé pour la poser sur son cœur.

— Fais-moi l'amour, Ethan.

Il lui prit alors un téton en bouche. Elle se cambra au contact de sa langue.

Sienna passa les doigts dans l'épaisse chevelure de

son amant et s'y agrippa pour ne pas chanceler tandis qu'il l'embrassait entre les seins en passant de l'un à l'autre. Cette fois, au lieu de simplement en taquiner le bout, il la mordilla en douceur tout en suçotant ses pointes. Sienna poussa un cri qui se mua en gémissement au moment où il caressa la chaleur entre ses cuisses, écartant les plis de sa chair pour mieux l'exciter.

— Ça va ? murmura-t-il d'une voix lourde de plaisir en lui embrassant le cou.

— Super ! Incroyable, haleta-t-elle en se frottant à sa main, pressée de le sentir en elle. Continue.

Ses doigts s'enfoncèrent en elle, la renvoyant à son orgasme sur le yacht. Elle se cambra plus encore pour mieux accueillir ses audaces. Ce soir, personne ne viendrait les interrompre.

Il la comblait en rythme ; un va-et-vient lancinant, une caresse sur le clitoris puis une autre pénétration profonde. Chaque geste attisait son désir pour lui, lui arrachait toute raison, la poussait à la folie. Elle se cramponnait à ses épaules, se déhanchait contre lui, un cri aigu près de jaillir de sa gorge tant la torture se muait en plaisir continu.

Alors, elle se laissa aller et atteignit l'extase. Elle trembla sous les torrents de volupté qui l'emportaient. Des décharges électriques lui court-circuitèrent les muscles. Ses genoux lâchèrent, et seul le bras solide d'Ethan autour de son ventre l'empêcha de tomber. Il la couvrit ensuite de baisers en la rapprochant du lit. Quand ses mollets touchèrent le bois dur, elle s'assit en poussant un soupir peu élégant qui la fit presque éclater de rire.

— Tout va bien ? lui demanda-t-il.

— Parfaitement bien.

Elle posa les pieds sur le matelas et se souleva légèrement afin de retirer sa culotte du bout des pouces, la laissant filer sur ses cuisses jusqu'à être entièrement, absolument, nue.

— Mais ça ira encore mieux quand tu me rejoindras.

Ethan n'avait pas regardé Sienna se déshabiller. Après avoir ôté son pantalon, il s'était baissé afin d'attraper un préservatif dans sa poche. Quand il se retrouva devant elle, allongée telle une déesse exotique attendant que son serviteur mortel la comble de plaisir, il en resta coi.

— Ethan ? s'inquiéta-t-elle en clignant des yeux. Ça va ?

Le préservatif entre les doigts, il s'agenouilla près du lit, s'installa entre ses jambes écartées et fixa la toison sauvage sur son mont de Vénus. Les femmes qu'il fréquentait la taillaient et l'épilaient à tel point qu'il avait oublié la magnificence de leurs charmes naturels.

— Merveilleuse. Tu m'excites tellement. Je vais te faire jouir encore une fois.

Prise d'un nouveau rire mué en gémissement vif quand Ethan lécha le creux de sa chair encore palpitante, Sienna s'abandonna à son expertise. Bien plus rapidement qu'il ne le croyait possible, elle jouit une deuxième fois, toujours plus fort. Pendant qu'elle gisait sur les draps, poupée de chiffon dont la poitrine se soulevait de façon erratique, Ethan la surplomba. Il sourit et lui dégagea une mèche rebelle du visage.

— Te faire crier de plaisir embellit ma vie.

Aux prémices de son orgasme, elle lui avait coupé le souffle. Sans oublier que c'était lui le responsable de cette jouissance pure. Et elle lui faisait assez confiance pour se laisser aller sans retenue.

— Que dirais-tu que j'en fasse autant ?

Elle laissa traîner la douceur de ses lèvres sur son cou, provoqua une tempête dans ses veines. Sa langue se perdit sur les pulsations dans sa gorge quand elle saisit son érection. Elle allait l'achever. À moitié engourdi par toutes ces sensations, il dut serrer les dents et lutter pour ne pas jouir comme un débutant avec sa première petite amie.

Il se pencha et l'embrassa, s'abandonnant à cette envie déchirante, empoignant le bas bien rond de son dos. Les battements de son sexe s'amplifièrent quand il flatta la poitrine spectaculaire de Sienna et se délecta des sons si incontrôlables qu'elle poussait.

— Ça suffit, gémit-elle, en se redressant d'un coup sur les coudes pour attraper le préservatif abandonné sur le matelas. Enfile ça. Je te veux.

Il tremblait un peu en s'exécutant. Elle le regarda faire en lui griffant légèrement les jambes. Dès qu'il fut prêt, elle lui prit le sexe, et il se crispa de nouveau sous sa poigne ferme.

Il se cala entre ses jambes et conquit ses lèvres. Sa langue trouva la sienne. S'ensuivit une série de longs baisers enivrants. Il se perdit dans leur union, réprima la passion dans son sang, préférait la pousser jusqu'à l'orgasme encore une fois afin de mieux sceller leur nuit.

Cependant, les caresses folles de Sienna auraient vite raison de lui. Il se positionna au-dessus d'elle. Il voulait voir son visage, savoir qu'elle était là avec lui. Leurs regards se croisèrent, et il décela des éclats de désir dans ses yeux. Sans plus rien pour le retenir, il pencha le bassin en avant. Là, tout contre Sienna, il joua avec le bout de son sexe contre sa chaleur étroite.

— Viens, Ethan, murmura-t-elle, soulevant les hanches dans une supplique affamée.

Les muscles crispés, il se glissa en elle et la sentit l'accueillir. Centimètre par centimètre, il s'enfonça plus loin au paradis.

— C'est si bon.

Il devait lui faire comprendre à quel point elle le comblait.

— Oh ! bon sang, oui ! s'exclama-t-elle en battant des cils, les doigts plantés dans la peau d'Ethan.

— Je n'en ai jamais eu autant envie.

— Moi, non plus.

La passion rugit en lui, en exigea plus. Il se retira, et Sienna se contracta comme pour le retenir. Dans un mouvement tout aussi tendre, il revint en elle, imprimant son soupir enivré dans sa mémoire, un soupir qui n'appartiendrait plus qu'à lui.

— Ça te plaît ? demanda-t-il en lui mordillant le lobe de l'oreille.

Elle frissonna, se crispa autour de lui encore une fois quand il accéléra peu à peu.

— Tellement, cria-t-elle sous ses assauts. J'adore…

Ses gémissements pendant qu'il allait et venait lui comprimèrent la poitrine. Pourquoi devait-il ressentir cela pour Sienna en particulier ? Elle représentait ses rêves les plus fous et arrivait au plus mauvais moment. Or, tandis qu'ils se poussaient l'un l'autre vers l'orgasme, et qu'elle ne se détourna pas une seule fois de son visage, Ethan resta persuadé de ne rien lui dissimuler. Et au lieu de se cacher, il lui offrit tout, ses inquiétudes, sa joie et même son bonheur infini.

— Ah !

Sienna se cambra, ses muscles se contractèrent en l'étreignant furieusement, exigeant sa force. Il fut captif d'une connexion magique qui chamboula tout son univers. Son désir le fit exploser, le projetant dans la plénitude.

Ethan s'imprégna de la respiration saccadée de Sienna au bord de l'orgasme, crispée et tendue contre lui. Lorsque lui-même fut sur le point de jouir, il se retint encore un instant avant qu'elle l'emmène dans une jouissance explosive, enivrante, au fond d'un abîme de satisfaction.

Ensuite, il roula à côté d'elle pour la serrer fort. Leurs jambes emmêlées, Sienna à moitié amorphe et lovée dans ses bras, son souffle, un ronronnement content, contre son cou… Un calme inédit s'empara d'Ethan. Il enfouit le nez dans sa chevelure puis écouta les battements de leurs cœurs s'apaiser au même rythme.

— Je suis morte et je viens de monter au paradis, murmura-t-elle en relevant la tête pour l'observer de derrière ses longs cils.

Un vif éclair d'énergie le revigora quand elle lui sourit. Trop conscient que l'influence de Sienna devrait l'effrayer, Ethan rejeta ses peurs loin, très loin aux confins de son âme.

— Et le week-end commence à peine.

— Mais nous ne sommes pas là que pour ça, le corrigea-t-elle en faisant courir les doigts sur sa joue, son nez et son front. Tu dois aussi rencontrer ta mère et passer du temps avec elle.

— Mais nous serons seuls, le soir. Ici. Dans ce lit.

— Seulement dans le lit ? s'amusa-t-elle, tournée

vers la fenêtre ouverte sur la cour. Je croyais que tu aimais l'eau. Le jardin est fermé, et il y a une piscine.

Ravi par cette idée, Ethan l'embrassa avec tendresse.

— N'oublie pas la grande baignoire.

— Et la douche ? J'ai toujours rêvé de…

Elle laissa ses paroles se mourir doucement d'un air mutin.

— Je ferais mieux de te montrer, conclut-elle.

— Je crois que oui, Sienna.

Sous les rayons du soleil matinal, Ethan se réveilla seul, en proie à une panique soudaine. Sienna était partie. L'angoisse le sortit de sa torpeur. Il se redressa sur un coude, se frotta les yeux et observa la chambre. Rien. Hormis son pantalon et la robe de la jeune femme. Sa chemise avait disparu. Par-dessus les battements rapides de son cœur, un bruit de vaisselle se fit entendre, et Ethan s'affala sur le lit.

Face à cette réaction déconcertante, il se demanda à quel point il avait pu changer d'avis à propos de Sienna.

Il se couvrit la bouche pour bâiller à s'en décrocher la mâchoire puis se leva et s'étira. Le mélange d'odeurs de bacon et de café lui fit gargouiller le ventre. Avant de descendre, il vérifia ses messages sur son téléphone. Il soupira en ne voyant aucun mail du mystérieux inconnu.

Cette confiance accordée à un fauteur de troubles anonyme le dégoûta, lui qui suivait toujours son instinct. Avec tout ce temps passé en compagnie de Sienna, il aurait déjà trouvé quelque chose de suspect chez elle. Il ne se voilait pas non plus la face en raison de leur attirance mutuelle. Il avait guetté le moindre faux pas.

Et, la nuit dernière, elle n'en avait fait aucun. Rien

n'était venu gâcher ces heures passionnées, riches d'une félicité sans fin. Après cette union physique, il savait qu'il pouvait lui confier ses plus terribles doutes et secrets. Ils étaient des âmes sœurs, à bien des égards. Tous deux ne partageaient pas tout avec leurs proches.

La plupart du temps, on voyait Ethan comme un homme simple et amusant. Il travaillait dur, profitait de son bateau les week-ends et de la vie nocturne de Charleston. Cependant, il avait montré à Sienna la vérité derrière cette illusion. Non seulement lui avait-il parlé du fait d'être adopté, mais il lui avait également révélé son besoin de découvrir ses origines.

Se serait-il confié à Sienna si elle lui avait pas parlé de la froideur de ses parents ? Comme si occuper la place de l'enfant du milieu ne suffisait pas, elle se retrouvait coincée entre un frère destiné à reprendre l'entreprise familiale et une sœur adoptée pour sa beauté. Pas étonnant qu'elle se soit cachée derrière son intellect et encore plus isolée.

De telles révélations avaient éveillé en Ethan l'envie de la protéger. Et notamment de cet ami anonyme et de ses calomnies. Pour la première fois, il décida de lui répondre. Il ouvrit le dernier message reçu pour lui envoyer une réponse crue. Il y déversa toute sa frustration, fustigea ce corbeau pour son manque de précision et de détails au sujet des sœurs Burns.

Ensuite, Ethan enfila un caleçon et descendit. Il s'arrêta sur le seuil de la cuisine afin d'admirer les cheveux en bataille de Sienna, ses lèvres encore rouges de passion, la manière si excitante dont sa poitrine ferme tendait le tissu de sa chemise. En le voyant, elle lui versa un café et contourna l'îlot central pour lui apporter. Ses jambes nues lui rappelèrent la façon dont elle l'avait ceinturé entre ses cuisses et supplié de la prendre plus fort encore. Il eut une nouvelle érection, aussi attrapa-t-il Sienna par les hanches pour se coller à elle.

— Tous mes parfums préférés, fit-il en acceptant la tasse avant d'enfouir le bout du nez dans son cou. Café, bacon et toi.

Il posa les lèvres sur un point sensible dans l'espoir de la faire vibrer. Mission accomplie. Il lui empoigna les fesses puis glissa une paume sur un de ses seins en lui adressant un sourire carnassier.

— Je me suis dit qu'un gros petit déjeuner nous ferait du bien. Comme nous n'avons pas mangé, hier soir…

Après si peu de temps pour se connaître, ils étaient pourtant synchrones dans la cuisine et échangeaient des regards enfiévrés, appréciateurs, en savourant leur café avant de se lancer dans un rituel de baisers et de caresses pas si innocentes après une nuit torride. Même s'ils avaient cédé à leurs appétits plusieurs fois au cours de la nuit, sa faim pour elle commençait à l'emporter sur son ventre vide. Le besoin de tout balayer sur le plan de travail en granit pour la prendre sauvagement finit par le distraire au point qu'il se blessa en coupant des fraises.

Sienna l'emmena tout de suite se passer le doigt sous l'eau. Ethan sentit sa gorge se nouer ; elle était si adorable à chercher un pansement dans tous les coins pour si peu. Après qu'elle eut déclaré qu'il survivrait, il lui caressa les cheveux et lui donna un baiser. S'il avait simplement voulu la remercier, la situation leur échappa rapidement. En fin de compte, ils tirèrent profit de tout l'espace entre le comptoir et le réfrigérateur.

Ensuite, Sienna s'accrocha aux épaules d'Ethan et émit un petit rire. Il fit glisser une main en haut de ses cuisses et sur ses reins, fasciné par cette paix intérieure en lui. Cette femme le surprenait d'heure en heure. Et pas en raison de cette alchimie sexuelle entre eux. Il se prit à seulement vouloir la tenir dans ses bras pour l'écouter respirer. Que lui arrivait-il ? Sans lui laisser le temps de trouver une réponse satisfaisante, son ventre gargouilla. Sienna l'observa, amusée.

— On dirait que tu as faim, le taquina-t-elle en se libérant.

— J'ai du mal à croire qu'on se connaisse depuis si peu de temps, déclara-t-il en l'observant enfiler sa chemise.

L'air frais sur sa peau en surchauffe lui arracha un frisson. Sienna lui lança un regard en coin. Les coulures de son mascara la rendaient plus sensuelle encore.

—Je sais. Je ne me lie pas aux gens aussi rapidement, d'habitude, encore moins aux hommes.

— Serais-je unique ? demanda-t-il sérieusement. Parce que… tout ça me paraît unique.

— À moi aussi, admit-elle avec un soupir hésitant. En toute franchise, je n'ai jamais connu un tel plaisir, mais il doit bien y avoir une raison à cela.

— C'est nouveau pour moi, ajouta Ethan, préférant cacher ses sentiments sous des allusions floues.

— Pour moi aussi, lui assura-t-elle d'un sourire vague, une main levée.

Comment pouvait-il tant la désirer sans même savoir s'il lui faisait confiance ? Cette envie naissait-elle de ce jeu entre eux ? Il luttait pour réunir les deux facettes de celle qui complotait contre lui avec sa sœur et de cette femme apparemment sincère qui s'était abandonnée entre ses bras. Était-elle si douée pour la comédie ? Ou n'était-elle qu'un pion, inconsciente des plans de sa sœur ? Dans tous les cas, elle représentait un danger. Ethan devait seulement comprendre si c'était le risque qui la rendait si irrésistible.

— À quelle heure dois-tu retrouver ta mère ? reprit-elle sans se douter de son trouble intérieur.

— Elle nous attend à 10 heures.

Sienna regarda l'horloge du micro-ondes.

— Es-tu sûr de ne pas vouloir y aller seul ?

— Absolument.

Au milieu de toutes ces décisions difficiles, Ethan restait persuadé d'une chose : emmener Sienna à Savannah demeurait bien la meilleure. Malgré ses éventuels mensonges, il ne pouvait ignorer la paix qu'elle lui apportait. Et il avait besoin d'un peu de soutien pour cette rencontre.

— Es-tu nerveux ? Tu ne seras pas le seul.

— J'ai des tas de questions à lui poser.

À commencer par l'identité de son père ou encore pourquoi elle l'avait cru mort, pendant toutes ces années.

— Et si je ne l'aime pas ? ajouta-t-il.

Il n'avait pas envisagé cette éventualité jusqu'à présent. Et s'ils ne s'appréciaient pas ? Développeraient-ils un lien familial inné ou resteraient-ils deux étrangers séparés par le destin, incapables de franchir la distance entre eux ?

— Accordez-vous une chance d'apprendre à vous connaître. Si tu n'attends rien, tu ne seras pas déçu.

Si ce conseil s'adressait à lui, il semblait tout aussi bien la concerner elle.

- 9 -

Sienna étudiait son reflet dans le miroir en mettant les petites perles à ses oreilles, cadeau de sa mère pour ses seize ans. Elle avait longuement réfléchi à la tenue parfaite pour la rencontre avec la famille d'Ethan. En premier lieu, elle s'était dit qu'un de ses anciens ensembles new-yorkais plairait le plus à une femme d'affaires comme Carolina Gates. Cela soulignerait son sérieux. D'un autre côté, elle n'était pas venue impressionner une inconnue, mais soutenir Ethan, et il lui avait fait comprendre son goût pour les tissus légers virevoltant sur les promesses de sa peau et de ses courbes dévoilées.

En fin de compte, elle opta pour une robe en dentelle ajourée en contraste avec un col pudique et une jupe sous le genou. Quand Ethan lui signifia son admiration, elle tourbillonna pour lui avant de quitter la location, ravie de l'avoir séduit une fois encore.

Il lui prit la main et la posa sur son bras dans un élan de galanterie quand ils s'engagèrent dans la rue puis dans Forsyth Park. Même sous le soleil filtré par les chênes moussus, Sienna se réjouit d'avoir mis un chapeau à bord large. Touristes et locaux déambulaient au milieu de la végétation près de la fontaine ou dans les allées. Ils croisèrent des familles avec des poussettes, des couples avec des appareils photo et de nombreux propriétaires de chiens.

Dix minutes plus tard, ils arrivèrent devant la grille de fer forgé et la maison ancienne où résidait la mère d'Ethan. Submergée par l'émotion, Sienna observa son compagnon pour voir si tout allait bien. Il semblait tendu, malgré ses efforts pour garder son calme.

Plus ils approchaient du portail, plus elle le sentait nerveux. Tout en elle lui hurlait de le rassurer, mais elle hésitait.

La peur d'un rejet continuait de la hanter. Peu importe leur lien, ils restaient des inconnus. Apprécierait-il au moins sa compassion ? Puis, incapable de le laisser en plein désarroi, elle lui donna un petit coup d'épaule d'un geste amical. Son regard quand il se tourna vers elle trahissait son trouble et son impatience. Émue par cette sincérité, elle lui offrit un sourire tendre.

— Merci de m'avoir accompagné. Ça me touche que tu aies accepté, Sienna.

— Aucun problème.

Son cœur s'envola. Elle avait bien fait. Cette rencontre le tracassait donc bel et bien. Elle s'en trouva honorée de pouvoir partager cet instant avec lui.

Les notes modernes du manoir, bâti en un hommage à la Grèce antique, sautèrent aux yeux de Sienna une fois à l'intérieur. On avait peint les murs et moulures en plâtre d'un blanc étincelant réchauffé par les tons miel du parquet en pin.

Ethan et Sienna suivirent la femme de ménage dans un petit salon classique où trônaient un sofa ancien immaculé et deux fauteuils modernes à l'armature de laiton, recouverts de velours bleu marine. Entre les deux se trouvait une table en bronze en forme d'éléphant assis. Des structures de métal contemporaines se dressaient sur des consoles antiques, et des coussins affichaient une aquarelle abstraite. Des rideaux monochromes à motif graphique flanquaient un secrétaire en bois massif placé sous la fenêtre dominant Forsyth Park.

En s'asseyant à côté de lui sur le sofa, Sienna vit Ethan étudier la pièce lui aussi, comme à la recherche d'indices sur la propriétaire. Heureusement, ils n'attendirent pas longtemps avant son arrivée. Carolina Gates, la cinquantaine, paraissait dix ans de moins. Dans son tailleur rétro bleu cobalt, elle imposait près d'un mètre quatre-vingts d'indépendance féminine. Ses cheveux chocolat tirés en arrière pour dégager son front lui retombaient sur les épaules. Ses doux yeux bruns collaient parfaitement à son visage sans rides.

Quand elle s'approcha, Ethan serra un peu plus les doigts de Sienna. Elle lui rendit la pareille afin de lui redonner courage. Alors, ils se levèrent tous les deux, et il la lâcha pour saluer Carolina. Mère et fils restèrent un instant à s'observer. Ils irradiaient de stupeur, de peine et de joie. Sienna s'écarta.

— Te voilà, annonça sobrement Carolina, la gorge soulevée de manière incontrôlable en étudiant son enfant. Quel bonheur de te rencontrer.

— J'avais vraiment hâte, répondit-il d'une voix rauque, mais contenue.

Les yeux de Carolina s'embuèrent, donnant à son regard un éclat plus vif encore.

— Tu es grand. Comme ton père. Et tout aussi beau, mais je crois que tu as mon nez et mes yeux.

Sienna sentit à son tour des larmes poindre devant tant d'émotion. Elle s'essuya discrètement les joues quand la mère d'Ethan se tourna vers elle.

— Pardonnez-moi, fit-elle en hochant la tête pour la saluer, comme si elle refusait de quitter son fils maintenant qu'il se tenait enfin devant elle. J'en oublie mes manières. Carolina Gates.

— Sienna Burns, enchantée. J'espère que je ne dérange pas.

— Au contraire. Mais asseyons-nous.

Le grand sourire de Carolina rappelait celui si charmant de son fils, même si elle gardait une sorte de réserve derrière son enthousiasme. Elle emmena Ethan sur le sofa, et Sienna dut prendre un des fauteuils en face. Comme si le personnel avait attendu ce moment, la femme de ménage apparut, portant un service à café argenté et trois tasses en porcelaine anglaise. Cette petite pause leur laissa tout le loisir de s'observer et de s'apaiser.

— Désolée, si je te dévisage, dit Carolina, la gorge un peu sèche. Je n'en reviens toujours pas que mon garçon soit en vie et assis tout près de moi.

— Au téléphone, tu m'as promis de tout m'expliquer.

— Droit au but, murmura-t-elle avec humour. Tu es bel et bien mon fils.

D'après les lignes droites et les tons pâles de la décoration, Sienna avait deviné la franchise et l'exigence de son hôtesse. Sa coiffure nette, son maquillage discret et les saphirs et les diamants à ses oreilles, ses uniques bijoux, trahissaient également son caractère.

— Ton père est le seul que j'ai jamais aimé. Nous nous sommes rencontrés quand j'étais au lycée. Il avait deux ans de plus que moi, nous sommes sortis ensemble trois ans. À l'obtention de son diplôme, il s'est engagé dans la marine et est mort lors d'une manœuvre. J'ai appris que j'étais enceinte peu après, sinon nous nous serions mariés. Mon père a hurlé de rage quand il a su. J'étais sa fille unique, et il espérait que je reprenne les rênes de Gates Multimedia, mais bien sûr cela impliquait de continuer mes études. Comment intégrer une école prestigieuse tout en m'occupant de mon bébé ?

— Tu disais ne pas m'avoir abandonné. Que s'est-il passé ?

— Mon père a payé une infirmière pour qu'elle t'enlève et falsifie un acte de décès.

Ethan rougit de colère.

— J'étais son petit-fils. Comment a-t-il pu ?

— Il n'a jamais aimé Tony, lui indiqua Carolina en allant chercher un album dans une vitrine. Antonio Bianchi.

Elle avait prononcé son nom à mi-voix, effleurant la couverture du bout des doigts, ses traits si tendres adoucis par une dévotion infinie… Sienna crut pleurer.

— Ça n'a pas plu à mon père que je fréquente un homme d'un rang inférieur, selon lui. La famille de Tony avait quitté Boston pour s'installer ici. Son père travaillait à l'usine d'aéronautique de Gulfstream Aerospace.

Quel amour avait-elle dû porter à cet homme pour que même trente ans de séparation ne pussent altérer ses sentiments à son égard ? Sienna n'avait pas l'habitude de donner les clés de son cœur. Qu'avait-elle manqué en jouant la prudence ? Beaucoup de douleur, évidemment. Mais qu'en était-il du positif ? Apparemment, Carolina n'aurait jamais oublié trois ans à aimer Antonio Bianchi si cela avait pu lui éviter plusieurs décennies de deuil.

Carolina vint se rasseoir puis ouvrit l'album sur ses genoux. Photo après photo, elle raconta l'histoire de deux adolescents heureux. Sienna se détendit en observant Ethan, à l'affût de son amusement, de sa méfiance puis son angoisse quand il réalisa vraiment ce par quoi était passée sa mère.

Le déjeuner fut annoncé et tous se rendirent dans la salle à manger.

— J'aimerais que tu viennes à mon bureau, demain, proposa Carolina tandis qu'on leur servait des cœurs d'artichaut farcis au crabe. Je te ferai visiter Gates Multimedia et te présenterai George, Montgomery et Byron.

Le mari et les enfants de Vera, la cousine de Carolina, tous employés dans la compagnie.

Ethan hésita. Il lança un regard à Sienna. Aussi préféra-t-elle intervenir.

— Très bonne idée. Je voulais voir les musées Telfair, mais j'avais peur de plonger Ethan dans les abîmes de l'ennui. Comme ça, tout le monde sera content.

— Alors, c'est décidé ! s'exclama Carolina en prenant la main de Sienna pour la remercier.

Ce geste amical la réconforta. Carolina semblait charmante et abordable. Assurément quelqu'un avec qui elle aimerait passer du temps. Puis, elle comprit qu'Ethan ne partageait pas son enthousiasme. Derrière son sourire indulgent, il demeurait prudent. De toute évidence, il ne se sentait pas prêt à s'ouvrir à sa mère.

Il ne manifesta aucun désir de s'éterniser après le déjeuner, et Sienna suivit le mouvement, même si elle avait des tas de questions sur les œuvres d'art amassées par Carolina. Celle-ci lui donna une accolade étonnamment affectueuse puis Sienna rejoignit Ethan à l'extérieur.

Sur le trottoir, il lui prit la main et traversa la rue à toute allure, forçant Sienna à trottiner derrière lui. Il ne ralentit qu'une fois dans le parc et, au lieu de rentrer, fit un détour par la fontaine. Comme à son habitude, Sienna avait écumé Internet et disposait de pléthore d'anecdotes.

— La fontaine a été construite en 1858. On croit souvent que c'est la copie d'une fontaine de la place de la Concorde, à Paris, mais figure-toi qu'elle a été commandée dans un catalogue.

Ethan ne répondit pas, elle se tourna vers lui. Malgré leurs doigts entremêlés, il se trouvait à des années-lumière. Pour éviter de le brusquer, elle observa les jeux du soleil sur les jets d'eau et les sculptures de la fontaine. Plus tard, quand ils se remirent en route, Sienna ne put s'empêcher de s'interroger elle aussi à propos du destin. Quelles vies auraient menées Teagan et Ethan s'ils avaient grandi dans leur famille d'origine ?

D'après elle, chez les Watts, sa sœur aurait connu la tolérance, la bienveillance, et non les critiques et le jugement permanent. Les compliments incessants sur sa beauté et non sur son intelligence avaient-ils éveillé en Teagan ce besoin de gagner à tout prix ?

Dans le cas d'Ethan, Sienna en avait vu bien assez pour comprendre qu'il se servait de ses charmes comme d'une arme et d'un bouclier. Ses cheveux noirs le mettaient à part de cette mer de boucles dorées et d'yeux clairs. Devant chaque photo de famille, il se demandait sans doute où se trouvait sa vraie place. Il abusait de son charisme et de son assurance décontractée pour conquérir les cœurs sans jamais ouvrir le sien. La méchanceté du grand-père Gates l'aurait-elle rendu pessimiste ? Se complairait-il dans l'aigreur ?

Quand ils regagnèrent la location, Sienna mourait d'envie de savoir ce qu'Ethan pensait de tout cela, mais elle saisit à quel point elle devait recréer le lien entre eux. Aussi l'emmena-t-elle à l'étage. Elle eut le temps de lui enlever son veston et sa cravate avant qu'il se rende compte de ce qu'elle faisait.

— Tu ne voulais pas aller te promener ?

Il déboutonna sa chemise, son regard avide posé sur elle. Elle ôta sa robe.

— Plus tard.

Elle jeta ses vêtements et ses sandales à talons dans un coin. Entièrement nue, elle lui prit le visage et s'ancra au plus profond de ses yeux.

— Pour l'instant, j'ai seulement envie de te faire l'amour.

Le vendredi, en fin d'après-midi, Ethan rentra après avoir passé la journée avec sa mère dans les locaux de Gates Multimedia. Il était confus et devait parler à Sienna. Malheureusement, elle n'était pas encore là. Aussi, il s'installa sur une chaise longue près de la piscine, une bière à la main. En temps normal, il réfléchissait mieux au bord de l'eau, mais ce jour-là il ne trouva pas la paix nécessaire.

Il n'avait cherché les conseils de personne dans sa vie, pas même de sa famille. Il n'aimait pas souffrir, alors pourquoi s'attarder sur les causes de son chagrin ? Cependant, ignorer sa mélancolie ne l'avait aidé en rien. Son silence n'avait pas effacé ce sentiment d'être un étranger pour ses proches.

Ces dernières vingt-quatre heures avaient vu s'enchaîner les premières fois. Depuis le séisme de cette nuit d'amour avec Sienna jusqu'à la rencontre avec sa mère en passant par ses révélations sur son père, Ethan avait subi d'intenses secousses.

Partager ses peurs avec Sienna à cause de l'attitude abjecte de son grand-père l'avait aidé à faire le tri. Aurait-il vraiment dû lui faire confiance ? Néanmoins, il n'avait pu s'empêcher de révéler sa peine d'apprendre que le vieux Gates s'était débarrassé de lui comme d'un chiot boiteux.

— Salut.

Il sentit la tendre chaleur de la main de Sienna sur son épaule.

— Comment s'est passée la journée avec ta mère ?

— Elle m'a demandé de prendre la tête de la compagnie.

— Waouh ! siffla-t-elle en se perchant à côté de lui pour observer sa réaction. C'est énorme.

— Je ne m'y attendais pas du tout.

— Non pas que je mette en cause sa décision, mais t'a-t-elle expliqué pourquoi ?

— Elle a hérité du poste à la mort de son père, mais toujours avec la ferme intention de trouver quelqu'un pour la remplacer.

La réticence de Carolina à confier Gates Multimedia à ses proches l'avait surpris… Tous connaissaient très bien la société.

— Et elle t'a trouvé.

— Et elle m'a trouvé.

Seulement, il n'était pas convaincu de pouvoir rester à Savannah.

Sienna alla leur chercher des bières et leur préparer de quoi grignoter avant le dîner, aussi Ethan prit son téléphone pour demander son avis à son frère. Lorsque Paul s'était mis à son compte au lieu de travailler pour Watts Shipping, Ethan s'était senti obligé de prendre les choses en main. L'arrivée de Teagan lui offrait une porte de sortie en fin de compte.

Avant de rédiger son mail, il consulta sa messagerie. Une adresse familière le fit frémir.

Avant de défendre Sienna, vous devriez chercher à savoir pourquoi toutes les galeries d'art de New York l'ont évincée. Un ami.

Même si ces avertissements le blasaient, Ethan transféra tout de même le mail à Paul en lui demandant de vérifier ces informations.

Il reposa ensuite son téléphone et se frotta les paupières, harassé. Pourquoi fallait-il qu'il soit assailli de doutes permanents au sujet de Sienna quand elle semblait incarner l'amante, la confidente et l'amie parfaite ?

— Et voilà !

Il releva la tête. Elle posa un plateau de crackers, de fromage et de fruits sur la petite table à côté de lui. Elle tenait deux bières dans son autre main.

— Qu'est-ce que tu portes ? demanda-t-il en se perdant sur ses épaules nues avant d'accepter une des bouteilles.

— Ne veux-tu pas plutôt savoir ce que je ne porte pas ?

D'un sourire diabolique, elle détacha sa serviette et la jeta sur le siège adjacent.

Sans lui laisser le temps de reprendre ses esprits, elle exécuta un plongeon parfait dans la piscine. Il enleva ses chaussures et sa chemise avant même qu'elle refasse surface.

— Allez, viens.

Elle avait surgi de l'eau comme une nymphe fabuleuse. Plus sa peau blanche sortait des flots, plus il avait du mal à respirer. Un millimètre avant de dévoiler ses tétons sombres, elle arqua les sourcils.

— Elle est bonne.

Ethan ôta son pantalon, souhaitant pouvoir se débarrasser de son tourment d'un geste aussi simple. Mais lorsqu'il se jeta à l'eau et serra le corps nu de Sienna contre le sien, le besoin de protéger son cœur fut anéanti par cette envie irrépressible de se perdre dans ses baisers.

Depuis sa rencontre avec Ethan, Sienna s'habillait davantage pour le plaisir. Elle s'étonnait toujours de la lueur dans son regard dès qu'elle le rejoignait quelque part.

Ayant compris que des vêtements pouvaient la rendre séduisante, elle sortit de nouveau de sa zone de confort quand elle dut s'habiller pour le dîner avec les Gates. Sa longue chevelure relâchée tombait sur un haut noir à lacets et aux épaules dénudées, qu'accompagnait une jupe en tulle blanc. Elle avait enfilé des talons aiguilles foncés, noués par des rubans à ses chevilles. Avec son petit sac à main en satin assorti à l'ensemble, elle était persuadée d'avoir su combiner l'essence de New York et du Sud.

Ethan redoublait de charme dans son costume décontracté gris et sa chemise blanche au col ouvert. En le rejoignant au rez-de-chaussée, elle remarqua son inquiétude derrière son aisance apparente.

— Pourrais-tu me rendre un service, ce soir ? demanda-t-il en refermant derrière eux. Ne te sens pas obligée d'accepter, bien sûr. J'aimerais que tu sois mes yeux et mes oreilles. D'après ce que ma mère me raconte au sujet des autres, je me méfie de cette famille. Ton avis serait vraiment le bienvenu.

— D'accord, je vais tâcher de rester attentive.

Ils dînaient au Olde Pink House, célèbre restaurant en face de Reynold Square, au centre de Savannah. Le bâtiment rose historique avait été érigé en 1771 par James

Habersham Jr. Puis, une banque l'avait racheté en 1811. Encore plus tard, après des années de décrépitude, on y avait ouvert une taverne, en 1992. Ethan et Sienna suivirent l'hôtesse au premier étage jusqu'à une grande table carrée dressée devant l'âtre. Des portes doubles donnaient sur un joli balcon qui servait également de bar à cocktails.

Carolina les repéra et les rejoignit, suivie de près par un jeune homme distingué collé à elle de façon possessive qu'elle présenta comme son compagnon, Rufus Knox. Elle respirait la force, le charme. Elle paraissait s'être remise de toutes ses émotions depuis la dernière fois.

Fidèle à sa parole, Sienna suivit Ethan, feignant la joie quand on lui présenta la cousine de Carolina, Vera Pruitt, son mari, George, et un trio de jeunes femmes ; la petite amie, la fiancée et l'épouse enceinte des trois fils du couple.

D'après les faux sourires ou encore les murmures qu'Ethan et Sienna semaient dans leur sillage, les autres membres de la famille ne semblaient pas si heureux que Carolina d'accueillir un petit nouveau. Sienna le laissa discuter avec sa mère et Rufus. La meilleure façon de glaner des informations demeurait l'exploration en solo. Elle sortit sur le balcon pour parler avec les cousins d'Ethan.

— Bonsoir. Sienna Burns.

Les trois hommes se présentèrent à leur tour. Montgomery, Aaron et Byron. Ils affichaient tous les cheveux châtain clair de leur père et les yeux noisette froids de leur mère. Ils ne dépassaient pas un mètre quatre-vingts et portaient d'élégants costumes légers en harmonie avec leur silhouette élancée et nerveuse. Une certaine acidité minait leur beauté classique.

— Que pensez-vous de Savannah ? lui demanda Byron, sans doute le plus chaleureux de tous.

— J'aime beaucoup.

— Pourriez-vous nous en dire plus sur notre cousin ? ajouta Montgomery en la déshabillant sans vergogne du regard.

— Que voulez-vous savoir ? répondit Sienna d'un ton innocent, le ventre noué.

— Venez-vous tous les deux de Charleston ? s'enquit Aaron en agitant son bourbon dans son verre en cristal.

— Seulement Ethan. J'habite à New York.

— Et la distance ne vous dérange pas ? s'étonna Byron.

— Ah ! nous ne nous connaissons que depuis une semaine.

Sienna leur raconta toute l'histoire avec Teagan, sans préciser que sa mère avait toujours préféré sa fille la plus jolie à la banalité qu'elle avait mise au monde.

— Félicitations pour vos fiançailles ! dit-elle à Montgomery en écartant ses frustrations inutiles. Avez-vous décidé d'une date pour le mariage ?

Aaron éclata d'un rire grossier et donna une tape à son frère.

— Si Hyacynth a un minimum de jugeote, elle lui passera la corde au cou avant qu'il prenne la clé des champs.

Montgomery foudroya son cadet du regard.

— Hyacynth aimerait se marier en juin et a prévu une année entière pour l'organisation.

— Au moins, marmonna Byron sur le ton de la plaisanterie.

Sienna se tourna alors vers Aaron.

— Félicitations, à vous aussi ! Votre femme m'a dit qu'elle allait accoucher le mois prochain. Vous attendez une fille, n'est-ce pas ? Vous devez avoir hâte.

— Ou pas, répondit-il d'un nouveau rire tonitruant.

Sienna resta déconcertée face à cette remarque et aux œillades insistantes de Montgomery. Cette grossièreté prouvait-elle la bassesse de cette famille, ou compensaient-ils simplement leur manque d'assurance ? Elle ne put s'empêcher de s'attarder sur le contraste entre leur froideur et l'accueil chaleureux réservé à Teagan chez les Watts.

— On m'a dit que Gates Multimedia a été créée dans les années 1960. Travaillez-vous tous dans la compagnie ?

— Je dirige Gates Technology, répondit Montgomery d'un air pompeux avant d'incliner son verre en direction de son cadet. Byron est le directeur régional du réseau de diffusion sur la côte Ouest, et notre père est le directeur financier.

— Carolina a de la chance de pouvoir compter sur autant de ses proches.

Aucun ne sembla percevoir le sarcasme.

— Et vous, Aaron ? continua-t-elle.

Montgomery prit la parole à sa place.

— Aaron s'est lancé dans bien des aventures sans jamais rien trouver à son goût.

Une colère noire embrasa les yeux d'Aaron.

— Je suis entre deux projets.

Montgomery parut satisfait d'avoir mis son frère dans l'embarras.

— Et vous, Sienna ? Dans quoi travaillez-vous ?

Elle leur expliqua puis continua sur les réussites de sa sœur, se demandant tout le long si elle s'imaginait la surprise sur leurs visages. Cela ne faisait aucun doute que ni leur mère ni leurs compagnes ne voulaient mener leur propre carrière. Issues de familles aisées, elles avaient peut-être accepté de travailler un temps, mais dès la consolidation de leur union elles avaient décidé de se consacrer corps et âme à leur foyer et à leurs enfants. Cela posait-il problème qu'une femme dirige Gates Multimedia ?

Lors du dîner, Sienna se retrouva entre Byron et Montgomery. On l'avait savamment séparée d'Ethan, mais les autres couples étaient assis ensemble. Diviser pour mieux régner ? Un seul regard en direction d'Ethan suffit à lui confirmer qu'il avait lui aussi compris la manœuvre. Cet échange tacite provoqua un frisson chez elle. Cela lui parut étrange de partager un tel lien après une semaine à peine. Peut-être se berçait-elle d'illusions.

La dernière personne avec qui elle avait développé une relation solide restait Gia. Il avait suffi de rien pour que ces deux jeunes étudiantes s'épaulent pendant leurs quatre années d'université et au-delà. Sienna ne s'imaginait pas vivre sans elle. Si elle s'attachait autant à Ethan, alors que lui réserverait l'avenir ? Et si leur relation demeurait à sens unique ? Elle en avait assez entendu au sujet de ses conquêtes pour savoir qu'il n'était pas du genre à s'engager. Allait-elle au-devant d'une déception et d'une peine sans nom en s'impliquant trop ?

Montgomery lui adressa une moue curieuse.

— Ainsi, vous et notre cousin n'êtes pas ensemble ?

Prise de court par cette question directe et l'insistance de Montgomery, Sienna sentit le sang lui monter aux joues. Quel nom poser sur leur histoire quand elle ne savait même pas où ils allaient ?

— Nous sommes… amis.

— On dirait que ce n'est pas tout, affirma Montgomery, ses yeux allant de ses lèvres jusque sur sa poitrine. Ou alors il n'apprécie pas les belles choses même quand on les lui met sous le nez.

Sienna rougit de plus belle, outrée. Ce type osait sans scrupule la draguer devant sa fiancée. Elle lorgna en direction de Hyacynth, occupée à discuter avec son futur beau-père en face d'elle, et repéra le regard glacial d'Ethan posé sur Montgomery. Avait-il tout vu ? Se demandait-il ce qui se passait ? Sa colère inquiéta Sienna. Elle ne voulait surtout pas créer de tensions.

— Nous avons cru comprendre qu'Ethan travaille chez Watts Shipping avec son père, dit Byron quand un serveur eut fini de prendre leur commande.

Sienna vit clair derrière la politesse. Ils craignaient déjà l'arrivée en trombe du petit nouveau dans l'avenir bien tranquille qu'ils envisageaient depuis toujours.

— Pour le moment. Son grand-père occupait la présidence du conseil jusqu'à sa crise cardiaque, il y a quelques mois de ça. Il va mieux et a recommencé à travailler doucement.

— Ethan a bien un frère et des cousines, pourtant. L'entreprise familiale ne les intéresse-t-elle pas ?

Tant qu'elle s'en tenait à des informations publiques, Sienna ne vit aucun mal à leur répondre.

— Paul, son frère, est le patron d'une société de cybersécurité. Quant à ses cousines, l'une d'elles est chef, la deuxième coiffeuse.

— Il semblerait qu'Ethan soit le plus apte à diriger

la compagnie, intervint Montgomery en échangeant un regard complice avec son frère.

— Allez savoir. Mais oui, c'est somme toute assez logique.

Elle n'osa même pas imaginer à quel point ils paniqueraient si elle leur parlait des ambitions de Teagan vis-à-vis de Watts Shipping.

Puis, quand le serveur leur apporta l'apéritif, Sienna en profita pour changer de sujet. Le reste de la soirée se mua en un calvaire tant elle dut esquiver des questions au sujet d'Ethan, leur expliquer qu'elle le connaissait à peine et qu'ils feraient mieux de lui parler directement. À force d'aiguiller la conversation sur des banalités ou Savannah, elle parvint à en apprendre plus sur les Pruitt.

Byron et sa petite amie, Melinda, étaient allés au même lycée, mais ne se fréquentaient que depuis l'université. Cette jolie rousse restait la plus terre à terre des trois femmes promises aux garçons Pruitt. Montgomery préféra laisser sa fiancée expliquer à Sienna les détails de leurs futures noces, et la discussion les occupa tout le temps du dessert.

Comme personne ne sembla enclin à s'attarder pour le café, Sienna se réjouit de dire au revoir à ses compagnons. Elle remercia Carolina pour la soirée puis alla se rafraîchir. Quand elle sortit enfin du restaurant, Ethan attendait seul, penché sur son téléphone, l'air sombre. Il était si concentré qu'il ne l'entendit pas arriver.

— Quelque chose ne va pas ?

Il releva la tête d'un coup et rempocha son portable.

— Non, non.

— Vraiment ? Tu n'as pas l'air bien.

Son sourire lui parut un brin tendu, mais dès qu'il

la prit par les hanches pour l'embrasser avec fougue, elle oublia tout.

— Allons-nous-en, lui murmura-t-il à l'oreille. C'est notre dernière nuit à Savannah, et j'aimerais qu'elle soit mémorable.

Sienna passa les doigts dans son épaisse chevelure et lui donna son accord d'un baiser.

- 10 -

Le dimanche matin, Ethan laissa Sienna dormir. Il allait rejoindre sa mère pour le petit déjeuner. Il ne voulait pas plus discuter de la perspective de reprendre la direction de Gates Multimedia qu'affronter ses émotions contraires pour Sienna. D'autant plus quand l'enquête de Paul semblait confirmer les accusations à son sujet. Avec toute autre, il aurait mis un terme immédiat à leur relation. Cependant, l'idée de ne plus jamais la revoir soulevait en lui un mal impossible à chasser d'un simple claquement de doigts.

Arrivé chez sa mère, il écarta Sienna de ses pensées et suivit la gouvernante dans la salle à manger où Carolina l'attendait devant un café, vêtue d'un ample cafetan. Il la salua et s'assit, un sourire de façade sur les lèvres quand elle lui servit une tasse.

— Merci pour hier soir, fit-elle, ses yeux bruns empreints de chaleur. Je crois que tout le monde a passé un bon moment.

En chemin, il s'était demandé s'il devait jouer le jeu ou simplement lui expliquer le fond de sa pensée.

— Mais je ne suis pas sûr que tous se réjouissent de mon arrivée dans la famille. Ils se doutent déjà que tu aimerais me confier l'entreprise.

S'il n'avait pas observé sa mère de près, il aurait manqué sa grimace discrète.

— Tu es mon fils. C'est à toi que tout devrait revenir.

Ethan réprima un rictus. Il ne voulait pas se montrer trop catégorique, mais cette proposition risquait de tout changer. Pas forcément en bien.

— Je comprends ton point de vue, mais on se connaît à peine. Et je ne peux pas quitter Watts Shipping comme ça.

Peut-être le pouvait-il. Avec la venue de Teagan et tout le mal qu'elle se donnait pour s'emparer des biens d'Ethan, le destin lui avait peut-être offert une porte de sortie. Il ne pouvait pas non plus ignorer qu'il semblait de plus en plus enclin à saisir la moindre chance de changer de voie. Qu'est-ce qui le retenait ?

— C'est assez soudain, je m'en rends bien compte, Ethan. Je te demande simplement d'y réfléchir. Tu peux toujours me rendre visite et découvrir la société petit à petit. Voir si ça te plaît.

Une requête tout à fait raisonnable. En dépit de son trouble, Ethan hocha la tête. Ils discutèrent ensuite de ses cousins. Carolina avait tant à dire à propos du mariage de Montgomery ou du futur bébé d'Aaron. Elle avait beau chercher à paraître enjouée, elle ne semblait manifestement pas folle des frères Pruitt, excepté peut-être de Byron.

Ethan resta plus longtemps que prévu après le petit déjeuner quand il réalisa soudain que l'heure de rentrer à Charleston approchait à grands pas. Sa mère le raccompagna sur le pas de la porte où elle lui dit au revoir, l'air un peu triste. Ethan regretta tout à coup de repartir si tôt. Avant de s'en aller, il lui donna un baiser sur la joue sans réfléchir, premier signe d'affection à son égard. Les yeux embués de larmes, Carolina se toucha le visage du bout des doigts et l'observa redescendre l'allée.

Étourdi, le cœur battant à tout rompre, il traversa

la rue. Son émoi en quittant sa mère le tirailla sur la route. Cette affection lui donnait l'impression de trahir la femme qui l'avait élevé. Il ne savait rien de Carolina, ne pouvait affirmer qu'il l'aimait, mais un sentiment mystérieux le tenait d'une poigne bien ferme.

De retour à la location, Ethan chercha au rez-de-chaussée et à l'étage, mais ne trouva aucune trace de Sienna. Elle devait encore profiter d'une dernière balade dans le quartier historique. Il déplora son absence. Depuis quand se languissait-il de la compagnie d'une femme ? La réponse le poursuivit dans leur chambre.

Il entendit la voix de Sienna en prenant son chargeur sur la table de nuit. Elle était dans l'arrière-cour. Il ouvrit la porte du balcon et voulut l'appeler au moment où il comprit à qui elle téléphonait.

— Sérieusement, Teagan, pesta Sienna. C'est très important, tu ne dois surtout pas en parler aux autres.

Si cette trahison ne le surprit pas, il ne s'était pas attendu à souffrir autant. Compter sur elle dans un moment pareil avait constitué un risque, surtout après ce qu'on lui avait raconté au sujet de Teagan.

— Parce que personne n'est au courant. Il n'a encore rien dit au reste de la famille.

La trahison de Sienna était tout ce qu'il redoutait. Dans une vague tentative de changer de sujet, elle évoqua Savannah.

— C'est légèrement différent de Charleston. Le quartier historique compte plus d'une vingtaine de parcs et plusieurs églises. Nous séjournons près de Forsyth Park, et j'ai visité de superbes musées.

Apparemment, Teagan ne semblait pas prompte à l'écouter, car après une courte pause Sienna changea de sujet.

— Il est peut-être un peu trop tôt pour savoir de quoi Ethan héritera, reprit-elle d'une voix calme.

Le silence s'installa dans le jardin quelques secondes.

— Bien sûr, si Ethan devenait le patron de Gates Multimedia, ça te faciliterait la tâche. Tu aurais le champ libre.

Tous les avertissements s'étaient avérés inutiles. Teagan n'avait pas brillé par sa subtilité en se renseignant sur la compagnie avant d'étaler son savoir en matière de commerce auprès du père d'Ethan. Miles Watts avait écouté attentivement les conseils de sa nièce, et Grady ne tarissait pas d'éloges à son sujet.

Pour autant, ce n'était pas les manigances de Teagan qui le dérangeaient à cet instant, mais ce que Sienna était en train de lui révéler. Trop soucieux de retrouver sa famille, il avait baissé la garde.

— Si tu veux, lâcha Sienna. Tout le monde y gagne.

Dans le silence, Ethan ne sut plus où donner de la tête. Teagan avait beau l'agacer au plus haut point, il ne put nier la véracité d'une telle affirmation.

— Et s'il refuse de travailler avec les Gates ? s'énerva Sienna sans retenue. Ce sera à moi de le convaincre ? Tu perds la boule si tu crois qu'il tient tant à moi.

Ethan songea à ce que Teagan semblait penser, à ses sentiments des derniers jours. Sa poitrine se serra quand il revit les mains insatiables de Sienna partout sur son corps. Ses baisers passionnés. Les sons irrésistibles qu'elle émettait. L'idée que leurs incroyables ébats eurent uniquement servi les ambitions de Teagan lui donna la nausée.

— Il n'est pas amoureux de moi, protesta-t-elle d'un ton étrangement détaché. Je me fiche de l'avis de sa famille.

Ethan serra les poings. Que les autres aient parlé entre eux de ses sentiments pour elle ne le surprit pas. Tout comme le fait que Teagan avait tout misé sur leur attirance apparente.

Néanmoins, entendre Sienna trahir sa confiance après lui avoir expressément demandé de se taire le mit hors de lui. Encore plus alors qu'il se trouvait à deux doigts de tomber amoureux d'elle.

C'en était assez. Il rentra et referma la porte en douceur. De bien des façons, il se sentit presque soulagé d'avoir eu raison dès le départ. Il pouvait désormais ne plus s'embêter avec ses sentiments contraires. Ces preuves lui suffiraient à oublier Sienna quand elle retournerait à New York. Sans même avoir découvert son vrai visage, l'idée que leur relation survive à la distance au-delà de ces deux semaines n'avait été que folie. Leur interlude servait un but précis : surveiller Teagan. Rien de plus.

Cette conversation révélatrice le lui prouva, il avait bien fait de se rapprocher de Sienna. Maintenant qu'il disposait d'un aperçu clair des méthodes de Teagan, il n'allait reculer devant rien pour induire sa rivale en erreur.

Le week-end à Savannah se muait rapidement en un précieux souvenir tandis que la ville disparaissait au loin derrière eux. Sur le siège passager, Sienna tentait de ne pas céder à la mélancolie. Le lien intense apparu entre Ethan et elle ces jours-ci avait surpassé tout ce qu'elle avait connu jusqu'alors. L'épauler au cours de sa rencontre avec sa mère biologique et ses cousins les avait unis à un niveau spirituel des plus inattendus. Entrevoir ses peurs et faiblesses avait poussé Sienna à baisser la garde. Libres de tout secret, ils s'étaient jetés l'un sur l'autre dans une fièvre irrépressible, et leurs ébats avaient renversé son monde.

Désormais, ils rentraient à Charleston ; elle devait affronter la fin toute proche de leur histoire. Elle s'était déjà attardée plus longtemps que prévu. Elle regagnerait New York bien trop vite. De retour à sa solitude, aux interminables jours à passer d'un avion à un autre, à réaliser de façon brutale que se surcharger de travail ne comblait en rien le vide.

Elle osa un regard vers Ethan. Tout changerait peut-être. Il n'avait pas dit vouloir la revoir, aussi se berçait-elle sans doute d'illusions de croire qu'il tenait à elle, mais leur escapade à Savannah en disait long. Or, aujourd'hui Ethan se montrait inhabituellement taciturne. Elle se demanda s'il pensait au moins à elle.

Depuis son retour de chez sa mère, il n'avait presque pas parlé. Se séparer de Carolina après l'avoir tout juste retrouvée devait l'accabler. Avait-il pris sa décision quant à Gates Multimedia ? Il s'était dérobé quand elle lui avait posé la question, avait affirmé qu'il devrait longuement y réfléchir.

Malgré ses pensées embrumées, Sienna dut s'endormir, car tout à coup elle réalisa que la voiture ne bougeait plus. Elle cligna des yeux pour recouvrer ses esprits, se décolla de la vitre et reconnut la façade du manoir de Grady.

Elle bâilla puis se tourna vers Ethan.

— Désolée, s'excusa-t-elle, d'une petite voix en voyant l'expression de son amant. Qu'est-ce qu'il y a ?

— Ce qu'il y a ? rugit-il en la foudroyant du regard, une main crispée sur le volant tandis qu'il lui désignait son téléphone de l'autre. Ta sœur. Voilà ce qu'il y a.

Le ventre de Sienna se noua. Teagan avait-elle réussi ? Allait-elle hériter de Watts Shipping ?

— Elle a dit à mes parents pourquoi je suis vraiment allé à Savannah.

— Oh non !

— Arrête ta comédie, cracha-t-il manifestement écœuré. Tu le savais très bien.

Sienna poussa un soupir. Elle ferma les paupières. Que pouvait-elle bien dire pour désamorcer la situation sans lui mentir ? Elle s'était doutée que Teagan vendrait la mèche. Pourquoi n'avait-elle pas prévenu Ethan ? Parce qu'elle tombait peu à peu amoureuse de lui, mais adorait sa sœur. Assurer leur bonheur malgré Teagan était voué à l'échec.

— Je vous ai entendues au téléphone. C'est toi qui lui as tout raconté au sujet de ma mère et de Gates Multimedia.

— C'est faux, protesta Sienna, ayant de plus en plus de mal à respirer. Elle savait déjà.

— Mais oui, c'est pourtant évident, explosa-t-il d'un ton sarcastique. Paul et toi étiez les seuls au courant, et lui n'est pas allé baver.

Tout cela prouva à Sienna que Teagan avait trouvé quelqu'un d'autre pour l'aider dans ses manigances. Mais qui aurait pu vendre la mèche ?

— Je te le jure, Ethan.

C'était son unique chance de lui montrer sa sincérité, de se placer en victime de sa sœur, de se battre pour… Pour quoi ? Chaque baiser. Chaque caresse. Chaque murmure de plaisir. Tout cela avait été merveilleux, mais leur histoire devait se terminer avant la fin de cette conversation.

— Je ne t'aurais jamais fait jamais ça.

« Je tiens… à toi. Plus qu'à tout autre homme auparavant », faillit-elle ajouter.

Cette vérité lui sauta brutalement au visage.

— Tu ne t'attends pas que j'avale ça, si ? insista-t-il d'une voix glaciale qui laissa Sienna sous le choc. Surtout pas après que ta sœur a tenté de me faire démissionner pour que je travaille chez Gates Multimedia.

Elle s'en rendait bien compte, il avait tout à fait raison de détester Teagan. Par ailleurs, en gardant le secret, Sienna était devenue sa complice. Et plus ses sentiments pour Ethan s'étaient intensifiés, plus ce mensonge lui avait pesé sur les épaules. Combien de temps encore aurait-elle pu lui mentir ? Et quelles auraient été les conséquences pour Ethan, Teagan et elle ? Elle ne supportait pas l'idée qu'il pût ne pas lui faire confiance.

— Serait-ce si terrible ? C'est une occasion unique.

— Et ça arrangerait tellement ta sœur.

— Ça vous arrangerait tous les deux. C'est bien toi qui m'expliquais que tu ne trouvais pas ta place au sein de ta famille. Que tu te sentais différent des Watts. Je croyais que rencontrer Carolina et voir son bonheur était exactement ce qu'il te fallait. Sa proposition n'est que la cerise sur le gâteau.

Il la dévisagea un long moment.

— J'ai refusé son offre.

Cela déclencha une explosion d'angoisse en Sienna.

— L'accueil chaleureux de ta famille. Devenir président de Gates Multimedia. N'était-ce pas justement ce que tu espérais ? Ou me serais-je trompée ?

— C'est ce que je t'ai laissé croire.

Après lui avoir appris qu'il avait surpris l'appel de Teagan, son attitude avait changé de façon radicale. Ou peut-être pas. « C'est ce que je t'ai laissé croire. » Lui avait-il menti depuis le départ ? L'avait-il simplement séduite afin de la désarmer ? Sienna rougit, humiliée. S'était-elle laissé berner si facilement ? S'était-il moqué d'elle tout ce temps, à flatter la moins jolie des deux sœurs jusqu'à lui faire miroiter une réelle étincelle entre eux ?

— Ce que tu m'as laissé croire ? reprit-elle, espérant avoir mal entendu. Mais pourquoi ?

— Je savais dès le départ pourquoi Teagan était venue.

Sienna sentit son ventre se nouer de plus belle. Pour l'heure, elle préféra jouer les imbéciles.

— Éclaire donc ma lanterne.

— Elle veut prendre la tête de Watts Shipping.

Mentir n'aurait qu'aggravé la situation, aussi acquiesça-t-elle à contrecœur.

— Très peu de personnes se montrent plus ambitieuses que Teagan, et quand elle jette son dévolu sur quelque chose…

— Et peu importe si j'ai dix ans d'expérience dans le fret maritime et si elle n'y connaît absolument rien.

Sienna balaya cette remarque d'un geste vague.

— Ses qualifications n'ont rien à voir avec sa motivation vis-à-vis de la compagnie.

— Alors, quel est son but ?

— Essaye de la comprendre. Si elle pense avoir sa chance, c'est parce que…

Elle déglutit, effarée de devoir justifier les actes de sa sœur.

— … parce qu'elle est liée à eux par le sang et que toi, tu es…

— Adopté.

Derrière sa voix calme pointait une souffrance qu'il n'avait jusqu'alors jamais révélée. Le cœur de Sienna se brisa. Accablée de regret pour toute la peine qu'elle lui causait, elle serra les poings et dut chercher la force de continuer.

— Elle a des raisons de penser cela.

— Je n'en doute pas.

Sienna se retrouvait dans la situation qu'elle avait tant redoutée, prise entre sa loyauté familiale et ses invraisemblables sentiments pour Ethan. Là, face à sa colère et à ses reproches, elle retomba dans cette vieille manie de chercher des excuses à sa sœur.

— Papa a refusé de lui confier ses affaires. Elle croit que c'est parce qu'elle a été adoptée.

Elle parlait sans réfléchir, espérant amener Ethan à comprendre les tourments de sa cadette. Malgré toutes leurs conversations, Sienna ne lui avait jamais fait part du manque d'assurance de Teagan.

— Mais ce n'est pas aussi simple. Aiden ne représentait peut-être pas le choix idéal, mais il est l'aîné, et c'est un garçon. Mon père est très conservateur de ce point de vue. Il ne m'aurait pas fait confiance, non plus, même si j'en avais eu envie.

Ethan semblait s'en moquer éperdument.

— Il faut vraiment que tu la défendes en permanence.

— C'est ma petite sœur.

— Effectivement, commenta-t-il sans masquer son dégoût. Et qu'allez-vous faire, maintenant que vous savez que je compte rester chez Watts Shipping ?

— Je ne pense pas qu'elle parviendra à te prendre ce qui te revient de droit.

— Serais-tu prête à m'aider, alors ?

Elle se détourna, accablée, le regard perdu sur le jardin. Elle avait été la plus heureuse au monde, ces trois derniers jours. Cela lui semblait injuste de voir sa relation avec Ethan exploser avec fracas, mais elle aurait dû s'y attendre à force de rester assise sur la poudrière.

— Je t'en prie, ne me demande pas de prendre parti.

— C'est un peu tard pour me demander ça. Quel camp choisiras-tu, Sienna ? Vas-tu lui dire que je sais tout ? Ou vas-tu arrêter de courir au moindre de ses caprices ?

— Ses caprices ? fit Sienna, prise d'un haut-le-cœur.

Tout à coup, elle se revit au lycée, quand elle finissait si souvent embrigadée dans un des plans méticuleusement orchestrés par Teagan. À l'époque, elle n'avait pas trouvé la force de lui résister ni de la prendre de court.

— Que crois-tu que j'aie fait, exactement ?

— C'est pourtant clair.

— Non, pas pour moi.

Ses pensées s'emmêlèrent de plus en plus. Elle étudia son visage à la recherche d'indices.

— Je veux bien admettre que je savais qu'elle avait des vues sur le poste de directeur, mais je n'ai jamais rien fait ou dit, ni à toi ni aux membres de ta famille, qui puisse servir ses ambitions.

— Forcément, tu n'avouerais jamais..., répondit-il froidement.

— C'est la vérité, fulmina-t-elle avant de continuer. Bon, d'accord. Peut-être me suis-je montrée trop égoïste de t'encourager à accepter la proposition de ta mère. Je pensais que cela vous rendrait heureux tous les deux.

Et son cœur à elle ne se serait pas déchiré.

— Mais je commence à voir que ni toi ni Teagan ne vous souciez de trouver le bonheur. Tout ce que vous désirez, c'est gagner.

— Tu oses dire ça de moi ? ricana-t-il. Vraiment très

drôle venant de ta part quand on sait à quelles bassesses tu as déjà eu recours.

— Quoi ?

— Je sais que tu as gonflé le prix d'un tableau pour augmenter ta commission. Je sais que tu as aussi engagé quelqu'un pour faire monter des enchères et permettre à ton client de toucher le pactole.

Sienna eut un mouvement de recul. Son sang se glaça. Avait-on délibérément menti à Ethan ou avait-il lui-même déformé des éléments de son passé afin de justifier cette méfiance nouvelle ? Sienna tâtonna la poignée et parvint difficilement à ouvrir la portière, mais avant de pouvoir descendre de voiture, les doigts d'Ethan se resserrèrent sur son poignet. Il lui faisait presque mal.

— Alors, tu crois toutes ces horribles choses à mon sujet, hoqueta-t-elle, désirant à tout prix s'enfuir avant d'éclater en sanglots. Mais pourquoi ne m'en as-tu pas parlé plus tôt ?

— Je ne voulais pas que tu saches que je voyais clair dans votre petit jeu.

Elle repensa aux innombrables heures entre ses bras. À leurs ébats passionnés, avides. Plus le temps passait, plus elle avait cru que lui aussi redoutait leur séparation toute proche. En vérité, il l'avait méprisée tout le temps. Elle refusa de l'accepter, mais finit par se pétrifier, la mort dans l'âme.

— Comment l'as-tu appris ?

— Peu importe.

— Si, car si tu avais demandé à Paul d'enquêter, il aurait découvert que ce n'est pas vrai.

Ethan se retrancha derrière un masque de marbre.

— Une source anonyme m'a écrit.

— Alors, un contact mystérieux t'envoie des mensonges à mon sujet, et toi, tu gobes tout sans sourciller, s'offusqua-t-elle la gorge de plus en plus nouée. Après tout ce que nous… Non… Incroyable…

Mais que se passait-il, enfin ? Elle chercha à se dégager, elle devait partir. Au comble du désespoir, il finit par la lâcher d'un coup, si bien qu'elle faillit tomber. Sans un regard en arrière, elle se précipita dans le manoir, peu soucieuse d'avoir oublié son ordinateur et sa valise dans le coffre.

- 11 -

Ethan entra dans la maison en angle où lui et Paul avaient grandi. À peine eut-il franchit l'arche élégante du salon qu'il atterrit en enfer. D'habitude, se trouver ici équivalait à une étreinte chaleureuse. Pas aujourd'hui. La froideur de ses parents lui gela les os en un instant. Ils devaient l'attendre, car sa mère, Constance, était assise, raide comme un piquet, sur une simple chaise au lieu de sa place habituelle sur le sofa. Son père se tenait derrière elle, une main sur l'épaule de sa femme ; un signe évident de leur alliance contre Ethan.

— Je suis navré, s'empressa-t-il de dire, penché en avant.

— Nous sommes vraiment déçus que tu aies cru ne pas pouvoir nous parler, répondit Miles Watts, le trémolo grave de sa voix trahissant sa tristesse.

— J'en avais l'intention.

Il serra les dents, rongé par la frustration. Il avait besoin de tout sauf d'un tel malentendu.

— Quand ?

— Dès mon retour de Savannah.

— T'es-tu seulement soucié de ce que nous ressentirions, ta mère et moi, en apprenant la nouvelle par quelqu'un d'autre ?

— Bien sûr. Je ne voulais surtout pas vous faire de peine.

Et le fait que ce soit Teagan qui avait vendu la mèche avec l'aide de Sienna n'arrangeait en rien la situation.

— Teagan devrait apprendre à se taire.

— Elle ne se rendait pas compte que nous n'étions pas au courant.

Ethan prit une longue inspiration pour tenter d'accuser le coup. Il le savait parfaitement, ce matin encore Sienna avait demandé à sa sœur de garder le silence. Le fait qu'elle crache le morceau devant tout le monde lors d'un brunch constituait une raison supplémentaire pour laquelle elle ne se trouverait jamais à la tête de Watts Shipping. Une femme avec si peu de caractère ne pouvait décidément pas mener la barre.

— Ce n'est pas moi qui l'ai dit à Teagan, mais Sienna.

— Tu l'as invitée à Savannah, lui fit remarquer Miles. Ne joue pas l'étonné, elles en ont forcément discuté.

— Je lui avais demandé de garder le secret.

— Tu lui as fait confiance, à elle…, intervint sa mère pour la première fois, sous-entendant qu'il n'avait pas assez foi en eux.

Ces quelques mots achevèrent Ethan. Que répondre à cela ? Ses raisons de se fier à Sienna paraissaient extrêmement stupides, désormais. Compter sur elle ne lui avait pas semblé si risqué durant leur séjour. Leur complicité l'avait même poussé à la défendre auprès de ce mystérieux corbeau. Quel idiot !

— Nous avons passé beaucoup de temps ensemble, cette semaine.

— Je vois, fit sa mère, visiblement décontenancée.

— Cela ne change rien, ajouta son père. Tu as préféré te tourner vers une parfaite inconnue.

Le fait que ce dernier traite Sienna en ces termes dérangea Ethan plus que de raison. Certes, une forte alchimie ne signifiait pas forcément une relation sérieuse, cependant il avait plusieurs fois ressenti un vrai lien entre eux.

Dommage : il s'agissait uniquement d'un odieux mensonge.

— Retrouver ta mère biologique impliquait de nombreuses choses, continua Constance. Je ne comprends pas pourquoi tu as pensé ne pas pouvoir nous en parler.

— J'aurais dû vous en toucher deux mots, c'est vrai…

— Nous t'aurions soutenu, tu devrais le savoir, grommela son père, légèrement plus détendu.

— Oui, admit Ethan en se frottant le cou. Bien entendu.

Mensonges. Même là, face au désarroi de ses parents, il continuait de les tromper. Que craignait-il ? Ils n'allaient pas le rejeter, encore moins le bannir. Pourtant, cette douleur en lui semblait indiquer à quel point il redoutait cette éventualité.

Cela lui parut tellement aberrant. Ils l'avaient toujours couvert d'amour, s'étaient toujours assurés de ne pas le négliger. Le problème venait de lui, des doutes qu'il s'était lui-même mis en tête.

— Alors quoi ? gronda Miles.

Constance prit la main de son mari pour le calmer.

— Ce que ton père essaye de te dire, c'est que nous avons du mal à accepter ce lourd secret que tu as gardé.

— Je voulais éviter de vous troubler si le test ADN ne donnait rien.

— Nous aurions préféré savoir ce que tu endurais, soupira Miles.

— Nous t'aurions aidé, surenchérit Constance, l'air brave malgré sa lèvre tremblotante. Pourquoi ne pas reprendre au début ?

Ethan ressentit alors tout son amour et toute son inquiétude.

— Quand as-tu décidé de retrouver ta mère biologique ?

— Quand Lia s'est fait passer pour la fille d'Ava. Après que Grady a eu recours au laboratoire génétique, je me suis inscrit dans leur base de données. Je ne sais même pas si j'espérais trouver quelqu'un.

— Dans ce cas, tu aurais tout de même pu nous tenir au courant, gronda Miles.

— Je le voulais, répondit Ethan avec un grimace, se demandant pourquoi il n'avait pas écouté Paul. J'aurais dû.

— Mais tu ne l'as pas fait, insista son père. Et tu te rends bien compte de ce que tu nous infliges.

Face à la déception froide dans les yeux de son père, Ethan se sentit comme un enfant qui aurait commis une bêtise. Ses parents ne l'avaient jamais grondé ni même puni. Ils lui avaient toujours expliqué ses erreurs puis avaient discuté calmement des conséquences de ses actes.

— Je ne voulais pas vous blesser.

— Nous le savons, lui assura Constance en sourcillant rapidement.

— Il me fallait un peu de temps seul avec ma mère biologique afin de faire le point.

Ethan ressentit le besoin irrépressible de se blottir contre sa mère pour sentir ses doigts dans ses cheveux, comme quand Paul sortait jouer avec ses amis et le laissait tout seul. Ce souvenir l'ébranla. Il n'avait plus repensé à cette peur de perdre son frère depuis très longtemps.

— Mais qu'est-ce qui te tracassait ? demanda Constance à voix basse. Pourquoi ne nous avoir rien dit ?

Ethan déglutit péniblement. Il ne voulait pas leur apprendre la vérité. Comprendraient-ils que sa solitude au sein de la famille n'avait rien à voir avec eux ou son éducation ? Comment leur expliquer quand lui-même ne cernait pas le nœud du problème ?

— Je n'ai pas réfléchi, je n'avais pas les idées claires. Je me suis mis en tête que ma place était ailleurs. Je ne vous ressemble pas physiquement.

— Et où est le mal ? s'étonna son père.

— Tu es l'un des nôtres. Un Watts pur et dur. Tu le sais, j'espère.

Comme il se taisait, tiraillé entre des dizaines de réponses, sa mère continua.

— Ne crois surtout pas que tu ne fais pas partie de la famille sous prétexte que nous t'avons adopté.

— Tout se résume à l'héritage, à Charleston. Le sang prime largement sur les actes ou même la richesse. Ce n'est pas une ville pour les nouveaux venus. On n'achète pas sa place ici. Et le fait d'avoir été adopté me donne le sentiment de ne rien avoir à faire là. Je ne voulais pas vous faire croire que vous n'étiez pas les plus formidables parents au monde.

Il s'était senti obligé de le préciser en voyant sa mère pâlir.

— D'accord, fit Miles en prenant la main de sa femme. Mais rends-toi compte que quand tu ne te confies pas à nous, nous avons l'impression de te laisser tomber.

— Jamais. C'est moi le fautif.

C'était exactement le scénario tant redouté par Ethan. Il savait très bien que ses parents ne comprendraient pas tout quand lui-même éprouvait encore du mal à bien cerner ses émotions.

— Ne dis pas ça.

La douleur dans le regard de Constance accabla Ethan. Impuissant devant son chagrin, il se concentra sur la seule et unique coupable : Sienna. Sans elle, ils n'auraient pas eu à endurer cela.

— Vous savez que ma mère biologique ne comptera jamais autant que vous.

Il vit bien à quel point ils n'y croyaient pas. Peu importe sa sincérité, c'était trop tard. Le mal était fait. Ses parents se sentaient trahis, et rien n'y ferait. Il pouvait seulement prier pour qu'ils lui pardonnent avec le temps.

— Bien sûr, fit Miles, malgré ses lèvres pincées et la poigne de mort sur l'épaule de sa femme. Et j'espère que tu réalises que nous ne sommes fâchés que parce que nous nous inquiétions pour toi.

— Comment est-elle ? s'enquit alors sa mère.

— Carolina ? demanda Ethan.

Comment leur parler de ce sentiment de rentrer chez soi quand il la voyait ? Ou de ce calme soudain en apprenant pourquoi elle ne l'avait pas gardé.

— Elle dirige Gates Multimedia. Elle ne s'est jamais mariée ni n'a eu d'autres enfants. L'homme qu'elle aimait… mon père… est mort lors d'une manœuvre militaire. Il s'était engagé dans la marine.

Il n'avait pas vraiment répondu à la question, il le savait, toutefois il n'avait pas encore bien pris le temps de réfléchir à tout cela.

— Oh ! Ethan ! s'exclama Constance, sous le choc. Désolée pour la mort de ton père.

— Qu'est-ce qui a poussé… ta mère à te chercher après toutes ces années ? demanda Miles.

Il leur raconta alors les circonstances de sa naissance, le rôle joué par son grand-père. Sa mère se plaqua une main sur la bouche, horrifiée.

— Nous n'avions pas idée. Ton dossier ne précisait

pas ces détails, et Constance et moi avons fait confiance au notaire, à l'époque.

Cela rassura Ethan, le libéra d'un poids. Sans s'en rendre compte, au moment de découvrir pourquoi on l'avait abandonné, il s'était demandé si les Watts avaient été de mèche avec le grand-père Gates. Il dut avoir du mal à dissimuler son trouble, car son père se renfrogna.

Puis, sa mère se leva pour l'étreindre.

— Nous sommes ravis que tu connaisses tes origines, murmura-t-elle d'un ton presque solennel. Elle a de la chance de t'avoir dans sa vie.

Il la serra très fort et, pour la première fois depuis bien longtemps, il retrouva la paix. Quelle ironie d'avoir dû chercher d'où il venait pour savoir qui il était et où il voulait vivre.

Le cœur brisé par sa dispute avec Ethan, en colère de ne s'être pas défendue plus vaillamment pour en apprendre plus sur ses accusations, Sienna avait pleuré jusqu'à l'épuisement. Elle s'était réveillée au milieu de la nuit, tourmentée par une migraine et la faim. Elle s'était faufilée dans la cuisine comme une voleuse pour se faire un sandwich puis était remontée aussitôt. Heureusement, elle n'avait croisé personne. Peu importe, elle se demandait combien de temps s'écoulerait avant qu'on l'accuse de tous les maux de la famille et qu'on la jette dehors.

Elle préférait réserver un vol pour New York avant de le savoir. Elle devait ficher le camp de Charleston le plus tôt possible. Non pas pour son simple équilibre mental, mais parce qu'une fois de plus elle avait agi comme elle s'était juré de ne plus le faire. Elle avait négligé ses intérêts pour accorder son soutien inconditionnel à Teagan. Ce qui, encore une fois, lui avait fait l'effet d'une méchante gifle et lui donnait l'impression de se transformer en boule de nerfs.

Elle ne pensa à sa valise qu'au moment où elle ouvrit l'armoire d'un coup sec. Elle l'avait laissée dans la voiture d'Ethan. Elle poussa un gros soupir puis redescendit. Elle trouva le lourd bagage et son ordinateur dans l'entrée. Quel soulagement ! Puis, à force de cogner ses affaires contre chaque marche, elle réveilla Teagan avant d'atteindre le premier étage.

— Est-ce que tu rentres à peine ? demanda sa sœur.

— Non, j'avais tout oublié en bas, répondit Sienna sans s'arrêter, déjà au pied de la volée de marches suivante.

— Alors, continua Teagan en la suivant de près, Ethan va-t-il accepter la proposition de sa mère ?

Sienna faillit lui répéter tout ce qu'il lui avait dit, mais n'était-ce pas là ce dont il l'avait accusée ?

— Tu n'as qu'à lui demander toi-même.

— Il ne t'a rien dit ?

Sienna enragea, mais elle attendit d'avoir regagné sa chambre pour laisser éclater sa colère. Elle jeta sa valise sur le lit sans ménagement puis se tourna vers sa sœur.

— Pourquoi fallait-il que tu racontes tout aux autres alors que je t'avais demandé de garder le secret ?

— Ils méritaient de savoir.

— Ce n'était pas à toi d'en juger.

Teagan agita la main comme si la fureur de Sienna n'était qu'un insecte agaçant.

— Mais ne monte pas sur tes grands chevaux ! Tu as toujours su que je ne le laisserai pas avoir ce poste.

— Il pense que c'est moi qui ai vendu la mèche. D'ailleurs, j'ignore comment tu l'as appris.

— On s'en fiche.

— Pas moi, rétorqua Sienna, au bord des larmes, la mâchoire crispée. Il croit que je l'ai trahi.

— Je ne peux pas te révéler mes sources. J'aimerais pouvoir encore m'en servir.

— Comme tu t'es servie de moi ? Tu n'en as jamais rien eu à faire que lui et moi puissions nous entendre. Tu m'as délibérément incitée à penser que je l'attirais dans le seul but de le piéger.

Elle s'arrêta, un regard noir posé sur Teagan, dans l'espoir qu'elle nie, mais celle-ci se contenta de hausser les épaules. Sienna explosa.

— Tu es ignoble !

Mue par un besoin ardent d'oublier Charleston et sa sœur au plus vite, elle se mit à vider le contenu de l'armoire sur le lit.

— Pensais-tu vraiment que j'allais faire l'impasse sur une telle occasion ?

— Non.

Elle avait depuis longtemps appris à ne plus accorder sa confiance à Teagan, et malgré tout elle était de nouveau tombée dans le piège.

— Rien qu'une fois, tu aurais pu te réjouir que je puisse moi aussi plaire à un homme que j'apprécie.

— Mais tu as pris du bon temps, non ? demanda Teagan en poussant la valise pour s'asseoir sur le lit sans prêter attention au linge bien plié. Sérieusement, ce mec est à tomber, et je parie qu'il est génial au…

— Je tiens sincèrement à lui, la coupa Sienna, sidérée par cet aveu.

— Mais tu le connais à peine, s'étonna Teagan.

Comment avait-elle pu penser que sa sœur s'en soucierait ? Pourquoi s'attendre à un peu d'encouragements de sa part était d'une telle stupidité ? Sienna ouvrit sa deuxième valise et commença à la remplir comme si toute la maison brûlait.

— Qu'est-ce que tu fais ? demanda Teagan en regardant l'armoire, le bagage puis Sienna.

— Je m'en vais, j'ai du travail.

— Tu ne peux pas partir, j'ai besoin de toi.

Ou comment résumer la réalité de Sienna. Sa relation avec sa cadette ressemblait à un fleuve où tout devait s'écouler vers l'océan Teagan.

— Tu n'as toujours pas compris qu'Ethan m'accuse de tout ce que toi tu as fait ?

Elle avait à peine réussi à finir sa phrase qu'elle dut réprimer son chagrin. Elle refusait catégoriquement de pleurer après être devenue la victime de sa sœur une fois de plus. Elle retournerait à Manhattan, se consacrerait à sa carrière et oublierait Ethan et Charleston.

— C'est terminé entre nous, je suis dévastée. Pour une fois dans ta vie, tu pourrais penser à quelqu'un d'autre que toi.

— C'est le cas. Ces gens-là m'ont cherchée pendant presque trente ans.

— Ces gens-là ? s'exclama Sienna en s'arrêtant subitement de jeter ses vêtements dans sa valise pour foudroyer Teagan du regard. Tu parles de ta famille, là. Je ne sais même pas pourquoi tu es venue ici. De toute évidence, tu te moques complètement d'eux.

— Ce n'est pas ça, répliqua-t-elle, visiblement contrariée. Je ne sais rien d'eux.

— Alors, apprends à les connaître, dit Sienna, plus gentiment. Après tout, toi aussi tu as toujours voulu les rencontrer. Estime-toi heureuse d'avoir des proches qui t'aiment. Des tantes, oncles, cousins et cousines qui n'attendent rien de toi. Ils sont simplement contents de passer du temps avec toi. Serait-ce trop te demander ?

— Peuh ! tu ne comprends pas, cracha Teagan comme si elle n'avait rien écouté. Si tu ne veux pas m'aider, retourne donc à New York. Je m'arrangerai autrement.

Jusqu'à présent, Sienna n'avait pas réalisé à quel point elle aurait aimé rendre sa sœur plus humaine. Une douleur poignante la prit au cœur puis se propagea dans tout son corps. L'obsession de Teagan de tout contrôler et de tout dominer en permanence l'aveuglait-elle au point qu'elle ne se souciait pas de perdre ceux qui l'aimaient ?

— Viens avec moi, insista Sienna en lui serrant les doigts.

— Tu ne comprends pas, se plaignit sa sœur en se dégageant. Je n'ai plus ma place à New York.

Intriguée par cette déclaration enflammée, Sienna vit alors Teagan effectuer une sortie théâtrale. Qu'entendait-elle par-là ? Elle vibrait bien plus au rythme de New York que de Charleston. Entre sa vie sociale et ses affaires florissantes, Teagan ne trouverait pas meilleur écrin. En vérité, le calme et le quotidien rétro du Sud étaient trop en décalage avec sa façon de secouer les tendances.

Souffrait-elle encore de ne pas hériter de Burns Properties ? Ses excès récents semblaient indiquer son besoin de flatter son ego. Cela dit, tirer les ficelles à son avantage demeurait bien l'unique raison de vivre de Teagan. Avant même de dire bonjour à quiconque, elle usait déjà de ses grands yeux verts et de son joli sourire pour conquérir son monde. Quand ses charmes n'opéraient pas, elle s'armait de ruse comme un assassin, prête à tout pour se débarrasser de ses adversaires. Sienna avait appris à ne plus lui faire confiance et à fuir ses manigances. Pourquoi, aujourd'hui plus que jamais, s'était-elle de nouveau laissé prendre dans ses filets ?

Par amour.

La logique se jetait n'avait plus cours quand le cœur entrait dans la danse. Sienna s'était prise à rêver d'un avenir auprès d'un homme qui l'excitait et la rendait heureuse. Tout naturellement, elle avait bu les paroles de Teagan. Elle avait eu désespérément besoin qu'Ethan soit amoureux d'elle.

Ses valises pleines à craquer, elle réserva un billet d'avion et alla se coucher.

- 12 -

— Il paraît que des félicitations sont de rigueur ! s'exclama Teagan en s'invitant d'un pas nonchalant dans le bureau d'Ethan.

Il lui accorda un bref regard. De son habituelle démarche assurée, elle s'avança vers lui comme si elle dirigeait déjà la compagnie.

— Je ne vois pas de quoi tu parles, répondit-il, concentré sur son ordinateur.

— On t'a offert un poste chez Gates Multimedia.

Il remarqua qu'elle ne s'embarrassait même pas à citer ses sources ; le simple fait de savoir suffisait à Teagan pour lui rappeler qu'elle possédait un coup d'avance. Au lieu de s'installer dans un des fauteuils, elle se posta devant Ethan, une main à plat sur le bureau.

— Ils doivent vraiment être contents d'avoir trouvé quelqu'un de ton calibre.

À quoi jouait-elle donc ? N'avait-elle pas parlé à Sienna ? Ethan dut feindre l'indifférence en y réfléchissant. Ne savait-elle pas que toutes ses manigances lui avaient explosé en plein visage ou ne lui avait-on pas dit qu'il avait refusé l'offre de sa mère ? Un seul moyen de le découvrir.

— Je n'ai pas accepté.

Elle sourcilla en intégrant l'information, seul signe de son étonnement. Quiconque avait un jour déclaré

« ne jamais rien laisser paraître » avait dû s'inspirer des petits carnets de Teagan Burns.

— Mais pourquoi ? Moi qui pensais que tu n'hésiterais pas un instant à diriger une compagnie qui pèse des millions.

— Ma place est ici, affirma-t-il en marquant une pause le temps de cristalliser son regard en un diamant indestructible et tranchant. Dans la compagnie qui pèsera des millions de ma famille à moi.

Un léger pincement de ses lèvres trahit l'agacement de Teagan face à cette déclaration.

— Mais ça prendra des années, pas comme pour Gates, argumenta-t-elle en se raidissant, tout à coup moins confiante.

— Oui, seulement je te le répète, ma place est ici.

— Bien sûr. Cependant, ta vraie mère adorerait que tu l'aides à faire prospérer ses affaires. Après tout, si elle ne t'avait pas abandonné, tu aurais été son successeur tout désigné.

— Elle ne m'a pas abandonné, précisa-t-il sans trop savoir pourquoi il devait absolument lui donner ce détail. Mon grand-père pensait que mes parents étaient trop jeunes pour avoir un enfant et s'est arrangé pour me faire disparaître. Ma mère croyait que j'étais mort.

— Ah ! quelle horreur ! Comment a-t-elle pu s'en remettre ?

Pour la première fois depuis leur rencontre, Ethan partagea quelque chose avec Teagan. Leurs mères ne les avaient pas rejetés. Avant d'apprendre la vérité, il n'avait jamais réalisé sa peine à l'idée de ne pas avoir été désiré. Tout à coup, Ethan reprit conscience de cette joute verbale dans laquelle ils s'étaient lancés.

— Bon, arrête ton cirque, je sais à quoi tu joues

depuis le départ, affirma-t-il en cherchant le premier message anonyme pour lui montrer.

Teagan le lut et se pétrifia, sidérée. Dans la seconde, elle posa les yeux sur Ethan et se fendit d'un léger sourire.

— Un parfait inconnu t'envoie un mail diffamatoire, et toi tu y crois sans réfléchir ? ricana-t-elle en prenant le temps de laisser infuser cette remarque. Comptes-tu diriger Watts Shipping de cette manière ? Passeras-tu ta vie à courir après les chimères et les bruits de couloir ? Si c'est le cas, tu n'es peut-être pas le plus apte à tenir les rênes.

Ethan avait prêté une attention particulière à sa réaction : elle semblait connaître l'auteur du message. Même si elle s'efforçait de n'en rien laisser paraître, elle était troublée. Il fallait profiter ce moment de faiblesse.

— Prétendrais-tu ne pas être venue à Charleston afin de poser tes griffes sur Watts Shipping ?

— Oserais-tu me reprocher de tenter ma chance au sein de la compagnie que dirige ma famille ? répliqua-t-elle d'un ton faussement outré et surpris.

— Tenter ta chance…, ironisa-t-il à voix basse. On dirait plutôt une descente armée.

— Crains-tu vraiment un peu de compétition ? demanda-t-elle avec un grand sourire pour le défier.

— Pas quand on joue cartes sur table et selon les règles. Demander à Sienna de m'occuper pendant que tu complotes contre moi, c'est loin d'être honnête.

— Je n'ai pas eu à lui demander, le corrigea-t-elle, un sourcil arqué. Ainsi, tu savais tout depuis le départ et tu as utilisé ma sœur à ton avantage. Beau travail.

Ces paroles glaciales ramenèrent Ethan à sa dispute avec Sienna. Elle avait eu l'air sincèrement écœurée de s'être retrouvée au milieu de tout cela. Pas froidement déçue de s'être fait avoir, comme Teagan à cet instant, mais consciente des conséquences pour Ethan.

— Bien joué…, grommela-t-il, entravant sa rage d'une poigne d'airain. Tu avoues avoir pris toute cette histoire comme une simple plaisanterie.

— Ne me fais pas dire ce que je n'ai pas dit. J'ai vu une occasion et je l'ai saisie. Où est le mal ?

— Tu as utilisé les sentiments de ta sœur à ton profit. À mon sens, ce n'est pas comme ça qu'on traite ses proches.

— Elle t'aime beaucoup. Je croyais que toi aussi. Elle avait besoin de se détendre. Je ne pensais à rien d'autre.

Il revit alors le visage de Sienna quand elle avait compris qu'il avait couché avec elle tout en croyant cette histoire de déboires avec les galeries new-yorkaises. Elle s'était sentie trahie. Tant pis, cela ne pesait pas lourd comparé à cette discussion avec ses parents.

— Oui, eh bien, autant que tu sois tout de suite au courant, tu ne seras jamais à la tête de cette entreprise.

Le plaisir d'Ethan à cet instant n'égalait pas sa joie d'avoir fait le bon choix.

— Ce n'est pas vraiment à toi d'en décider.

— Exact. Il faudra s'en remettre au président actuel du conseil, mon grand-père, et au directeur général, mon père. Et lorsque je leur ai expliqué que tu as volontairement vendu la mèche pour Savannah quand Sienna t'avait expressément demandé de te taire…

Il n'avait rien dit, en vérité, mais Teagan n'était pas la seule à pouvoir mentir pour perturber ses adversaires.

— C'est Sienna qui t'a raconté ça ? le coupa-t-elle en levant les yeux au ciel. Et tu l'as crue, forcément.

— Non, j'ai surpris votre appel, hier matin, expliqua-t-il en la voyant pâlir. Tu n'as pas hésité une seconde à faire du mal à ma famille pour assouvir tes ambitions, et quand les autres l'ont appris, ils se sont montrés assez clairs : tu n'es pas digne de mener un empire qu'ils ont passé leur vie à bâtir.

Il laissa son mensonge prendre prise, pas du tout attristé par la peur et la douleur sur le visage de Teagan. Cependant, elle se ressaisit plus vite qu'Ethan ne l'aurait cru possible.

— Ça m'étonne que tu leur en aies parlé sans preuve.

— Crois-tu sérieusement que j'en aurais besoin ? Ils me connaissent. Ils me font confiance. Et ce n'est pas moi l'étranger dans cette petite affaire, mais toi. Je ne suis peut-être pas un Watts de sang, mais j'appartiens à cette famille.

En somme, elle ne pouvait pas arriver avec ses ruses new-yorkaises en espérant briser toute une vie d'amour. L'amour. Comme si cette femme avait la moindre idée de ce dont il s'agissait. Elle n'avait absolument jamais montré aucune affection à sa sœur. Sans cela, elle se serait rendu compte de la torture qu'elle infligeait à Sienna.

Sienna descendait vers le vestibule quand elle aperçut Teagan entrer en trombe et foncer dans sa direction. Au vu de ses joues rouges et de son air renfrogné, une nouvelle dispute se préparait.

— Salut, dit-elle quand sa sœur arriva à sa hauteur. Tu es déjà rentrée ?

— Declan Scott est un démon ! déclara Teagan, des envies de meurtre dans les yeux.

— D'accord, fit Sienna, repensant aux nombreuses fois depuis le lycée où sa cadette avait eu des problèmes avec cette tornade de l'immobilier. Et donc ?

— Et donc ? fulmina Teagan.

— Il est loin, à New York, lui rappela Sienna, résistant à l'envie de rire devant un tel mélodrame.

— Non. Il est ici, à Charleston. Je viens de le croiser. J'ignore quand il est arrivé, mais sans doute peu après nous.

Sienna s'agrippa soudain à sa valise, prise d'un mauvais pressentiment. Lorsque ces deux-là se trouvaient au même endroit, leurs chamailleries posaient problème à tout le monde autour d'eux. Depuis des années, ces deux caractères forts s'étaient lancés dans une guerre personnelle après que Teagan, pour une raison mystérieuse, s'en était prise à la sœur de Declan, une camarade de classe de Sienna. Elle s'était ainsi attiré les foudres éternelles de cet homme.

— Il gâche tout, se plaignit-elle en réajustant sa chevelure d'un geste de la tête. Il écrit à Ethan depuis le départ.

— Depuis le départ ? s'étonna Sienna en se tenant à la rambarde pour ne pas vaciller.

Ethan avait-il connu les ambitions de Teagan dès le premier jour ?

— Comment ça ? Que lui a-t-il raconté ?

— Le jour de notre arrivée, il lui a envoyé un message anonyme lui expliquant que j'avais des vues sur Watts Shipping. Il me met des bâtons dans les roues, comme toujours.

Clic. Les pièces se mirent en place. Declan avait-il appris à Ethan les ennuis de Sienna avec les galeries d'art ? Elle repensa à ce jeu de séduction entre eux et se crispa. Le charme qui l'avait fait chavirer révéla des couleurs sinistres maintenant qu'elle en découvrait le vrai visage. Chaque étreinte, le moindre sourire, tout se résumerait désormais à un mensonge. Des artifices, tout ce temps. Sienna rougit de honte. Puis, elle frissonna, humiliée, désemparée par cette morsure soudaine aussi vive que la brise marine.

— Pourquoi aurait-il agi ainsi ? demanda-t-elle, laissant libre cours à sa rage.

S'il existait bien un sujet sur lequel les sœurs Burns s'accordaient, c'était leur haine de Declan Scott.

— Parce que c'est Declan. Il saute sur la moindre occasion de me gâcher la vie.

— Et la mienne, marmonna Sienna, se rappelant les nombreuses fois où ce conflit l'avait affectée, elle aussi. T'a-t-il appris pourquoi Ethan s'est rendu à Savannah ?

— Non.

Malgré le visage impassible de Teagan, Sienna sut qu'elle ne mentait pas. Néanmoins, son soulagement ne dura pas longtemps quand sa sœur reprit la parole.

— Pas d'inquiétude. J'ai un plan pour me débarrasser de lui.

Cela ne renforça que plus la volonté de Sienna de quitter Charleston.

— Bonne chance, alors.

Quand elle commença à redescendre, Teagan lui barra le chemin.

— Tu ne peux pas me laisser seule. Ethan a raconté à tout le monde que je ne m'intéresse qu'à l'héritage.

Tant mieux ! Malgré tout, elle ne put se réjouir de l'échec de sa cadette. Ce contretemps la pousserait simplement à s'accrocher et à redoubler d'efforts.

— C'est mieux si tu te montres franche.

— Tu plaisantes ? À cause de lui, ils vont tous me détester, maintenant.

— Je suis persuadée du contraire, la rassura Sienna.

Mais il te reste une solution. Retourne à New York et oublie tes bêtises.

Sienna se rendit compte de son erreur au moment où elle prononça ces paroles.

— Oublier ? s'offusqua Teagan. Et laisser les deux autres gagner ?

— Gagner ? Ce n'est pas un jeu. Tu n'as aucune considération pour les sentiments des gens.

— Tu ne comprends pas. Comme toujours.

— Si, je comprends. Bien plus que tu ne le crois. J'ai passé ma vie entière dans ton ombre. Je t'ai vue lutter et manipuler ton monde pour te hisser au sommet, te faire aimer de tous. Arrête de ne compter que sur ton apparence ou ta réussite et laisse les autres t'apprécier pour ce que tu es vraiment.

Énoncer cette vérité après tant d'années la mit dans un tel état d'agitation qu'elle crut faire une crise cardiaque. Peu importent les centaines de fois où Teagan l'avait blessée, Sienna l'aimait et ne souhaitait que son bonheur. Sa sœur semblait simplement foncer dans la mauvaise direction en permanence.

— Sérieusement ? ricana Teagan. Et que connais-tu de l'amour, toi ? Papa et maman m'ont adoptée parce qu'ils ne te trouvaient pas assez bien pour eux.

Comparé à sa rupture avec Ethan, cette attaque lui fit l'effet d'une plume tombée sur sa joue. Sienna retrouva tout à coup un calme inattendu. Sa relation avec sa cadette avait toujours oscillé entre tendresse, souffrance, tolérance et exaspération.

— Tu crois que je ne le sais pas ? Maman s'attache à l'apparence plus que quiconque au monde à part toi. Je ne suis pas belle. Je ne partage pas non plus ton désir agressif de tout dominer autour de moi. Mais je suis intelligente et loyale. J'adore mon métier, j'ai des amis de confiance. Tout ça ne compte peut-être pas dans ton univers, mais c'est important dans le mien.

Cette tirade, qu'elle avait ressassée des milliers de fois sans jamais oser la déclamer à Teagan, coula tout naturellement.

— Et le plus agréable reste que je peux me regarder dans la glace tous les jours sans avoir honte de qui je blesse, ni même du mal que je cause. Peux-tu seulement en dire autant ?

Sienna se retrouva à bout de souffle. Pourtant, après ce soliloque enflammé, elle ne ressentit aucun triomphe ni aucun sentiment de justice. Un seul regard à l'expression hargneuse de Teagan suffit à éveiller un grand vide en elle.

— Je n'ai pas besoin de toi, marmonna cette dernière, acide, en fonçant vers la porte de sa chambre. Ni maintenant ni jamais.

Réprimant des larmes de frustration incontrôlables, Sienna recommença à descendre son lourd bagage tout en bas de cette volée de marches interminable. Elle avait chaud, bouillonnait de rage et de désespoir au moment où elle sortit. Là, elle s'aperçut que la voiture dans l'allée n'était pas son taxi, mais celle de la dernière personne au monde qu'elle voulait croiser.

— Tu t'en vas ? demanda Ethan en regardant ses bagages.

À quoi s'attendait-il ? Même si leur histoire n'avait pas volé en mille morceaux dans la fureur, le ressentiment et la douleur, Sienna avait de toute manière prévu de rentrer à New York. Ni elle ni lui n'avaient sous-entendu l'idée de prolonger son séjour ou de se revoir après son départ. Les dernières révélations en date ne changeaient rien au fait qu'ils avaient vécu une amourette sans lendemain.

— Il y a des enchères à Salzbourg, la semaine prochaine. Je dois me préparer, il y a quatre clients qui comptent sur moi.

— Moi qui croyais que tu resterais plus longtemps.

— Ça, c'était avant.

Avait-il déjà oublié son attitude si méprisante quand il l'avait prise pour la marionnette de Teagan ? Espérait-il réellement la voir subir plus d'outrages ?

— Et tu ne m'aurais même pas dit au revoir ?

— Je pensais que je l'avais déjà fait, répondit-elle, atterrée.

Son taxi arriva alors et se gara derrière la voiture d'Ethan. Elle avança tandis que le chauffeur sortait lui ouvrir le coffre.

— J'ai parlé à mes parents, reprit Ethan dans son dos, apparemment anxieux et en colère. Ils ne s'en remettent pas.

Elle grimaça, le cœur gros. Elle dut serrer les dents pour résister à l'envie de serrer Ethan fort dans ses bras. Il ne voulait pas de son réconfort, il cherchait à la punir. Elle tendit ses bagages au conducteur puis se tourna vers Ethan.

— Ressens-tu seulement le moindre regret après ce que toi et ta sœur avez fait ? continua-t-il, en pesant bien ses paroles pour mieux lui montrer son mécontentement.

— Tout ce que j'ai fait, c'est ne pas te révéler les intentions de Teagan, insista Sienna, souhaitant qu'il la laisse partir. Sinon, je ne vous ai causé aucun tort, à toi ou ta famille.

— Tu ne regrettes rien, alors.

— Si, une chose. D'être venue ici. Quoique, ce ne

soit pas entièrement vrai. Je suis heureuse de t'avoir rencontré. J'aurais simplement préféré que tu ne sois pas comme ma sœur. Tu savais tout et tu t'es servi de moi pour l'atteindre.

Elle n'avait pas réalisé à quel point ce serait difficile de l'affronter alors qu'il avait feint tous ses sentiments. Il l'accusait d'avoir couché avec lui par pur intérêt, mais il s'agissait également là de ses propres motivations. Il l'avait manipulée comme un vulgaire pion dans une partie d'échecs. Elle le dévisagea en quête de regret, mais ne trouva qu'une obstination tranquille sur ses traits. Comment avait-elle pu se laisser prendre dans ses filets ?

— Cesse un peu de jouer les innocentes affligées, rétorqua-t-il enfin, irrité. Tu aurais pu me prévenir, mais tu as préféré te taire.

— Tu as raison. Mais Teagan est ma sœur, et tu n'es…

— Qu'un type avec qui tu as couché ?

— Si tu veux…

Elle ne flancha pas face à son aigreur, ancra son regard au plus profond du sien sans sourciller. Peut-être s'était-elle montrée idiote de s'attacher à lui, mais elle pouvait ne plus commettre les mêmes erreurs.

— Alors, explique-moi. Si tu n'as jamais eu confiance en moi, pourquoi m'avoir emmenée à Savannah ?

Pourquoi l'avoir poussée à croire qu'il l'appréciait ? Qu'il cherchait son soutien et se languissait de son affection ?

— Peut-être pour voir jusqu'où tu irais pour elle, répondit-il, penché en avant comme s'il voulait la plaquer au sol d'un regard. Je le sais, désormais.

Elle eut un mouvement de recul face à ce sous-entendu.

— Je n'ai pas couché avec toi pour aider Teagan.

— Vraiment ?

— Vraiment. Je tiens à toi et je pensais que c'était réciproque.

Elle lui toucha l'avant-bras. Comme il ne s'apaisa pas, elle retira la main.

— Jusqu'à aujourd'hui, je ne comprenais pas à quel point je me trompais.

— Je devais découvrir vos réelles intentions.

Comment avait-elle pu être aussi aveugle ? Elle aurait dû admettre sa folie dès le départ, Ethan ne serait jamais tombé amoureux d'elle. Elle lui adressa un sourire las.

— Alors, nous pouvons tous les deux arrêter d'agir comme si cette semaine avait compté.

— Pour moi, ça comptait, protesta-t-il dans un revirement de situation inattendu, ses yeux fixes et sincères dans son visage froid.

— Sois maudit, Ethan Watts ! cria-t-elle, perdue et horrifiée par la réaction de son cœur. J'en ai assez que tu me manipules. Laisse-moi passer, s'il te plaît.

La force du désespoir lui permit de glisser la sacoche de son ordinateur entre la voiture et lui pour l'écarter.

— J'ai un avion à prendre. Je ne peux vraiment pas le rater.

- 13 -

Les deux jours qui suivirent le départ de Sienna ne se déroulèrent pas du tout selon les plans d'Ethan. Il avait cru que sans elle, et après avoir forcé Teagan à changer de stratégie, il parviendrait à se calmer, à se concentrer sur sa famille, son travail, ses sorties. Au lieu de cela, il se prit à s'énerver après son personnel, à broyer du noir tout seul chez lui et à refuser de voir du monde. En fait, son attitude d'ermite empira au point qu'il ne répondit plus à aucun appel.

Ainsi, il ne s'étonna pas tellement lorsque Paul s'invita dans son bureau, un gros dossier sous le bras.

— J'ai enfin trouvé une piste sur ton ami anonyme, lui apprit son frère sans le sermonner à propos des inquiétudes de toute la famille.

Ethan tendit la main pour jeter un œil aux documents.

— Je croyais que l'adresse mail était impossible à tracer.

— Vraiment ? ricana Paul. J'aurais dû te dire que c'était impossible avec des moyens conventionnels.

Ethan le savait, autant regarder un film dans une langue inconnue sans sous-titres que lancer son aîné sur le dark web.

— Je préfère ne pas te demander de détails. Alors, à qui a-t-on affaire ?

— Un type du nom de Declan Scott.

Ethan parcourut le dossier distraitement. Ses pensées s'emmêlaient trop en imaginant ce qu'il ferait à celui qui l'avait poussé à douter de Sienna.

— À part à cause de ses origines, pourquoi s'intéresse-t-il à Teagan ?

— Ils allaient au même lycée, mais ont trois ans d'écart. Depuis, on les voit souvent au même endroit, mais jamais ensemble. Ils ne se supportent pas, même s'ils ont des amis communs si j'ai bien tout saisi.

Pour s'être retrouvé embringué dans les manigances de Teagan, cela parut logique à Ethan qu'elle se soit fait des ennemis.

— Très bien, ça explique donc pourquoi il m'a prévenu. Mais je ne comprends pas ses délires de petit espion.

Ethan disposa plusieurs photographies de Declan Scott sur son bureau. On aurait cru une version froide d'un mannequin Ralph Lauren, à l'air un peu arriéré.

— Quel intérêt trouverait-il à se mêler de nos affaires, ici, à Charleston ?

— Pourquoi ne pas lui demander ? fit Paul en se levant. Il séjourne à l'hôtel Bennett.

— Il est en ville ? s'écria Ethan en bondissant de son fauteuil pour attraper ses clés, soudain revigoré après ces deux jours de torpeur. Tu n'as pas le numéro de sa chambre, par hasard ?

Dix minutes plus tard, il déboulait à l'hôtel en question. En vérité, sans leur escapade à Savannah, Ethan y aurait emmené Sienna. Il ne comptait plus les fois où il s'était imaginé la réaction de la jeune femme devant une expérience inédite. Elle le hantait. Il avait beau ne pas pouvoir aimer quelqu'un qui l'avait trahi, rien ne semblait atténuer ce poids sur sa poitrine.

Elle lui manquait. Chaque satanée seconde de chaque satané jour. Peu importe ce qu'elle avait fait. Peu importe toutes les fois où il enrageait et se maudissait de lui avoir révélé ses secrets et ses peurs les plus intimes. En dépit de tout, Ethan ne pouvait s'empêcher de croire qu'il n'aurait jamais dû la laisser repartir.

Ces adieux ratés le rendaient fou. Il ne voyait aucune autre explication à son manque de sommeil et à sa nervosité permanente.

Quand il arriva devant la chambre d'hôtel, Ethan tambourina à la porte, laissant libre cours à sa frustration. Un grand homme mince vêtu d'un costume bleu impeccable lui ouvrit, mais il ne s'agissait pas de Declan Scott.

— Je viens voir votre patron, lui dit Ethan en s'invitant dans la suite.

Il trouva sa proie sur un sofa, à agiter un verre d'un liquide ambré entre ses longs doigts. Comme le New Yorkais ne se donna pas la peine de se lever, Ethan oublia le charme et la politesse du Sud.

— Je rencontre enfin, mon ami anonyme, fit-il avec dédain en le détaillant. Declan Scott, c'est ça ?

— Navré de faire votre connaissance dans de si pénibles circonstances, acquiesça Scott, laconique.

— De si pénibles circonstances ?

Ethan fulmina face à cette fausseté. Ce Scott ne se souciait manifestement pas le moins du monde de mettre sens dessus dessous la vie des autres.

— C'est pourtant vous le responsable de tout ce bazar, Scott.

— Absolument pas, répondit-il d'un calme qui attisa la colère d'Ethan. Je vous ai seulement prévenu au sujet de Teagan. C'est vous qui avez décidé quoi faire de ces informations.

S'agissait-il du genre de petits jeux irréfléchis auxquels il s'adonnait à New York ?

— Pourquoi m'avoir contacté ? demanda Ethan sans masquer son dégoût.

— Je pensais que vous ne seriez pas de taille face à Teagan. Elle est assez pénible, parfois. Aurais-je eu tort ?

— Quel intérêt trouvez-vous à tout cela, Scott ?

— Teagan me refuse quelque chose que je convoite, répondit Scott en réajustant une de ses manches. Je voulais lui montrer ce que ça fait.

D'accord… Ethan repensa aux informations de Paul concernant la relation de ces deux ennemis jurés. La raison de cette rivalité lui échappait. S'étaient-ils chamaillés au premier coup d'œil ? Avaient-ils été proches, autrefois ? Ou avaient-ils eu le coup de foudre ?

Ethan resongea à sa réaction en voyant Sienna pour la première fois dans la cour chez son grand-père. Cela le ramena vite à sa tristesse quand elle s'en était allée. Tristesse dont il était responsable.

Au lieu d'affronter ses torts, Ethan s'en prit à l'homme en face de lui.

— Mais vos petits jeux n'ont pas uniquement blessé Teagan.

— Mes jeux ? s'étonna Scott, fendu d'un sourire blasé. Vous pouvez parler, vous. Vous ne vous êtes pas gêné pour jouer avec Sienna.

Il marquait un point, mais Ethan ne courba pas l'échine.

— Vous m'avez arrosé de fausses informations.

— À mon sens, vous m'accusez de votre incapacité

à accorder votre confiance à votre bien-aimée, affirma Scott avec une insouciance outrancière.

— J'ignore de quoi vous parlez. Je ne l'aime pas.

Que connaissait Ethan de ce sentiment ? Il savait ce qu'il ressentait pour ses parents adoptifs et son grand-père qui avaient toujours cru en lui. Il était prêt à tout pour Paul ou les jumelles. Pourtant, il se bridait le cœur depuis si longtemps. Incapable d'accepter leur affection en raison des circonstances de sa naissance, il s'était acharné à devenir un bon fils, un frère, un ami, un allié. Il s'était armé de charme sans pour autant se donner sincèrement.

Quand Sienna était entrée dans la danse, tout avait changé. Il lui avait confié sa solitude, sa peur de ne pas être apprécié. En retour, elle lui avait raconté la sensation de grandir en se sentant méprisable et mal-aimée. Il était plus proche d'elle que de n'importe qui au monde. Et, forcément, il avait tout gâché. Incapable d'envisager une amitié, une affection inconditionnelle, il lui avait demandé de choisir entre sa sœur et lui. Il avait ensuite pris son refus pour preuve de son allégeance à sa sœur. Il n'avait pas cru en la sincérité de ses sentiments. Les chœurs de la trahison lui avaient hurlé dans le crâne pour anéantir toute pensée rationnelle.

— Alors, le départ de Sienna ne vous affecte pas ?

— Comment avez-vous… ?

Ethan ne se donna pas la peine de finir. Peu importe si Scott en savait autant. Seule l'absence de Sienna le tourmentait. Il n'allait pas bien du tout. Ces quelques jours sans elle lui suffisaient : il était accro à la joie avec laquelle elle avait illuminé sa vie, avec laquelle elle avait tout embelli et coloré.

— Ne souhaiteriez-vous pas tout recommencer ?

poursuivit Scott. Peut-être seriez-vous encore ensemble si vous lui aviez accordé le bénéfice du doute.

Cette façon de s'exprimer comme s'il avait réponse à tout courrouça Ethan. Qu'un parfait inconnu comprenne aussi bien ses sentiments l'effraya, en vérité. On aurait cru que Scott possédait un miroir sur l'enfer personnel d'Ethan. Enfer dont il était en partie responsable.

Ethan comprit alors que sa raison première de se confronter à Scott n'importait plus du tout. Sienna était devenue victime de la guerre entre Teagan et ce type. Lui reprocher de soutenir sa sœur n'avait rien de juste.

— Écoutez, je me fiche complètement de vos jeux tordus, à vous et à Teagan, mais à l'avenir laissez Sienna tranquille.

— Ou sinon ?

— Vous le découvrirez bien assez tôt si vous vous mêlez encore de ses affaires.

Sans attendre de réponse, Ethan tourna les talons pour quitter la suite.

Cette discussion lui avait remis les idées en place. Avant son départ, Sienna lui avait avoué ses sentiments, et lui s'était obstinément cramponné à sa colère. Désormais convaincu de devoir accepter son amour pour elle, les souvenirs qu'ils avaient partagés lui trottèrent dans l'esprit. Il l'avait saisi trop tard, mais leur attirance si forte leur venait de ce sentiment de ne pas trouver leur place auprès des gens qu'ils adoraient. Or, avec elle, il avait frôlé l'espoir d'une vie meilleure.

Au lieu de s'ouvrir à elle, il l'avait laissée s'envoler au loin. Pourrait-il tout arranger ? Lui accorderait-elle une deuxième chance ? Une chose était certaine : il ne la reconquerrait pas depuis Charleston. Il lui fallait agir sur place, et cela impliquait un voyage à New York.

Mais… et si Teagan parvenait à ses fins pour le poste au sein de Watts Shipping ? Ethan préféra ne pas y songer. Aucune carrière ne comptait s'il ne pouvait retrouver la femme de ses rêves.

Après les enchères de Salzbourg, Sienna séjourna en Europe afin de revoir certains contacts et trouver de nouveaux clients. Se jeter corps et âme dans son travail lui permit un temps d'éviter de penser à ses peines de cœur, mais elle ne pouvait se réfugier éternellement dans l'épuisement. Aussi, dix jours plus tard, rentra-t-elle à New York.

En attendant que l'avion rejoigne le terminal, elle vérifia ses messages ; Gia lui avait écrit. Éreintée par de trop nombreuses nuits sans sommeil à s'efforcer de ne pas penser à Ethan, Sienna en avait oublié de réserver un taxi. Heureusement, Gia avait pris les choses en main, et un chauffeur la ramènerait à Manhattan.

Seulement, lorsque Sienna descendit l'escalator, l'homme avec une pancarte à son nom devait être le dernier qu'elle s'attendait à trouver là. Le cœur au bord des lèvres, l'esprit encore embué de voir Ethan à New York, elle le rejoignit d'un pas hésitant.

— Que fabriques-tu ici ? demanda-t-elle, heureuse malgré elle.

— Je suis venu te parler.

Comment osait-il lui réserver une telle surprise et entraîner sa meilleure amie dans la manœuvre ? Sienna allait devoir en toucher deux mots à Gia.

— J'aurais préféré que tu restes chez toi.

Elle lui tourna le dos pour rejoindre le tapis à bagages.

Elle voulait mettre le plus de distance possible entre Ethan et elle. Sans surprise, il la suivit.

— Je suis désolé d'avoir si mal réagi par rapport à Teagan.

— Aucun d'entre nous ne mérite les honneurs pour ce que nous avons fait, déclara-t-elle en lui lançant un regard en coin.

— Je n'aurais pas dû m'énerver.

Sienna résista corps et âme à son désir de tout arranger entre eux. Il l'avait blessée, elle n'allait pas courir à sa perte pour quelques belles paroles. Consciente de se trouver dans un lieu public bondé, elle reprit à voix basse.

— Et tu te rends bien compte que je n'ai pas couché avec toi pour te soutirer des informations ?

— Oui, affirma-t-il, au même volume qu'elle. Dans le fond, je savais que je me trompais.

Quand des bagages familiers arrivèrent dans leur direction, Sienna s'en approcha, mais Ethan la devança et les arracha au tapis roulant comme s'ils ne pesaient rien du tout. Elle qui avait espéré récupérer ses affaires et s'enfuir dans un taxi au plus vite semblait condamnée à souffrir. Elle se retrouva donc à lui courir après tandis qu'il se dirigeait vers la navette par hélicoptère.

Sienna se renferma alors dans le silence en passant d'un moyen de transport à un autre jusqu'à son immeuble. Elle était tiraillée entre sa raison et son cœur. D'un côté, elle se persuadait qu'ils ne devaient pas tout cela à un simple malentendu, mais bel et bien au manque de confiance d'Ethan et à son absence de franchise à elle. D'un autre côté, elle voulait croire que tout irait bien maintenant qu'il reconnaissait ses torts.

Lorsqu'il devint évident qu'elle ne se débarrasserait

pas d'Ethan avant d'avoir tout mis à plat, elle l'invita chez elle. Dans l'ascenseur, elle se campa face à lui.

— Écoute, si tu veux rester en bons termes parce que ma sœur est ta cousine, ça me va, dit-elle en le voyant sourire sans trop savoir comment l'interpréter. Mais franchement, il suffisait de m'appeler.

— Si je t'avais téléphoné, tu m'aurais évité, et je tenais à te montrer à quel point j'aimerais tout arranger entre nous.

Si elle n'était pas encore immunisée contre son sourire enjôleur ou ses yeux de chien battu, les jours passés loin de lui avaient aiguisé ses défenses. Elle s'efforça de paraître la plus dure et incisive possible.

— Les appels en visio, ça existe.

— C'est vrai, répondit-il d'une voix douce comme du miel. Mais il paraît qu'il n'y a rien de mieux que se réconcilier en faisant l'amour.

Sienna aurait donné n'importe quoi pour empêcher son corps de s'électriser. Le sang lui monta aux joues en dépit de tous ses efforts de froideur. Elle fourra les mains dans ses poches pour ne pas attraper Ethan par le col et le tirer contre elle. Malgré son désir insensé, elle ignorait si elle pouvait coucher une dernière fois avec lui puis lui souhaiter bon vent.

— D'après moi, ce qui s'est passé à Savannah devrait rester à Savannah, non ?

Cela ne l'anéantit pas comme prévu. Alors, les portes de l'ascenseur s'ouvrirent, et elle put reprendre sa fuite. Une fois encore, elle le comprit, il lui serait impossible d'échapper à Ethan. Ses grands pas eurent vite raison de l'écart entre eux, et ils arrivèrent devant l'appartement de Sienna.

— Pas du tout. Je refuse de croire que c'est terminé entre nous.

Devant sa porte, elle ne trouva pas les mots. Après s'être menti tout ce temps au sujet de Teagan et Watts Shipping, comment pouvait-il encore espérer un seul instant qu'ils pourraient construire quelque chose ? Pourtant, elle en frissonnait de plaisir. Voulait-il oublier le passé et repartir de zéro ? Non. Impossible.

— Terminé ? fit-elle en respirant avec difficulté. Nous n'avons même pas commencé, il me semble. Tu étais trop occupé à douter de moi pour que nous puissions développer de vrais sentiments l'un pour l'autre, ajouta-t-elle en souriant malgré sa douleur. D'ailleurs, dès l'instant où je t'ai vu, j'ai su que ce n'était qu'une question de temps avant que tu passes à une autre.

— Alors, je n'étais qu'une aventure pour toi ?

Percevait-elle de la déception dans son regard ténébreux ? Sienna voulait ardemment croire qu'elle comptait pour lui.

— Au départ, oui, répondit-elle en se mordant la lèvre pour ne pas trop se dévoiler. Laisse tomber. Tout ça n'a plus d'importance, désormais.

— Pour moi, si.

— Pourquoi ? Peux-tu vraiment affirmer que nous parviendrons à aller de l'avant après toute cette histoire ?

Si seulement il arrêtait de la tourmenter avec tant de promesses.

— Oui, et je vais te le prouver, fit-il en lui prenant la main. Te demander de rencontrer ma famille biologique n'avait rien à voir avec ta sœur ou ses manigances. Je voulais que tu viennes. À ce moment-là, je ne comprenais pas bien pourquoi, mais c'est différent aujourd'hui.

Même si elle se détourna, elle restait bien trop crédule face à l'espoir. Pouvait-elle lui faire confiance ?

— J'ai beaucoup réfléchi, dernièrement, répondit Sienna, au bord des larmes tandis qu'elle luttait pour écouter sa raison. Il est évident que toi et Teagan ne vivez qu'à travers l'admiration des autres. C'est un spectacle plein de paillettes. Et moi, j'en tombe amoureuse à chaque fois.

— Tu es tombée amoureuse de moi ? demanda-t-il, un sourire malicieux au coin des lèvres.

— Ce n'est pas une bonne chose, pesta-t-elle, de plus en plus désemparée. Je me rends compte que j'ai un faible pour les charmeurs et les manipulateurs.

Ses yeux s'embuèrent de larmes au moment où elle enfonça sa clé dans la serrure. Curieusement, elle y parvint du premier coup malgré ses mains tremblantes. Elle ouvrit sa porte à la volée.

— Mais tu ne peux nier être tombée amoureuse.

Comme elle refusa de l'admettre, il lui prit l'épaule et la secoua gentiment.

— Et moi non plus.

— C'est du passé.

Elle se dégagea puis se lança, bagages en avant, dans l'appartement.

— Oui, eh bien, pas pour moi ! s'exclama Ethan depuis le vestibule. Tu m'as ensorcelé, bien plus que j'aurais pu l'imaginer.

Cinq pas titubants plus tard, Sienna surgit dans le salon où elle resta sidérée devant la pièce remplie de bouquets extravagants aux mille couleurs et senteurs. Partout on avait posé des arrangements floraux gigantesques en orbite autour d'une impressionnante masse de roses rouges.

— Je t'aime, Sienna.

Elle se retourna d'un coup, il se tenait à quelques pas. Tout s'arrêta. Son cœur. Sa respiration. Comme si ces quelques mots avaient appuyé sur le bouton PAUSE de sa vie pour lui donner le temps de repenser à chaque seconde passée avec lui et traiter cette déferlante d'informations. Elle lut la sincérité sur le visage d'Ethan.

— Tu m'aimes ? balbutia-t-elle en tentant d'assimiler les implications de ces mots. Impossible.

Il lui adressa un grand sourire rayonnant. Il semblait transformé et s'avança pour l'étreindre. Cependant Sienna recula en dépit de ses désirs.

— Mais comment… ? demanda-t-elle d'une voix rauque. Voyons, après toute cette histoire avec Teagan… Tu me détestes.

— Jamais, fit-il en lui prenant les mains pour y déposer un baiser. J'étais en colère, j'avais peur, mais jamais je ne t'ai détestée.

Il la prit par la taille et la serra fort.

— Pendant longtemps, j'ai cru que j'étais condamné à me tenir à l'écart de tout. Puis, tu es arrivée. Quand je suis avec toi, j'ai l'impression d'appartenir à un tout. Ce n'était pas mon adoption qui me rongeait, mais le fait que je m'étais isolé de ceux à qui je tiens. Tout a changé grâce à toi.

— Je t'aime ! s'exclama Sienna, laissant ses sentiments éclater dans des flots d'euphorie. Je croyais avoir perdu la tête de ressentir ça aussi vite, mais tu me rends si heureuse.

— Et je voudrais continuer à te combler. Coûte que coûte. Si je dois abandonner Watts Shipping pour faire la paix avec Teagan…

— Je n'en exigerai jamais autant.

Si elle appréciait l'idée qu'il fût prêt à de tels sacrifices, leur relation ne fonctionnerait jamais si l'un d'eux ne connaissait pas le bonheur.

— Tu m'as demandé de m'allier avec toi contre ma sœur, et j'y compte bien. C'est toi ma famille, désormais. Ma loyauté te revient quoi qu'il arrive.

Elle se pendit à son cou et posa les lèvres sur les siennes pour un baiser à la fois passionné et plein de promesses. Son amour pour Ethan embellit son univers. Dépasser leurs erreurs la plongea dans un océan de félicité.

— Je n'ai jamais connu de femme aussi sincère et extraordinaire, lui déclara-t-il, les yeux empreints d'affection et de joie. J'adore ton esprit brillant et ton humour, sans parler de ton obsession de tout découvrir sur les lieux que tu visites. Tu savais exactement quoi dire lorsque je cogitais au sujet de ma mère et tu comprenais quand il fallait me laisser seul. Tes courbes n'en finissent pas, et te faire l'amour m'a procuré un plaisir inégalable. Je ne me suis jamais senti aussi bien qu'avec toi. Près de toi, je suis en paix, chez moi.

— Je ressens la même chose pour toi.

— Alors, j'espère que tu envisages l'avenir avec moi.

— Bien sûr. En fait, j'avais déjà songé à m'installer à Charleston.

— Sans rire, ironisa-t-il en lui embrassant le bout du nez. Bon, tant mieux, parce que j'aimerais vous épouser, Sienna Burns.

Elle rayonna de bonheur en comprenant que la vie dont elle avait rêvé à Savannah lui tendait les bras.

— Je t'aime et veux passer le reste de mes jours en tant que Mme Ethan Watts.

Ils scellèrent ces vœux d'un long baiser langoureux qui les laissa heureux et à bout de souffle.

— Je crois que je dois te donner ceci, ajouta-t-il en lui montrant une bague sertie d'un magnifique solitaire. Sinon, tu risquerais de revenir sur ta promesse de vivre avec moi pour toujours.

Peu importe ce merveilleux anneau, Sienna n'avait d'yeux que pour l'homme qui le glissa à son doigt.

— Pour toujours et à jamais.

Vous avez aimé *Un rival si charmant* ?
Retrouvez en numérique d'autres romans
de Cat Schield se passant à Charleston !

1. *Un amour hors classe*
2. *La vengeance me va si bien*
3. *Vengeance et plus si affinité*
4. *Un si délicieux mensonge*
5. *Un rival si charmant*

KATHY DOUGLASS

Le rancher et la citadine

Traduction française de
CAROLE PAUWELS

PASSIONS

HARLEQUIN

Titre original :
THE RANCHER AND THE CITY GIRL

© 2017, Kathleen Gregory.
© 2022, HarperCollins France pour la traduction française.

- 1 -

Va quelque part où personne n'aura l'idée de te chercher.

Ce mantra résonnait jusqu'à l'obsession dans la tête de Camille Parker, tandis qu'elle roulait à vive allure sur la route de campagne peu à peu gagnée par l'obscurité.

Au détour d'un virage, elle faillit soudain perdre le contrôle. Jurant entre ses dents, elle releva le pied de l'accélérateur et braqua le volant éviter la sortie de route.

Ils n'auraient pas besoin de la tuer si elle le faisait elle-même !

Elle ralentit et commença à examiner les alentours. Elle ne devait plus être très loin, maintenant.

Finalement, elle aperçut une allée marquée par deux grands arbres, et déchiffra Jericho et Jeanette Jones, peint en lettres rouges sur le métal gris d'une boîte aux lettres. Malgré son anxiété, elle sentit son cœur se serrer quand elle lut le nom de sa meilleure amie. Jeanette lui avait tellement manqué…

Elle avait beau savoir que personne ne l'avait suivie depuis New York, elle ne put s'empêcher de jeter à nouveau un coup d'œil dans son rétroviseur.

Convaincue qu'elle était bel et bien seule, elle s'engagea sur le long chemin sinueux, en roulant prudemment sur le sol jonché de pierres et de racines, parsemé de nidsde-poule. Elle n'avait pas envie de perdre à nouveau le contrôle de sa voiture alors qu'elle était si près du but.

Et si Jericho ne la laissait pas entrer ?

Il la détestait. Et elle le détestait aussi. Jamais auparavant elle n'avait utilisé le terme « ennemis jurés », mais cela décrivait parfaitement la nature de leur relation.

En plus d'être sa meilleure amie, Jeanette était fiancée à son frère quand Jericho l'avait rencontrée et, non content de la convaincre de quitter Rodney et de l'épouser lui, il l'avait emmenée au fin fond de la campagne et l'avait laissée mourir.

Les yeux de Camille se remplirent de larmes, tandis qu'elle se rappelait avoir découvert le décès de Jeanette dans la rubrique nécrologique de la lettre d'information de leur ancienne université. Encore une autre raison de détester Jericho.

Une maison à un étage apparut au détour d'un dernier virage, et elle ralentit, avant de s'arrêter le plus près possible du perron. Elle ouvrit sa portière et laissa échapper un soupir. Elle était sauvée ! Enfin, peut-être pas, après tout…

Son cœur se mit à battre à tout rompre, tandis que le doute l'assaillait à nouveau.

Et si Jericho refusait de la laisser entrer ?

Elle s'efforça de ne pas y penser et d'ignorer la peur qui s'était emparée d'elle quand elle avait entendu son patron, Donald Wilcox, ordonner à quelqu'un de se débarrasser d'elle et de faire passer cela pour un accident. Folle de panique, elle avait appelé Rafael Delgado, son contact au FBI, et avait découvert que ce dernier, victime d'un accident de voiture, était dans le coma. C'est alors qu'elle avait pris la fuite, ne sachant où aller.

Il fallait absolument qu'elle disparaisse pendant un

moment, mais elle ne pouvait aller ni chez ses parents ni chez son frère à Chicago. Ce serait forcément là que les tueurs la chercheraient en premier. Et ils n'auraient aucun mal à découvrir l'identité des amis qu'elle s'était faits à New York – la plupart d'entre eux travaillant dans la même banque d'affaires qu'elle à Wall Street – ou de ceux qu'elle avait laissés à Chicago.

Il n'était d'ailleurs pas question qu'elle mette sa famille ou ses amis en danger en allant se réfugier chez eux. Elle devait aller dans un endroit que personne ne connaissait, ou bien quelque part où on n'aurait pas l'idée de la chercher.

Le ranch Double J répondait parfaitement à ces critères. Cela faisait cinq ans que Jericho et elle n'avaient pas échangé un mot, et elle n'avait jamais parlé de lui dans son entourage professionnel. Personne, dans le milieu new-yorkais de la finance, ne ferait le lien entre elle et un fermier de Caroline du Nord. La ville la plus proche, Sweet Briar, se trouvait à plus d'une heure de l'océan, et le ranch offrait l'avantage supplémentaire d'être très isolé.

Elle serait en sécurité, ici.

À condition que Jericho la laisse entrer.

Son estomac se noua quand elle songea… qu'il pourrait très bien lui claquer la porte au nez.

Non. Cela ne pouvait pas se produire. Il était son dernier, ou plutôt son *seul* espoir.

Après son départ de New York, elle s'était interdit d'utiliser ses cartes de crédit, sachant que l'on pouvait la retrouver de cette façon. Sur le moment, elle était tellement perturbée qu'elle n'avait pas eu l'idée de s'arrêter à un distributeur. Quand elle y avait pensé, elle était en route pour la Caroline du Nord depuis un moment, et il était trop tard. Une fois sa chambre d'hôtel payée, la nuit précédente, il ne lui était resté que les trois cents dollars qu'elle gardait toujours dans son portefeuille au cas où.

Qui aurait cru qu'elle aurait besoin de sa réserve de secours pour une véritable urgence, et pas pour faire du shopping ?

Et qui pouvait dire combien de temps elle allait devoir faire durer cet argent ?

Elle attrapa son sac, bondit hors de la voiture, et se rua vers le perron. Puis elle sonna avec insistance. Un chien aboya. Elle entendit des grattements contre la porte, tandis que les aboiements s'intensifiaient.

Soudain, le vacarme cessa, et il n'y eut plus un bruit. Elle tendit l'oreille, luttant contre l'envie de tambouriner à la porte. Les aboiements reprirent, mais elle n'entendit rien d'autre.

Elle ne connaissait rien au métier de rancher. Jericho était-il chez lui à cette heure-ci, ou quelque part dans une étable ou dans un champ ? Et s'il n'était pas là du tout ?

Elle ne l'avait pas appelé pour le prévenir de son arrivée ; elle connaissait la réponse qu'il lui aurait faite. Et puis elle avait détruit son téléphone, jetant les différentes pièces à travers les rues de New York pour ne pas être tracée. Jamais on n'avait essayé de la tuer avant. Tout ce qu'elle savait, elle l'avait vu dans des films.

Elle levait le poing pour frapper à la porte quand celle-ci s'ouvrit. Perdant l'équilibre, elle tomba contre le propriétaire des lieux. Il l'aida aussitôt à se redresser, mais elle eut le temps de percevoir les effluves de son eau de toilette.

Malgré la terreur qui lui collait aux basques depuis un jour et demi, elle ne put s'empêcher de remarquer à quel point il sentait bon. Des odeurs de cuir, de coton chauffé au soleil, mêlées à l'odeur un peu acre de la terre et des pins, et à celle fraîche et propre du savon.

Mais, plus que cela, il sentait la sécurité. Un sentiment de soulagement la submergea. Elle allait passer quelque temps ici pour se remettre de ses émotions, et réfléchir calmement à…

Jericho la repoussa sans ménagement.

Ramenée brusquement à la réalité, elle leva la tête et plongea les yeux dans les profondeurs du regard brun de Jericho. Une lueur d'étonnement y passa, vite remplacée par la colère, puis la haine.

— Que fais-tu ici ? lança-t-il.

Sa voix était encore plus froide que ses yeux. Ce n'était pas une surprise.

— Je t'ai demandé ce que tu faisais ici ! répéta-t-il sèchement.

— J'ai besoin d'un endroit où rester quelque temps.

Jericho se pencha, et elle réalisa que sa voix n'avait été qu'un murmure étranglé. Elle se racla la gorge et fit une nouvelle tentative.

— J'ai besoin d'un endroit où rester quelque temps.

Jericho la fixa d'un air interloqué et recula d'un pas.

Ignorant si c'était une invitation à entrer ou s'il allait lui claquer la porte au nez, elle se faufila à l'intérieur. Assis à quelques pas de là, un labrador noir se mit à remuer frénétiquement la queue.

— Pourquoi ? demanda Jericho.

Sans attendre sa réponse, il secoua la tête.

— Laisse tomber. Ça ne m'intéresse pas. Je m'étonne seulement que tu puisses même *envisager* de t'installer ici avec moi. Si je me rappelle bien, tu penses que ce ranch n'est qu'une « ruine perdue au milieu de nulle part ». Quant à moi, je ne suis qu'un « paysan qui essaye de mettre le grappin sur une fille riche pour se faire entretenir ». Ce sont bien tes mots, non ?

Elle se crispa, mais ne détourna pas le regard. Elle avait en effet prononcé ces mots cinq ans plus tôt, quand Jeanette lui avait confié qu'elle rompait ses fiançailles avec Rodney pour épouser Jericho et aller vivre en Caroline du Nord.

Jericho la contourna et saisit la poignée de la porte qu'il ouvrit en grand.

Si elle ne s'expliquait pas très vite, elle se retrouverait sur le perron en moins d'une minute, sans nulle part où aller. Elle n'irait pas bien loin, avec trois cents dollars en poche et la peur au ventre.

Elle posa une main sur le bras de Jericho. Il devait l'écouter.

Une brûlante décharge électrique la traversa, et elle retira aussitôt sa main. Bon sang, mais qu'est-ce que c'était ?

— S'il te plaît, tu dois me laisser rester, dit-elle.

Consciente de l'hystérie grandissante dans sa voix, elle essaya de se raisonner. Jamais elle ne pourrait le convaincre si elle passait pour une folle.

— Je ne suis obligé de rien, répliqua-t-il, sèchement.

— Je t'en supplie, Jericho. Ne me renvoie pas. Tu es le seul à qui je puisse m'adresser. Des gens essayent de me tuer. S'ils me retrouvent, je suis morte.

Quelqu'un essayait de la tuer ? Mais bien sûr !

Elle pouvait sûrement trouver mieux que ça, songea Jericho. Après tout, elle avait bien réussi à se faufiler dans sa chambre d'hôtel à Chicago, à peine une heure avant son vol pour Los Angeles, où il devait épouser Jeanette.

Jamais il n'oublierait ce moment où, sortant de la douche, il avait découvert Camille en nuisette sur son lit, dans une posture sexy. Il n'en avait jamais parlé à Jeanette, pour ne pas la blesser. Jusqu'à ses derniers jours, elle avait pensé que Camille Parker était une amie digne de ce nom. Si elle avait su…

— Bien essayé, Camille. Mais je ne marche pas. Va jouer ailleurs.

— Ce n'est pas un jeu ! Si tu me renvoies, ils me tueront !

Elle semblait sincère. Et vraiment effrayée.

Il l'observa attentivement. L'expression hautaine que Camille arborait en toute occasion avait disparu. Au lieu de retrousser ses lèvres d'un air dédaigneux, elle les mordillait anxieusement.

Sans se soucier d'être grossier, il la détailla de la tête aux pieds. Grande et mince, elle avait la beauté d'un top model. Les rares fois où il l'avait vue, elle était coiffée et maquillée à la perfection, et portait des tenues de créateurs à la dernière mode. Aujourd'hui, ses cheveux coupés aux épaules formaient une masse informe de boucles emmêlées, et ses vêtements étaient chiffonnés comme si elle avait dormi avec. La panique se lisait sur son visage, et elle semblait terriblement agitée.

Était-elle vraiment en danger ? Et dans ce cas, quel était le rapport avec lui ?

— Que se passe-t-il ? s'enquit-il.

Camille sursauta, et il comprit qu'il avait crié.

Elle reprit son souffle, rajusta d'une main tremblante son foulard de soie, et lui adressa un sourire tellement forcé qu'il se demanda pourquoi elle avait pris cette peine.

— C'est une longue histoire, répondit-elle dans un murmure.

— Fais-moi un résumé. Je n'ai pas de temps à perdre avec des détails sans intérêt. Et si la situation est aussi tragique que tu le prétends, tu n'as pas le temps non plus.

— Tu as raison.

Elle pressa les lèvres l'une contre l'autre, et le regarda droit dans les yeux.

— Comme je te l'ai dit, quelqu'un essaye de me tuer, dit-elle.

— Mais pourquoi venir ici ? Il n'y a plus de police, à Chicago ?

— New York. Je m'y suis installée il y a huit mois pour commencer un nouveau job.

— D'accord. Quoique cela ne fasse pas de différence. Ils ont des flics, là-bas aussi.

— Je ne peux pas aller les voir. Je ne sais pas à qui je peux faire confiance. Je sais qu'au moins une personne du gouvernement est impliquée. Certains policiers sont peut-être corrompus. Je ne peux pas prendre ce risque.

Même sans les détails, cette histoire était trop complexe pour être écoutée sur un pas de porte. Sans compter que Camille était bien trop nerveuse à son goût. Et qu'il avait besoin de mettre un peu de distance entre eux. Il lui fit donc signe de la suivre.

Elle écarquilla les yeux avant de pousser un soupir qui ne pouvait être que de soulagement.

Arrivé dans le salon il lui désigna, d'un geste du menton, les fauteuils placés devant la cheminée éteinte.

Jeanette et lui avaient passé tant de soirées d'hiver au coin du feu… Il n'avait plus utilisé la cheminée depuis sa mort. D'ailleurs, il évitait cette pièce, n'y entrant que pour y faire le ménage de temps en temps. Les souvenirs y étaient trop présents.

— Tu veux boire quelque chose ? proposa-t-il.

Les mots étaient sortis tout seuls, et il aurait voulu pouvoir les ravaler. Ce n'était pas une visite de courtoisie. Et il n'avait absolument pas envie que Camille s'attarde trop longtemps.

— Non merci, répondit-elle.

Elle se laissa tomber dans un fauteuil, et Shadow posa aussitôt la tête sur ses genoux.

— Shadow ! Couché !

Au lieu d'obéir, le chien gémit et sortit à toute allure de la pièce. Un instant plus tard, il revint avec un jouet en caoutchouc dans la gueule et le laissa tomber devant Jericho.

Ignorant l'animal, Jericho se dirigea vers l'âtre et, plutôt que de s'installer dans *son* fauteuil, comme le disait Jeanette, il prit appui contre le manteau de la cheminée.

— Je t'écoute, dit-il en fixant Camille d'un regard impassible.

— Je travaille pour une banque d'affaires. Je suis plutôt douée dans mon domaine.

— Version courte, s'il te plaît.

Il n'avait pas envie d'écouter la liste de ses qualités dont il se moquait éperdument.

— Il y a quelques mois, je travaillais sur l'un des dossiers de mon patron, et j'ai remarqué que quelque chose clochait dans ses relevés, reprit-elle. Les chiffres ne collaient pas, et je devais répondre aux questions d'un client. J'ai fouillé un peu, et j'ai découvert que l'un des vice-présidents trafiquait les comptes. J'aurais pu fermer les yeux ou démissionner, mais je n'ai pas pu m'empêcher de creuser davantage, et j'ai découvert qu'il blanchissait de l'argent. Je l'ai signalé au FBI, mais il leur fallait plus d'informations pour ouvrir une enquête. J'ai donc continué à fouiner, tout en restant en contact avec un agent fédéral.

Elle se tordit les mains et regarda autour d'elle, mais il était évident qu'elle n'admirait pas la décoration. Elle prit une profonde inspiration et poursuivit :

— Hier après-midi, je me rendais à une réunion, et j'ai eu besoin d'un stylo. Je suis donc entrée dans la réserve des fournitures, et j'ai entendu mon patron qui parlait avec quelqu'un dans le couloir. Il a prononcé mon nom et a dit de me tuer en faisant passer ça pour un accident.

Elle frissonna et serra les bras autour de sa taille.

— J'ai attendu qu'il soit parti pour sortir. Je savais à ce moment-là que je ne pouvais pas retourner chez moi, conclut-elle dans un murmure.

— Tu es sûre d'avoir bien entendu ? Ça me semble un peu tiré par les cheveux. Parfois, l'imagination…

— Je n'ai rien imaginé du tout !

Elle avait élevé la voix, et ses yeux lançaient des éclairs.

— Si je meurs, l'enquête meurt avec moi, précisa-t-elle.

Jericho ferma les yeux. Elle pouvait mentir, mais il ne voyait pas pourquoi elle se donnerait cette peine. Et elle semblait vraiment effrayée. Personne ne pouvait jouer aussi bien la comédie. D'un autre côté, elle avait bien prétendu être la meilleure amie de Jeanette… Donc, elle avait peut-être ce talent. Mais quand même, il ne voyait pas ce qu'elle pouvait avoir à gagner à débarquer comme ça chez lui en sachant qu'elle n'y était pas la bienvenue.

— Je suis désolée de t'entraîner là-dedans, mais je

ne savais pas quoi faire d'autre, reprit-elle. Je ne peux pas aller chez mes parents. C'est le premier endroit où on me chercherait. Même chose pour Rodney et mes amis. Personne à New York ne te connaît. Ils ne viendront pas ici.

— Et cet agent fédéral dont tu viens de parler ?

— J'ai cherché à le joindre, et on m'a appris qu'il avait eu un accident de voiture et qu'il était dans le coma. Drôle de coïncidence, tu ne trouves pas ?

— Les accidents, ça arrive à tout le monde.

Cependant, il sentit un frisson courir le long de sa colonne vertébrale. C'était d'autant plus étonnant qu'il était imperméable à toute émotion, depuis la mort de Jeanette.

Il se mit à arpenter la pièce, en essayant d'analyser ce qu'il venait d'entendre.

C'était assez fou pour être vrai.

Peut-être Camille était-elle véritablement en danger…

Et alors ?

Ce n'était pas son problème. Camille n'était pas son amie. À dire vrai, il la classerait plutôt dans le camp de ses ennemis, s'il prenait le temps d'y réfléchir. Ce qu'il n'avait jamais fait.

— On ne s'est pas parlé pendant cinq ans. Ta famille et toi avez renié Jeanette parce qu'elle était tombée amoureuse de moi. Et maintenant, tu espères que je vais te venir en aide ?

Les épaules de Camille s'affaissèrent. Après quelques secondes, elle hocha la tête avec une moue contrite, prit son sac, et se leva.

— Je comprends. Désolée de t'avoir dérangé.

Bon débarras, songea Jericho, tandis qu'elle se dirigeait vers la porte. Après la façon dont elle avait traité Jeanette, c'était tout ce qu'elle méritait.

Quant à lui, rien ne l'obligeait à l'aider. Et puis, il devait bien y avoir quelqu'un vers qui elle pouvait se tourner, non ? Oui, mais c'était vers lui qu'elle était venue… Même s'il la détestait, il savait que Jeanette l'avait aimée comme une sœur. Elle adorait l'ensemble de la famille Parker. Quand ses parents étaient morts dans un accident d'avion, les Parker l'avaient recueillie, et elle avait ainsi grandi avec Camille.

Jeanette n'avait jamais cessé d'espérer que Camille et lui se réconcilieraient, un jour…

Alors tant pis s'il haïssait Camille. Tant pis s'il avait voulu ne plus la revoir de toute sa vie. Il l'aiderait parce que sa famille avait aidé Jeanette.

— Attends !

Elle se retourna et le regarda. S'il avait décelé dans son expression la plus infime réaction de triomphe, il l'aurait fichue dehors sans le moindre remords. Au contraire, ses yeux noisette reflétaient la peur, avec une petite lueur d'espoir. Il sut alors que lui permettre de rester était la bonne décision. Jamais il ne laisserait une femme en danger. S'il était en mesure d'assurer sa protection, il devait le faire.

— Tu peux rester, dit-il.

Camille vacilla sur ses jambes, et tenta de se retenir à la porte. Malheureusement, elle était trop loin pour y parvenir. Il se précipita pour la rattraper. Son odeur l'enveloppa, et il en ressentit un trouble étrange, qu'il s'empressa de refouler.

— Ça va, murmura-t-elle. Ce n'est qu'une faiblesse passagère. Après tout ce que je viens de traverser, c'est bien normal. J'ai eu tellement peur.

Il ignora ses protestations et la soutint jusqu'au canapé, où il l'aida à s'asseoir.

— À quand remonte ton dernier repas ? demanda-t-il.

— Je n'en sais rien.

— Je vais réchauffer de la soupe.

Il tendit la main.

— Donne-moi ta clé. Je vais rentrer ta voiture dans la grange. Je ne pense pas que l'on viendra te chercher ici, mais il vaut mieux être prudent.

Elle lui saisit le bras, et une chaleur incongrue l'envahit tout entier.

— Merci, Jericho. Tu me sauves la vie.

Gêné par ses remerciements, et encore plus par la façon dont son corps répondait au simple contact de sa main sur son bras, il décida de clarifier les choses. Il n'aurait plus manqué qu'elle se fasse de fausses idées sur ses motivations !

— Je ne le fais pas pour toi, déclara-t-il. Je rembourse seulement ma dette.

— Quelle dette ?

— Tes parents ont aidé Jeanette quand elle s'est retrouvée orpheline, et sans nulle part où aller. Donc, je t'aide à mon tour. Quand ce sera terminé, nous serons quittes, et je ne veux plus jamais avoir à poser les yeux sur toi.

- 2 -

Tout en savourant le bouillon de volaille, Camille observa la cuisine. Spacieuse et au goût du jour, la pièce avait cependant conservé quelques éléments anciens qui s'accordaient avec le reste de la ferme. Et si Jericho y vivait seul aujourd'hui, des traces d'une présence féminine y demeuraient.

Submergée par la culpabilité, elle ferma les yeux.

Avait-elle vraiment tourné le dos à sa meilleure amie parce que celle-ci était tombée amoureuse ? Oui, Jeanette avait brisé le cœur de Rodney, mais ce n'était pas délibéré. Et elle avait déployé des trésors de délicatesse pour le quitter. Pourtant, Camille avait refusé de pardonner à son amie. Elle avait rejeté toutes ses tentatives de réconciliation.

Et maintenant, il était trop tard.

La tristesse et les regrets lui coupèrent soudain l'appétit.

Elle posa sa cuillère, l'estomac noué.

L'ironie de la situation actuelle ne lui échappait pas. Après avoir chassé Jeanette de sa vie, elle s'immisçait dans celle de Jericho. Et ce dernier lui permettait de rester en souvenir de Jeanette.

— Il y a un problème avec la soupe ? demanda-t-il.

Son intonation était presque agressive, comme s'il s'attendait qu'elle se plaigne. Cherchait-il une excuse pour la mettre dehors ? Qu'il ne compte pas sur elle pour lui en fournir une.

Elle retint un soupir et se força à avaler une nouvelle cuillerée.

— Non, elle est délicieuse, répondit-elle. Trop bonne pour que ce soit de la conserve.

— Je suis ami avec un chef.

Homme ou femme ?

Pour une étrange raison, la pensée d'une femme allant et venant dans sa cuisine la dérangeait. Elle mit aussitôt de côté ce sentiment, quel qu'il soit.

Elle n'était qu'une invitée ici. Et de plus, l'hospitalité ne lui était accordée qu'avec réticence. Elle n'avait pas le droit de s'interroger sur la vie de Jericho. Cependant, elle éprouvait de la curiosité au sujet de l'homme dont sa meilleure amie était tombée éperdument amoureuse. Qu'y avait-il chez lui de si attirant pour que Jeanette rompe ses fiançailles avec Rodney ?

En tout cas, elle savait maintenant que c'était un homme sur qui on pouvait compter. Il ne l'aimait pas – disons même qu'il la détestait – mais était prêt à l'aider. Et en plus, il ne demandait rien en retour…

Sa cuillère claqua contre le fond de son bol, et elle réalisa qu'elle avait mangé machinalement, tant elle était perdue dans ses pensées.

— Encore un peu ? demanda Jericho.

Elle secoua la tête et s'en voulut aussitôt. Sa mère ne lui avait-elle pas appris à répondre poliment à une question ?

— Non merci, répondit-elle.

Elle s'essuya les lèvres avec sa serviette et recula sa chaise. Tout en se levant, elle prit son bol, avec l'intention de le laver dans le grand évier en porcelaine blanche situé sous la fenêtre, vestige de l'ancienne cuisine de la ferme.

Elle ne tenait pas à conforter Jericho dans l'idée qu'il se faisait d'elle : celle d'une fille à papa, gâtée et capricieuse.

— Je m'en occupe, dit-il, en lui prenant le bol.

— Ce n'est pas nécessaire.

— J'insiste.

— Merci.

Elle attendit tranquillement tandis qu'il lavait la vaisselle, l'essuyait, et la rangeait dans un placard à proximité de l'évier.

Puis, prenant appui contre le plan de travail, il l'observa d'un regard froid qui contrastait avec l'insistance qu'il avait montrée à vouloir la nourrir.

— Je vais te montrer où tu peux camper, dit-il.

Camper ? Un terme de cow-boy. Pas le genre de mot qu'elle avait l'habitude d'entendre à Wall Street ! Cela sonnait bien. C'était rassurant. On pensait immédiatement à des hommes droits et fiers, capables de tenir tous les dangers à distance.

Avec un peu de chance, ce ranch de Caroline du Nord et son propriétaire pourraient lui apporter la protection dont elle avait besoin jusqu'à ce que tout danger ait disparu.

Car il disparaîtrait, n'est-ce pas ?

Elle s'obligea à chasser son inquiétude. Pour le moment, elle était en sécurité et ne devait penser à rien d'autre.

Elle suivit Jericho dans un couloir étroit et monta à sa suite une volée de marches. Un chemin d'escalier en moquette bordeaux et gris étouffait leurs pas.

La maison n'était pas aussi vaste que le manoir où elle

avait grandi, dans le quartier résidentiel de Gold Coast à Chicago, mais elle était assez grande et confortable.

Jericho passa devant une porte fermée, et s'arrêta devant la suivante, qu'il entrebâilla.

— C'est la salle de bains réservée aux invités.

Avant qu'il referme la porte, elle eut le temps d'apercevoir un lavabo blanc à colonne, dans le style des années 1930.

Il avança dans le couloir et ouvrit une autre porte.

— Le placard à linge.

Il en sortit des serviettes, des draps pliés, et deux couvertures, qu'il lui tendit. Puis il traversa le couloir et ouvrit une autre porte.

— Tu dormiras là, dit-il. Et c'est le seul lit où tu es la bienvenue.

Elle laissa échapper un petit hoquet de surprise, et ses joues s'enflammèrent à l'évocation de ce malencontreux épisode.

Avant qu'elle ait eu le temps de trouver une réponse appropriée, Jericho avait disparu au bout du couloir. Elle entendit les marches craquer sous ses pieds. Un instant plus tard, une porte claqua.

En fait, elle n'avait aucune excuse pour justifier son comportement passé. Elle s'était faufilée dans la chambre d'hôtel de Jericho en soudoyant une femme de chambre, et s'était glissée dans son lit. Son intention n'était pas vraiment de le séduire. Elle voulait juste prouver à Jeanette que Jericho n'était pas l'homme qu'il prétendait être. Jeanette retournerait alors avec Rodney, et tout rentrerait dans l'ordre. Elle était persuadée que Jericho sauterait sur l'occasion mais, à sa grande surprise, il lui avait jeté un regard mi-incrédule, mi-dégoûté et avait quitté la pièce. Embarrassée, elle avait attendu la confrontation avec Jeanette, mais son amie ne lui avait jamais fait la moindre réflexion. Apparemment, Jericho ne lui avait pas parlé de l'incident.

En tout cas, cet encombrant secret avait pesé sur elle pendant des années, et c'était pour cette raison qu'elle avait eu peur que Jericho ne veuille pas l'héberger.

Physiquement et mentalement épuisée, lassée des pensées qui tournaient en boucle dans son esprit, elle entra dans la chambre, ôta ses chaussures et se laissa tomber sur le matelas. Il était ferme et frais, et elle soupira d'aise.

Elle mettrait les draps plus tard. D'abord, elle avait besoin de fermer les yeux et de faire le vide dans sa tête.

Après un moment, elle s'obligea à se lever avant de tomber dans un profond sommeil, prit les serviettes, et se dirigea vers la salle de bains.

Lorsqu'elle trouva une brosse à dents et un tube de dentifrice neufs dans l'armoire à pharmacie, elle faillit crier de joie, tant il lui semblait que sa dernière routine de toilette remontait à une éternité !

Après un bref débat interne, elle conclut qu'elle ne pourrait pas continuer à porter ses sous-vêtements pour le troisième jour d'affilée. Ôtant sa culotte et son soutien-gorge, elle les lava à la main et les mit à sécher sur le bord de la baignoire. Elle avait dormi tout habillée, la nuit précédente, et allait devoir recommencer, étant donné que Jericho ne lui prêterait probablement pas un T-shirt pour la nuit. Considérant qu'elle avait déjà beaucoup de chance qu'il la laisse rester chez lui, elle ne voulait pas aller trop loin en lui demandant de lui prêter des vêtements. De toute façon, l'idée de porter quelque chose qui lui appartenait lui paraissait trop intime.

Jericho marchait à grandes enjambées vers l'écurie, suivi de près par Shadow. Ce chien était un cadeau d'anniversaire de la part de Jeanette. Le dernier qu'elle lui avait fait. Bien qu'incapable d'obéir, même à l'ordre le plus simple, l'exubérant animal était la seule compagnie qu'il supportait.

Shadow ne lui conseillait pas, plus ou moins subtilement, de tourner la page, de reprendre le cours de sa vie. Il ne prétendait pas savoir ce que Jeanette aurait voulu pour lui. Il le laissait simplement être lui-même, penser ce qu'il voulait.

Jericho se déplaça de box en box pour s'assurer que les chevaux allaient bien. Même s'il avait déjà tout vérifié avant l'arrivée inopinée de Camille, il avait besoin de mettre de la distance entre lui et la femme qui avait envahi son intimité, rompant la solitude qu'il chérissait, désormais.

Autrefois, il était quelqu'un de chaleureux, appréciant la compagnie des autres et entretenant de nombreuses relations professionnelles et amicales. Sa maison était un lieu de rassemblement pour ses amis, et il y donnait souvent des fêtes impromptues.

Ses parents lui avaient appris à profiter du jour présent, et il avait très vite adopté la devise de son père : « Aucun jour ne compte plus que celui-ci. Aucun souffle n'est plus important que celui que tu prends. Fais que chaque moment compte. »

Et c'est ainsi qu'il avait profité pleinement de chaque petite joie simple de sa vie, de chaque minuscule instant de plaisir.

Il avait rencontré Jeanette alors qu'il rendait visite à sa sœur à Chicago. Un seul regard lui avait suffi pour comprendre qu'ils étaient faits l'un pour l'autre. Jeanette lui avait fait apprécier la vie encore plus. Il était déjà heureux avant de la rencontrer, mais après leur mariage sa joie n'avait plus connu de limites.

Lorsqu'elle était morte de complications dues à sa grossesse, elle avait emporté avec elle la meilleure partie de lui. Sa joie de vivre l'avait quitté, et aujourd'hui il peinait à trouver un sens à sa vie. Il avait réduit ses activités, n'avait conservé que deux employés, et avait limité au strict minimum ses interactions avec eux. Tel un ermite, il s'était retiré du monde, et seuls les plus obstinés de ses amis insistaient pour lui rendre visite.

S'il avait réussi à supporter leurs intrusions occasionnelles, il savait qu'il ne réagirait pas de la même façon à la présence constante de Camille.

Il éteignit les lampes et retourna vers la maison. La lune était pleine, éclairant son chemin. Il n'en avait pas besoin. Il avait grandi sur ces terres qui avaient appartenu à ses grands-parents avant que son père en hérite, puis les lui cède à son tour.

La cuisine était plongée dans l'obscurité, mais il n'alluma pas. Il voyait encore Camille assise à la table, en train de déguster sa soupe. Fière comme elle l'était, elle n'apprécierait probablement pas de savoir à quel point elle semblait abattue.

Sa fuite de New York et l'angoisse avaient effacé son arrogance, la laissant presque humble. Mais il était probable que sa personnalité reprendrait le dessus après une bonne nuit de sommeil. Il n'était pas assez stupide pour croire qu'elle avait changé.

En tout cas, il n'avait pas l'intention de modifier son mode de vie parce qu'elle avait surgi de nulle part, perturbant sa solitude. Si elle s'imaginait qu'il allait lui tenir compagnie, elle allait être déçue. En fait, il avait l'intention de l'éviter le plus possible.

Camille s'étira et bâilla, puis nicha le visage au creux de son oreiller, se réjouissant que ses voisins se soient enfin décidés à faire moins de bruit. Esquissant un sourire, elle essaya de replonger dans son rêve, avant que la réalité la frappe de plein fouet.

Elle n'était pas à New York. Elle était en fuite pour essayer de sauver sa peau. On voulait la tuer.

Ouvrant grands les yeux, elle se redressa et regarda autour d'elle. Des souvenirs de la veille lui revinrent, et son cœur retrouva progressivement un rythme normal.

Elle était en sécurité. Jericho l'avait accueillie chez lui. Enfin, « accueillie » n'était peut-être pas le terme exact, mais il lui avait dit qu'elle pouvait rester.

Et s'il avait changé d'avis, ce matin ?

Elle l'avait pris par surprise, et il n'avait pas eu le temps de réfléchir. La nuit portant conseil, il avait peut-être finalement décidé qu'il ne voulait plus d'elle sous son toit.

Et, en y réfléchissant bien, il n'avait pas dit qu'elle pouvait rester jusqu'à ce que le danger soit écarté. Il avait seulement accepté qu'elle reste. Peut-être la pousserait-il à partir, ce matin…

Que ferait-elle, alors ?

Elle devait s'assurer que cela n'arrive pas. Le ranch était grand, et Jericho avait de quoi s'occuper. Il n'avait probablement pas le temps de tout faire. Peut-être pourrait-elle s'occuper des tâches ménagères. Ce serait une façon de se rendre utile.

Le souvenir de leur première rencontre lui revint.

C'était à une réception donnée par le cabinet d'avocats de son père, pour célébrer sa nomination à la cour d'appel fédérale. Jericho était venu avec sa sœur qui travaillait au cabinet. Il s'était montré charmant et courtois. Presque amical. Puis Jeanette était entrée dans la pièce, et il n'avait plus eu d'yeux que pour elle.

Depuis, ses relations avec Jericho s'étaient envenimées. Si elle ne changeait pas la façon dont ils se comportaient l'un envers l'autre, elle pourrait bien se retrouver à la rue.

Elle releva l'oreiller contre la tête de lit et s'y appuya.

Ce serait plus simple si elle ne détestait pas autant Jericho. Seulement voilà : il avait emmené Jeanette au fin fond de la Caroline du Nord, ce qui avait brisé le cœur de Rodney. Jamais elle n'oublierait la peine qu'elle avait ressentie en voyant son frère en pleurs.

Il n'empêche qu'elle était aujourd'hui à la merci de Jericho, et qu'elle avait tout intérêt à garder pour elle son mépris.

Après un coup d'œil à sa montre, elle décida de se lever. 7 h 30. Jericho était probablement debout depuis longtemps.

Elle fit un détour par la salle de bains, puis se dirigea vers la cuisine. Même si elle portait sa jupe et son chemisier pour le troisième jour d'affilée, c'était moins désagréable maintenant qu'elle avait pu prendre une douche. Il n'empêche qu'elle serait ravie de pouvoir troquer son tailleur contre des vêtements plus confortables.

Elle n'appela pas Jericho, sachant d'instinct qu'il n'était pas dans la maison.

Elle ouvrit le réfrigérateur et grommela. Le choix était restreint. Il y avait une douzaine d'œufs, un sachet de fromage râpé, une brique de lait, et une demi-bouteille de jus d'orange. Elle pouvait toujours faire une omelette, mais elle ne voyait pas comment un homme de la corpulence de Jericho pouvait tenir juste avec des œufs. Fouillant dans les placards, elle finit par trouver de la farine, du sucre et des sachets de levure, et décida de se lancer dans la réalisation de pancakes maison.

Tout en chantonnant, elle mélangea les ingrédients dans un saladier. Même si elle avait toujours aimé cuisiner, cela faisait des années qu'elle se contentait de surgelés réchauffés au four micro-ondes. Heureusement, la cuisine c'était comme le vélo, ça ne s'oubliait pas.

Quand elle eut terminé, elle déposa au four une assiette contenant douze pancakes pour les garder au chaud, puis se dirigea vers la porte de service.

Jericho devait bien être quelque part. Avec un peu de chance, il apprécierait son geste de paix pour ce qu'il était, sans qu'elle ait à le lui expliquer.

Elle fut surprise de découvrir, à l'arrière de la maison, une cour avec une piscine et un jacuzzi. Contournant un salon de jardin, elle se hâta vers un grand bâtiment en brique. Shadow pourchassait un écureuil à travers la pelouse. Lorsque le chien l'aperçut, il se précipita vers elle, en remuant la queue avec exubérance.

— Salut mon beau. Où est ton maître ?

Le labrador s'assit, et lui tendit une patte. Visiblement, il y avait un problème de communication. Camille lui tapota distraitement la tête, et entra dans l'écurie.

L'odeur de paille et de chevaux la saisit tandis qu'elle avançait dans l'allée centrale. À sa grande surprise, les stalles étaient vides. Peut-être les chevaux étaient-ils dans une pâture ou un corral, ou quelque chose de ce genre. Il allait falloir qu'elle se mette au vocabulaire de la campagne.

Elle finit par trouver Jericho dans une petite pièce, en train d'inspecter du matériel.

En l'entendant toussoter discrètement pour attirer son attention, il tourna la tête, un sourcil levé. Au lieu de flancher sous son regard narquois, elle leva le menton et parla avec une assurance qu'elle était loin de ressentir :

— Je voulais juste te dire que j'ai préparé le petit déjeuner.

— J'ai pris un café.

— Il y a des pancakes et de l'omelette.

Il garda le silence un long moment avant de la regarder à nouveau, avec une expression indéchiffrable.

— Tu n'as pas à cuisiner pour moi, dit-il.

— Cela ne me dérange pas. J'aime cuisiner.

— J'aurais dû dire que je n'avais pas envie que tu cuisines pour moi.

Elle ravala sa fierté blessée. Elle ne l'aimait pas. Qu'est-ce que ça pouvait bien lui faire qu'il ne l'aime pas non plus ? Elle n'avait jamais été hypersensible. Apparemment, le stress de la situation jouait avec ses nerfs.

— C'est noté, dit-elle. Mais puisque je l'ai déjà fait, tu peux peut-être venir prendre le petit déjeuner. Cela m'ennuierait de devoir jeter de la nourriture.

Il poussa un soupir, manifestement exaspéré.

— D'accord. Mais uniquement pour cette fois.

- 3 -

Camille avait nettoyé la cuisine de fond en comble pour essayer de se changer les idées, mais cela n'avait pas fonctionné.

Une même pensée tournait en boucle dans son esprit : des gens essayaient de la tuer. Renonceraient-ils, s'ils ne la trouvaient pas ? Les autorités avaient-elles suffisamment d'informations pour arrêter rapidement Donald Wilcox et ses tueurs à gages ?

Elle n'avait aucun moyen de le savoir. L'agent Delgado communiquait avec elle par mail. Dans le dernier, il lui avait demandé de ne pas chercher à le contacter avant qu'il le fasse. Même s'il ne la croyait pas en danger, il voulait qu'elle reste discrète. Et puis il avait eu cet accident de voiture…

Que pouvait-elle faire, maintenant ? Rien. Elle ne pouvait pas se faire plus discrète qu'elle ne l'était déjà.

Elle ne pouvait pas non plus se contenter de se tourner les pouces toute la journée. Après des années de vie trépidante, les longues heures silencieuses dans la maison vide lui procuraient une étrange sensation de malaise et d'inconfort.

Si elle ne s'occupait pas à quelque chose, elle allait devenir folle !

Fouinant dans la buanderie, elle trouva un aspirateur, des chiffons, et décida de s'attaquer au salon.

Son cœur se serra quand elle commença à épousseter les cadres contenant les photos de Jeanette. L'idée de pardonner à sa meilleure amie et de se réconcilier avec elle lui avait plusieurs fois traversé l'esprit. Ces derniers temps, elle avait même commencé à se demander s'il y avait vraiment quelque chose à lui pardonner. Jeanette ne lui avait fait aucun mal. À la limite, c'était elle qui avait quelque chose à se reprocher. Mais c'était trop tard. Sa meilleure amie n'était plus là et, elle, elle ne pouvait pas réparer les choses.

Submergée par les regrets, elle fit le ménage dans le salon, puis s'attaqua à la salle à manger. Elle se rendit ensuite dans la dernière pièce du rez-de-chaussée, qui était un bureau. Elle commença par épousseter les livres et les bibelots sur les rayonnages, puis s'occupa de la table de travail.

— Qu'est-ce que tu fiches dans mon bureau ?

Elle sursauta. D'habitude, elle n'était pas du genre nerveuse. Qu'elle soit sur le qui-vive alors qu'elle était en danger, elle pouvait le comprendre. Mais elle était en sécurité, maintenant.

En tout cas, c'était l'impression qu'elle avait. Il lui suffit cependant de regarder Jericho pour se poser des questions.

Campé sur le seuil, ses bras puissants croisés sur son torse tout aussi puissant, les yeux plissés, il irradiait de colère. Elle avait l'impression que des vagues déchaînées déferlaient à travers la pièce pour la frapper de plein fouet. Pour autant, elle ne put s'empêcher de remarquer à quel point il était séduisant et terriblement viril…

Elle se dit que son cœur battait à tout rompre parce qu'il lui avait fait peur. Sauf que ce n'était pas tout à fait vrai.

Il haussa un sourcil, et elle réalisa qu'elle n'avait pas répondu à sa question.

— Je fais du ménage, dit-elle.

— Pourquoi ?

— Je pensais me rendre utile.

— Qu'est-ce qui t'a donné l'idée que j'avais besoin ou envie de ton aide ?

Elle se sentit vexée. Ça lui apprendrait à vouloir rendre service ! Alors qu'elle voulait montrer à Jericho en quoi elle pourrait améliorer sa vie, espérant ainsi qu'il serait moins enclin à changer d'avis à propos de son séjour, elle l'avait visiblement irrité. Il ne lui avait toujours pas dit combien de temps elle pourrait rester, ce qui lui aurait apporté un peu de tranquillité d'esprit. Évidemment, ce n'était pas le bon moment pour lui demander des détails sur ce sujet.

— Je… Euh…

— Je suis désolé que la maison ne soit pas à la hauteur de tes exigences, dit-il, en remuant à peine les lèvres.

Il n'avait pas élevé la voix, mais cela n'en soulignait que davantage sa colère.

— Mais c'est toi qui as choisi de débarquer ici, sans me demander mon avis, ajouta-t-il.

— Je suis désolée. C'était ma façon de te remercier pour ton accueil.

— Je n'ai pas besoin de remerciements. Tout ce que je veux, c'est que tu restes loin de moi et de ce bureau. Moins je te verrai, mieux ce sera.

Elle hocha la tête, trop médusée pour répondre, puis sortit du bureau en prenant soin de ne pas frôler Jericho au passage.

Jurant entre ses dents, mais assez fort pour qu'elle l'entende, il se rua dans le couloir. Quelques secondes après, elle entendit claquer la porte de service. Ses épaules s'affaissèrent, et elle soupira. Les yeux fermés, elle s'efforça de retenir ses larmes. Pleurer ne servait à rien.

Elle entendit un petit gémissement, puis sentit une truffe mouillée appuyer contre sa main. Shadow. Elle s'agenouilla et enfouit le visage dans le pelage de l'animal.

— J'ai vraiment tout gâché, murmura-t-elle.

Jericho sella Diablo et le mena vers la prairie. Le farouche étalon piaffait d'impatience, et il le laissa galoper à sa guise. Ses sabots frappaient le sol avec un bruit de tonnerre, et il filait comme le vent.

Malgré la brise fraîche qui lui sifflait aux oreilles, Jericho avait du mal à apaiser la honte brûlante que lui inspirait son accès de colère.

Il savait que Camille avait peur et qu'elle essayait probablement de s'occuper pour éviter de penser que sa vie était en danger. Elle était venue vers lui, alors qu'elle savait à quel point il la détestait. Cela n'avait pas dû être facile pour elle. En fait, c'était une preuve de l'état de désespoir et d'angoisse dans lequel elle se trouvait. Un acte de courage, aussi.

Peu importait qu'il ne veuille pas d'elle ici. Il lui avait dit qu'elle pouvait rester. Cela sous-entendait qu'il fasse en sorte qu'elle se sente un minimum à l'aise. Or, il était évident qu'il la rendait nerveuse. Il ne pensait pas un jour voir l'arrogante Camille aussi timide et empruntée qu'elle l'avait été ce matin au petit déjeuner. Et il n'avait pas envie de la voir à nouveau comme ça. Il préférait la femme fière. Celle qui ne voulait pas accepter une faveur sans donner quelque chose en retour. Il comprenait cette attitude. Il était comme ça, lui aussi. Lorsqu'il rentrerait à la maison, il lui présenterait ses excuses.

Ils ne s'appréciaient peut-être pas, tous les deux, mais allaient devoir trouver un moyen de coexister pacifiquement. La meilleure solution pour cela était de réduire leurs interactions au strict minimum.

Et ils devaient se mettre d'accord sur la durée de son séjour.

Naturellement, il ne s'attendait pas qu'elle puisse la déterminer avec certitude. Mais elle devait bien en avoir une vague idée. Ils se sentiraient mieux, tous les deux, une fois qu'ils auraient décidé d'une date butoir.

Et il fallait qu'ils établissent quelques règles de base.

Il aurait certes pu employer un ton plus calme, mais il s'était montré honnête en faisant remarquer qu'ils devaient garder leurs distances. La présence de Camille le dérangeait.

Depuis un an et demi, il vivait comme un somnambule, et cela lui allait très bien. Par sa simple présence, Camille était en train de changer ça, de le changer lui-même. Ses longues jambes et ses courbes délicates le rendaient fou. Sa façon de se mordiller la lèvre inférieure faisait chavirer sa raison.

Il avait toujours su que son désir se réveillerait un jour. Seulement, il était loin de s'imaginer que Camille Parker en serait la cause ! En revanche, son cœur était mort à jamais. Jeanette l'avait emporté avec elle.

De retour au ranch, après avoir étrillé Diablo et l'avoir conduit à son box, il retourna dans la maison. Il n'aspirait pas spécialement à cette conversation, mais avait suffisamment d'honneur pour reconnaître qu'il s'était mal comporté, tout à l'heure.

Camille n'était ni dans la cuisine ni dans le salon. Mais ne l'avait-il pas bannie des pièces communes ? Rongé par le remords, il monta à la hâte l'escalier.

La porte de la chambre d'amis était fermée. Il frappa doucement et n'eut pas de réponse. Il fit un nouvel essai, cette fois plus fort. Toujours rien.

Après un débat interne sur la bienséance d'entrer sans sa permission, il ouvrit la porte.

— Camille ?

Il avait parlé doucement, au cas où elle aurait été endormie.

Ouvrant la porte de quelques centimètres, il jeta un coup d'œil à l'intérieur. Le lit, fait à la perfection, était vide. Il entra et regarda autour de lui. Pas de Camille.

Elle ne serait pas partie, quand même ? C'était peu probable. Elle n'avait nulle part où aller et ne pouvait pas utiliser sa carte bancaire – il n'avait même pas pensé à lui demander si elle avait besoin d'espèces. Mais, fière comme elle l'était, elle avait très bien pu…

Il devait la retrouver et la faire revenir avant qu'elle se mette en danger. L'ironie d'une telle situation ne lui échappait pas.

Tout en pestant contre lui-même, il dévala l'escalier, sortit par la porte de service, traversa le jardin et ouvrit la porte de la grange. La voiture était toujours là où il l'avait garée.

Il soupira de soulagement. Au moins, elle avait eu l'intelligence de ne pas s'enfuir.

Il ferma et verrouilla la porte, puis revint vers la maison. Sur la terrasse couverte, il prit place dans l'un des deux rocking-chairs qui avaient appartenu à ses grands-parents.

La journée était claire et ensoleillée, et il pouvait embrasser du regard une grande partie de sa propriété, jusqu'à la route en léger contrebas. Quand s'était-il assis là pour la dernière fois, à profiter de la caresse du soleil sur sa peau, à laisser la brise légère emporter ses soucis ?

Il ne se sentait pas vraiment en paix, mais cela ne faisait rien. Depuis bien longtemps, la paix n'était plus quelque chose qu'il recherchait ou qu'il pensait mériter. Survivre à la journée sans s'effondrer lui suffisait amplement.

Vingt minutes plus tard, il entendit des aboiements et un rire féminin. Bientôt, Camille et Shadow apparurent dans son champ de vision.

Camille jeta un bâton, et Shadow courut après. Quelques secondes plus tard, il revint vers elle. Camille tendit la main pour attraper le bâton, mais le chien recula. Puis, tenant fermement son trésor dans ses mâchoires, il courut un peu plus loin. Là, il lâcha le bâton, revint vers Camille et s'assit devant elle.

Elle rit et lui caressa la tête.

— Tu n'as toujours pas compris, mon grand. Tu dois me donner le bâton, et je te le lance à nouveau.

Shadow se mit à courir en cercle autour d'elle, tout en aboyant. Ce chien était adorable, mais totalement stupide, et Jericho avait renoncé depuis longtemps à essayer de l'éduquer.

Tandis que Camille continuait à avancer lentement vers la maison, Jericho se leva et alla à sa rencontre.

Elle était pieds nus, et ses escarpins se balançaient au bout de ses doigts. Les manches de son chemisier étaient roulées au-dessus des coudes. Elle en avait déboutonné le bas et noué les pans sous sa poitrine, révélant la peau douce et hâlée de son ventre…

La bouche sèche, Jericho s'empressa de détourner le regard. Il ne comprenait pas comment il pouvait être troublé par une femme qu'il détestait !

— Je suis allée me promener, dit-elle en le voyant. Tu n'as pas dit que c'était interdit.

Elle levait le menton d'un air de défi, mais l'incertitude dans son regard démentait son apparente confiance en elle.

— Et ça t'a fait du bien ? demanda-t-il.

Elle écarquilla les yeux, visiblement surprise qu'il puisse se montrer courtois.

— En fait, oui. Ça m'a permis d'y voir plus clair. J'ai réalisé que je te devais des excuses. Je suis tellement désolée d'avoir débarqué comme ça chez toi et de m'être imposée. Si tu…

Il leva une main pour l'interrompre.

— Non. Si quelqu'un doit s'excuser, c'est moi, dit-il. J'ai eu tort de te parler sur ce ton, tout à l'heure. Tu voulais manifester ta reconnaissance, et je me suis comporté en crétin ingrat.

Elle hocha la tête et continua à le dévisager. Apparemment, elle avait envie de parler, mais ne savait pas si elle pouvait en prendre le risque.

— Tu veux dire quelque chose ? s'enquit-il.

— C'est à propos du dîner…

Elle se mordilla la lèvre et reprit :

— Je sais que tu ne veux pas que je cuisine pour toi, mais il faut bien que tu te nourrisses. J'ai déjà sorti des aliments du congélateur… Ce serait bête de les gâcher. Mais si tu veux, nous pouvons prendre nos repas séparément…

— Ne sois pas ridicule ! Nous ne sommes pas morts d'avoir pris le petit déjeuner ensemble, ce matin. Nous n'avons qu'à prendre nos repas ensemble, et n'en parlons plus.

- 4 -

— Tu peux me passer les petits pois ?

Malgré sa demande, Camille n'avait plus faim. D'ailleurs, elle n'était pas fan des petits pois. Mais c'était ça ou des choux de Bruxelles, qu'elle détestait. Et elle ne pouvait pas endurer une minute de plus de ce silence glacial.

Depuis le début du repas, Jericho et elle n'avaient prononcé, ou plutôt marmonné, que quelques mots. Déjà nerveuse avant ça, elle avait maintenant atteint le point de rupture.

En tant que célibataire vivant seule, elle avait pourtant l'habitude de prendre ses repas en silence. Seulement il y avait quelque chose de très inconfortable dans le fait d'être assise en face d'une personne qui ne décrochait pas un mot et s'empressait de tourner la tête quand on croisait son regard.

Si on ajoutait à cela la peur constante qui la rongeait de l'intérieur, elle était sur le point de se transformer en monstre hystérique.

Shadow gémit sous la table, et elle lui glissa discrètement un bout de poulet rôti, ce qui lui valut un toussotement réprobateur de Jericho.

De longues minutes s'écoulèrent, avant qu'un bruit dehors la fasse sursauter.

— Ce doit être des ratons laveurs, dit Jericho, d'une voix dénuée d'émotion.

— Ah !

Si seulement elle avait pu être ailleurs ! Mais, comme elle n'avait pas le choix, autant qu'elle fasse un effort pour entretenir la conversation. Normalement, les gens adoraient parler d'eux et de leurs réussites. Il n'y avait pas de raison que Jericho soit différent.

— C'est un beau ranch. Tu as combien d'hectares ?

— Cent cinquante-cinq, répondit-il, sans relever la tête.

Elle retint un soupir. Sans être ouvertement hostile, il ne faisait vraiment aucun effort.

Elle décida de faire une nouvelle tentative.

— J'adore la piscine. Elle est magnifique. Et c'est tellement inattendu.

Voilà, ça, c'était un commentaire gentil ! Et pas tout à fait mensonger. Si Jericho paysageait l'ensemble, ce serait vraiment splendide.

— Merci.

C'était tout ? Il ne voyait rien d'autre à dire pour continuer la conversation ?

Elle porta à ses lèvres un autre bout de poulet, et le mâcha lentement, tout en cherchant un autre sujet pour meubler le silence.

Peut-être pourrait-elle évoquer les charmes de la vie campagnarde. Cela devrait inciter Jericho à répondre en faisant des phrases complètes.

— Je pensais que tu aurais un étang pour nager, dit-elle.

— Un *étang* ?

Il semblait perdu. L'avait-il seulement écoutée ?

— J'ai lu ça dans un roman, expliqua-t-elle en se

forçant à sourire. Cela m'a toujours paru tellement charmant…

Elle adorait les romans d'amour et en lisait dès qu'elle en avait la possibilité. D'ailleurs, vu le vide sidéral de sa vie sentimentale, il n'y avait qu'entre les pages d'un livre qu'elle pouvait assouvir sa soif d'amour. Évidemment, c'était un peu différent, à présent. Compte tenu de la situation, trouver l'homme de sa vie ne faisait plus partie de ses priorités. La seule chose qui la préoccupait, c'était de rester en vie.

— Il y a un étang dans la propriété ? demanda-t-elle.

— Oui.

Bon. Inutile d'insister. Jericho n'avait pas envie de discuter. Ce n'était pas la peine de faire des efforts pour essayer d'être amicale avec quelqu'un qui n'en avait pas envie.

L'appétit coupé, elle posa sa serviette et se leva.

— Je n'ai plus faim, dit-elle. Je vais aller me coucher.

Son éducation lui interdisant de tout laisser en plan, elle se força à vider les reliefs de son repas dans la poubelle et à laver son assiette avant de quitter la pièce.

Elle sentit le regard de Jericho la suivre, mais elle ne tourna pas la tête et s'abstint de lui souhaiter une bonne nuit. Quel en aurait été l'intérêt ? Ils étaient ennemis.

Elle s'attendait pourtant qu'il fasse un effort pour se montrer cordial. Elle se trompait. Apparemment, elle était la seule à vouloir faire semblant. On ne l'y reprendrait plus !

Jericho regarda Camille sortir de la cuisine. Pourquoi s'était-il montré incapable de lui accorder un minimum d'intérêt ? Un temps de répit ? Il avait bien vu qu'elle était à fleur de peau, sursautant au moindre bruit, lançant des regards furtifs dans la pièce comme si un assassin se terrait dans un coin. Il n'aurait pas été étonné qu'elle regarde sous son lit et vérifie le placard avant de se coucher.

Cette femme apeurée était tellement différente de la femme qu'il avait rencontrée à Chicago quelques années auparavant ! Cette Camille-là était sûre d'elle jusqu'à l'arrogance.

Il se souvenait encore de la réception donnée au cabinet d'avocats de son père. Camille et lui avaient fait connaissance devant le buffet. Il ne lui avait pas fallu plus de cinq minutes pour comprendre que seule sa réussite la préoccupait. Elle n'avait pas de loisirs, pas de centres d'intérêt, et sa conversation ne tournait qu'autour de son emploi et de son salaire. Lui aussi croyait aux valeurs du travail et des efforts, mais il pensait que la vie avait besoin d'équilibre. Il fallait se réserver du temps pour rencontrer ses amis et se détendre. Camille, elle, ne voyait pas la nécessité du plaisir dans la vie.

Il était sur le point de s'excuser pour s'en aller plus loin quand Jeanette s'était approchée d'eux. Même aujourd'hui, il sentait encore son cœur faire un bond dans sa poitrine quand il songeait à quel point elle était belle, dans sa robe fleurie… Elle lui avait souri, et tout s'était effacé autour de lui. Il n'avait même pas remarqué que Camille était partie.

Des souvenirs de sa vie avec Jeanette commençaient à remonter à la surface, et il s'empressa de les chasser. Chaque fois qu'une image heureuse lui revenait, elle était aussitôt remplacée par l'atroce vision de sa mort. La douleur de les avoir perdus, elle et leur bébé, le hantait jour et nuit.

D'une certaine façon, il comprenait que Camille ait besoin de s'échapper de la réalité de sa vie actuelle ; être menacée de mort devait être terrible. Lui-même s'épuisait à la tâche chaque jour pour éviter de penser.

Il l'entendait marcher au-dessus de sa tête, ce qui prouvait qu'elle n'avait pas sommeil, contrairement à ce qu'elle avait prétendu. Elle voulait seulement éviter sa compagnie.

Il l'écouta encore quelques instants et finit par se lever.

Shadow releva la tête.

— Reste là !

Mais le fantasque labrador se mit à tourner autour de ses jambes en aboyant, avant de courir vers la porte.

Jericho lui ouvrit, et résista à l'envie de le suivre.

Il monta à l'étage et frappa discrètement à la porte entrebâillée de la chambre d'amis. Camille regardait par la fenêtre. Elle sursauta et se retourna, une main pressée contre le cœur. Elle avait les yeux écarquillés et la bouche ouverte, comme si elle allait crier.

— Ce n'est que moi, dit-il.

Son évidente panique lui inspira de la culpabilité par rapport à son comportement. Il devait penser à elle comme à une femme apeurée, et non comme à quelqu'un qu'il détestait.

— Tu es en sécurité ici, précisa-t-il. Tu le sais, n'est-ce pas ?

Camille leva le menton dans un effort pour paraître forte.

Elle tremblait comme une feuille, mais il décida de ne pas le lui faire remarquer.

— Bien sûr, murmura-t-elle.

Elle ne semblait pas convaincue.

Il soupira.

— Et si on allait s'asseoir dehors un moment ? suggéra-t-il.

Soit elle n'entendit pas la réticence dans sa voix, soit elle avait suffisamment peur pour l'ignorer. Quoi qu'il en soit, elle fut dans l'escalier avant lui.

Ils s'installèrent dans la cour arrière. Shadow vint vers eux au petit trot, et posa la tête sur les cuisses de Camille.

— Shadow, non ! protesta Jericho.

— Ça ne me dérange pas.

Elle caressa la tête du labrador qui se mit à battre de la queue avec un tel enthousiasme que son postérieur en frétillait.

— En voilà un gentil chien, murmura Camille, en lui faisant force papouilles.

Le fait qu'elle aime les chiens ne changeait rien à l'opinion que Jericho avait d'elle, mais cela ne cadrait pas avec la femme froide et sans cœur dont il avait gardé le souvenir.

— Merci de passer un peu de temps avec moi, dit-elle. Je sais que personne ne pourra me trouver ici, mais…

— Mais tu n'arrives pas à t'en convaincre totalement.

— Exactement, répondit-elle dans un soupir.

Elle se cala contre le dossier de son fauteuil et ferma les yeux… pour se redresser aussitôt, catastrophée.

— J'espère que ma famille ne s'inquiète pas pour moi ! s'exclama-t-elle. Je n'ai pas eu l'occasion de les appeler avant de partir.

— Vous vous parlez souvent ?

— Oui et non. Rodney et moi avons l'habitude de nous téléphoner deux fois par semaine. Seulement là, il est aux Bahamas pour le mariage d'un de ses amis.

— Et tes parents ?

— Je les appelle tous les dimanches, mais cela n'a rien de très personnel.

Jericho tourna la tête vers elle. Le soleil ne s'était pas encore totalement couché quand ils étaient sortis, et il n'avait pas pris la peine d'allumer les lampes extérieures. À présent, les ombres noyaient le visage de Camille.

— Comment une conversation avec tes parents peut ne pas être personnelle ? demanda-t-il, étonné.

— Cela demande un certain niveau de savoir-faire qui ne s'obtient qu'après des années de pratique.

Il y avait de l'amertume dans sa voix, mais aussi de la douleur.

— Nous parlons de travail et d'objectifs professionnels, expliqua-t-elle. Je ne me souviens pas d'une conversation où mes parents ne m'ont pas demandé où je me voyais dans cinq ans. Discuter avec eux, c'est comme passer un entretien d'embauche.

Elle soupira et poursuivit :

— Mes parents ne se soucient que de réussite et d'argent. D'une certaine façon, je le comprends, parce qu'ils viennent de familles modestes. Ils savent ce que c'est de ne pas manger à sa faim, de ne pas pouvoir se soigner convenablement… Seulement, ils ne nous ont jamais permis d'être simplement des enfants, à Rodney et à moi. Nous ne pouvions pas faire des choses uniquement parce que c'était amusant. Toutes nos activités devaient rapporter quelque chose. Sans m'en rendre compte, je suis devenue comme eux. Je ne sais rien faire gratuitement.

Y avait-il des excuses dans ces propos ?

Jericho n'avait rencontré les Parker qu'à deux reprises, et cela remontait à des années. Immédiatement, il avait compris qu'ils faisaient passer la réussite avant tout, et avait attribué à Camille le même état d'esprit. Jusqu'à cet instant, il n'avait pas réfléchi à la façon dont elle avait été élevée, ni à l'influence que cela avait eue sur sa façon d'être.

Le jour où il avait rencontré Jeanette et Camille, il avait été frappé par leur amitié. Elles s'aimaient comme des sœurs. Elles se protégeaient l'une l'autre. Si Camille s'était mis en tête qu'il en voulait à l'argent de Jeanette, c'était finalement compréhensible qu'elle ait voulu les séparer. Camille s'était trompée sur lui, mais vu la façon dont elle avait été élevée, il pouvait peut-être l'excuser pour ça. Peut-être…

— Tu penses que ceux qui sont après moi vont s'en prendre à mes parents ou à Rodney ? demanda-t-elle.

— Non. Cela n'aurait aucun sens.

En tout cas, il l'espérait. Il ne connaissait pas ce genre de personnes et n'avait jamais été confronté à une telle histoire, mais cela ne servirait à rien d'inquiéter davantage Camille, alors qu'elle ne pouvait rien y faire.

— S'en prendre à un membre de la cour d'appel fédérale, ou à une chirurgienne très en vue serait prendre un gros risque, précisa-t-il. Et ton frère est aux Bahamas, donc hors de portée.

— J'espère que tu as raison.

— J'en suis persuadé. Quant à toi, tout ce que tu as à faire pour le moment, c'est attendre ici bien gentiment.

— Attendre ici, répéta-t-elle, comme si c'était une sorte de torture.

Ce serait peut-être le cas pour elle.

Pour lui non plus, ce ne serait pas une promenade de santé !

Étendue sur son lit, Camille écoutait les bruits de la maison. Jericho se déplaçait dans sa chambre. Il était plutôt discret, mais elle avait le sommeil léger.

Elle faillit se lever, mais préféra ne pas déranger la routine matinale de son hôte. En outre, cela la changeait de se réveiller tranquillement plutôt que de sauter du lit à l'aube, de prendre une douche rapide, d'enfiler son tailleur et de filer sans même avoir pris le temps de boire un café. Maintenant qu'elle était ici, elle n'avait rien d'urgent à faire.

Le bruit de la porte de service qui se refermait la décida finalement à se lever. Enfilant la jupe qu'elle ne supportait plus, elle quitta sa chambre et traversa le couloir.

En ouvrant la porte de la salle de bains, elle eut la surprise de découvrir des vêtements masculins en équilibre sur le bord de la baignoire. Il y avait deux T-shirts et deux shorts de basket-ball.

Des larmes inattendues lui brûlèrent les yeux devant tant de gentillesse.

Sous la douche, elle se mit à chantonner. C'était le seul endroit où elle s'autorisait à le faire depuis le lycée. Elle rêvait alors de passer l'audition pour le spectacle du *Magicien d'Oz* monté par l'école. Ses parents avaient découvert ses projets et lui avaient interdit de perdre son temps pour quelque chose d'aussi frivole. Durant son enfance, rien de ce qui l'intéressait ne faisait leur fierté. En revanche, ils avaient exulté quand elle avait décroché un job dans la finance. Pendant longtemps elle avait cru comme eux que la réussite et l'argent étaient tout ce qui comptait. Levée tôt, couchée tard, elle avait travaillé sans relâche, y compris le week-end. Et où tout cela l'avait-il menée ? À se terrer dans un ranch, en compagnie d'un homme qui la détestait, pendant que des tueurs à gages cherchaient à l'éliminer. Belle réussite !

Mais c'était fini, tout ça. Si elle survivait à cette situation, elle allait changer de vie, faire ce qui lui plaisait, s'amuser…

Elle prit son temps pour s'habiller, savourant le contact des vêtements propres sur sa peau. Inspirant profondément, elle chercha à distinguer le parfum de Jericho sous l'odeur fleurie de la lessive…

Une minute ! À quoi pensait-elle ? Pourquoi fantasmait-elle comme ça sur Jericho ? Ils étaient des ennemis qui avaient décidé de faire une trêve. Rien de plus.

Quand elle fut prête, elle dévala l'escalier et partit à la recherche de Jericho.

Sa voix de baryton s'élevait depuis le corral, et elle la suivit.

Ayant grandi à Chicago avant de vivre à New York, elle n'était pas habituée à voir autant de verdure. Et elle ne se lassait pas de l'odeur. L'air était si doux, si frais ; la journée, si belle que rien ne semblait pouvoir aller de travers.

Elle ne put s'empêcher de rire. Encore un peu, et elle allait se mettre à déclamer de la poésie !

Lorsqu'elle arriva à la barrière blanche, elle glissa un pied sur le rail inférieur et appuya les avant-bras sur celui du dessus.

Jericho faisait travailler un superbe cheval. Tenant fermement les rênes dans ses mains gantées, il enchaînait une série de figures avec une impressionnante aisance. Fascinée, elle observa les muscles de ses longues jambes jouer à travers son jean délavé qui le moulait comme une seconde peau.

L'homme et l'animal, aussi impressionnants l'un que

l'autre de force et de beauté sauvage, ne semblaient former qu'un.

Subjuguée par l'assurance et la prestance de Jericho, elle retint son souffle tout au long de la démonstration. Et, lorsqu'il immobilisa sa monture au milieu de la piste, elle ne put s'empêcher d'applaudir.

Jericho était vraiment l'incarnation du cow-boy viril dont rêvaient bien des femmes. Ce qui n'était pas son cas. Elle n'avait jamais été spécialement attirée par les cow-boys. En tout cas, elle n'était pas prête à l'admettre.

D'une pression des jambes, Jericho dirigea son cheval vers elle et, d'un geste désinvolte, repoussa son chapeau. Puis il s'appuya sur le pommeau de la selle et se pencha vers elle.

— Je vois que tu as trouvé les vêtements, fit-il remarquer.

Ordonnant à son idiot de cœur de se calmer, elle hocha la tête.

— Oui. Merci. Je crois que je serais devenue folle si j'avais dû porter ce tailleur un jour de plus.

— J'aurais dû y penser plus tôt. Je suis désolé de ne rien avoir d'autre à te proposer. Ça a été dur, mais j'ai donné les vêtements de Jeanette aux bonnes œuvres.

— Elle avait tellement bon cœur que c'est ce qu'elle aurait voulu.

Jericho hocha la tête, et son regard se perdit au loin. Pensait-il à Jeanette ? Sans aucun doute. Son amie était tellement douce, tellement aimante… Bien plus qu'elle.

— Tu sais, je te suis vraiment reconnaissante de me laisser rester ici. Si la situation avait été inversée, je ne suis pas sûre que je l'aurais fait. Merci, Jericho.

Il parut surpris par ses paroles, et peut-être un peu

mal à l'aise. Apparemment, il ne s'attendait pas qu'elle soit aussi sincère.

Il hocha la tête et s'éclaircit la voix, avant de fixer ses escarpins.

— Nous irons en ville tout à l'heure pour t'acheter des vêtements et des chaussures, dit-il.

— Tu penses que c'est sans danger ?

— Absolument. Personne ne me connaît, à New York, et tu n'as aucun lien avec Sweet Briar. Donc, il n'y a aucune raison que l'on te cherche ici.

— Comme tu voudras. Dis-moi quand tu veux y aller.

— Retrouvons-nous à la voiture dans vingt minutes.

Après quarante minutes de trajet durant lequel ils n'avaient quasiment pas échangé un mot, ils arrivèrent en ville, et Camille se laissa captiver par tout ce qu'elle voyait.

Sweet Briar était la quintessence de l'Amérique provinciale, avec son bureau de poste en brique rouge et son drapeau, son église à la façade de planches de bois blanchies, ses boutiques aux vitrines désuètes, comme celle du glacier, de la mercerie ou de la droguerie.

De grands arbres dont le feuillage ondulait sous la brise ombraient les trottoirs. Des jardinières débordant de fleurs aux couleurs vives étaient disposées entre des bancs, à intervalles réguliers. La rue était d'une propreté irréprochable. Pas un chewing-gum, pas un papier gras, pas un tag. L'endroit avait la perfection d'une carte postale. C'était si différent de New York, qu'elle se demanda si elle ne rêvait pas.

La ville se réveillait, et ses habitants commençaient à déambuler comme si rien ne les pressait. Plusieurs hommes étaient rassemblés devant la vitrine du barbier. Ils se poussèrent du coude en voyant passer la voiture. Une femme qui sortait de l'épicerie s'arrêta net et les suivit des yeux. Ils semblaient tous très intéressés par Jericho et sa mystérieuse passagère.

Elle soupira.

— Je parie que tu as hâte d'avoir de nouveaux vêtements, déclara Jericho, ignorant manifestement l'attention qu'ils suscitaient.

— Oh oui !

— Il y a une boutique, un peu plus loin, qui est très appréciée des touristes. Tu devrais y trouver ton bonheur.

— Je préférerais quelque chose de moins cher.

Devant l'air surpris de Jericho, elle se trouva contrainte d'expliquer :

— Je n'ai que quelques centaines de dollars sur moi, et je dois les faire durer le plus longtemps possible. Je ne peux pas utiliser ma carte bancaire, car ils pourraient la tracer.

— Je comprends. On va aller ailleurs.

Ils roulèrent encore cinq cents mètres, et Jericho se gara devant une élégante maison victorienne transformée en boutique. Un panneau discret dans la vitrine annonçait Les vêtements de Hannah.

Camille retint un soupir. Elle avait imaginé un hangar délabré et des vêtements d'occasion.

Elle poussa la porte, et une cloche tinta.

— J'arrive dans un instant ! cria une voix féminine, depuis l'arrière-boutique.

Camille se tourna vers Jericho qui se tenait encore sur le seuil

— Tu n'es pas obligé de rester. Je sais que les hommes détestent faire les magasins.

Il haussa les épaules et entra. L'odeur de son eau de toilette l'enveloppa, et elle se retint à grand-peine de se pencher vers lui. Un coin de ses lèvres se retroussa en un demi-sourire, et elle sentit son pouls s'accélérer.

— Cela ne me dérange pas, dit-il.

— Comme tu voudras.

S'approchant d'un portant, elle décrocha un chemisier vert d'eau dans sa taille et testa entre ses doigts la qualité du tissu. Puis elle regarda le prix et blêmit. Ce n'était pas excessif, car le vêtement était bien coupé et l'étoffe de bonne facture, mais c'était le double de ce qu'elle avait l'intention de dépenser.

Avec un soupir, elle replaça le cintre sur le portant.

— Il ne te plaît pas ? demanda Jericho.

— Il est magnifique, mais je ne peux pas me le permettre. Il n'y a pas un supermarché aux alentours ?

— Ce n'est pas la peine. C'est moi qui paye.

- 5 -

— Certainement pas ! s'exclama Camille.

Elle croisa les bras sur sa poitrine et leva le menton. Elle se comportait comme une gamine de six ans en plein caprice, mais elle s'en moquait. Elle dépendait déjà de Jericho pour le gîte et le couvert. Pas question qu'elle lui soit redevable aussi de ses vêtements.

— Désolée de vous avoir fait attendre, dit la vendeuse, en venant vers eux.

Toute vêtue de blanc, elle leur sourit chaleureusement, et ne parut pas remarquer l'étrange tenue de Camille.

— Je suis Hannah. Que puis-je faire pour vous ?

— Je suis désolée, dit Camille. Rien du tout. Vos vêtements sont ravissants, mais je dois y aller.

Elle essaya de passer devant Jericho, mais il la retint par le bras. Puis il sourit à la vendeusc.

— Vous nous accordez quelques instants ? demanda-t-il.

— Certainement.

Hannah s'éloigna et entreprit de démêler des bracelets suspendus sur un présentoir à l'autre bout de la boutique.

— Je n'ai pas besoin de ta pitié, siffla Camille entre ses dents.

— Il ne s'agit pas de ça.

— Je profite déjà assez de ta générosité.

— C'est ce que tu penses ? Que tu *profites* de moi ?

Elle hocha la tête et, à sa grande honte, sentit les

larmes lui monter aux yeux. Oh ! pourvu qu'elle ne se mette pas à pleurer !

— Je sais que tu me détestes et que tu n'as pas vraiment envie de m'aider, murmura-t-elle. Tu ne le fais que pour Jeanette. Parce que tu crois que tu dois quelque chose à ma famille.

Jericho garda le silence quelques instants. Quand il reprit la parole, sa voix était enrouée.

— C'est peut-être vrai, mais toi aussi tu es venue à cause de Jeanette, pas vrai ?

Elle hocha la tête.

Il soupira et enfonça les mains dans les poches de son jean.

— Pour ce qui est de te détester, ce n'est plus aussi évident, maintenant que je te vois comme un être humain avec ses failles, et plus comme le monstre d'ambition et d'égoïsme dont j'avais gardé le souvenir, expliqua-t-il. Tu comprends ce que je veux dire ?

Elle le comprenait d'autant mieux qu'elle commençait à voir Jericho sous un autre jour, elle aussi. Et ça la mettait mal à l'aise. Surtout pour ce qui était... de l'attirance physique. Mais c'était peut-être seulement dû aux circonstances.

— Tu veux bien me laisser t'acheter des vêtements ? demanda-t-il.

— Je déteste ça.

— Je sais. Tu pourras me rembourser plus tard, si tu y tiens.

— Et comment ! Au centime près, plus les intérêts.

— J'y compte bien !

Il souriait, vaguement moqueur, et elle sentit que sa fierté était soudain nettement moins offensée.

— Tout va bien ? demanda Hannah, en revenant vers eux.

— Très bien, répondit Camille. J'adore ces vêtements.

— Merci. J'en ai dessiné un grand nombre moi-même. Que cherchez-vous ?

— Tout !

Jericho n'arrivait pas à croire qu'il faisait du shopping avec Camille et ne détestait pas l'expérience. Il n'avait pas menti en lui disant qu'elle n'était pas aussi mauvaise qu'il l'imaginait. Des années de colère l'avaient transformée en monstre dans son esprit, mais il réalisait maintenant qu'elle était simplement une femme qui faisait de son mieux avec les armes que la vie lui avait données. De plus, sous son apparence austère se cachait une femme qui n'était pas du tout déplaisante. Il n'en voudrait probablement pas comme amie, mais il ne la détestait plus.

Voyant des chaises près de la vitrine, il alla s'asseoir. Si Camille était comme toutes les femmes du monde, cela risquait de durer un moment.

Fouillant parmi les magazines de mode empilés sur la table basse, il en extirpa la dernière édition du *Sweet Briar Herald*. Mais au lieu d'ouvrir le journal et de prendre connaissance des dernières nouvelles locales, il regarda dehors. Les rares fois où il venait en ville, il achetait à la hâte ce dont il avait besoin, en évitant au maximum de croiser des gens.

La rue principale était pleine de touristes. Sweet Briar était devenue un lieu de villégiature prisé, depuis quelques années, et il avait des sentiments mitigés sur cet afflux de visiteurs. Il savait aussi que, faute de s'adapter, la ville disparaîtrait.

La clochette au-dessus de la porte tinta. Une femme et deux adolescentes entrèrent en trombe, suivies par un homme entre deux âges qui traînait visiblement les pieds. Secouant la tête, il adressa un sourire piteux à Jericho, tandis qu'il prenait place à côté de lui.

— Vous aussi, vous vous êtes fait piéger ? demanda le nouveau venu.

Jericho sourit.

— Je ne dirais pas ça.

— Moi non plus, si ma femme était assez près pour m'entendre.

— Sage décision ! répliqua Jericho en riant.

Hannah accueillit les nouvelles venues, puis décrocha une robe à l'imprimé rouge et orange, qu'elle tendit à Camille. Le regard de cette dernière s'éclaira. Elle tint la robe devant elle et s'examina dans un miroir en pied, tout en affichant un large sourire. Puis elle regarda l'étiquette du prix, et son enthousiasme retomba. Avec un regard de regret, elle rendit la robe à Hannah et emporta dans la cabine les articles qu'elle avait déjà sélectionnés.

Il avait envie que Camille ait cette robe.

Cette pensée surprit Jericho. Pourquoi s'en souciait-il ? Il avait vu le plaisir dans ses yeux. L'envie. Sa vie était un désastre, en ce moment. Elle méritait d'avoir quelque chose qui la fasse sourire.

Avant que Hannah ait remis la robe en place, il s'approcha, sa carte bancaire à la main.

— Je la prends. Ne le dites pas à Camille. Je veux lui faire la surprise.

Hannah la factura et la mit dans un sac qu'il s'empressa d'aller cacher sous le siège de sa voiture.

Lorsqu'il revint, l'autre client leva les pouces en signe d'approbation.

— Apparemment, vous connaissez déjà le secret d'une vie de couple heureuse, dit-il.

Jericho n'eut pas le temps de répondre. Camille venait de sortir de la cabine d'essayage. Il la regarda et resta bouche bée.

Vêtue d'un short bleu-vert qui mettait en valeur ses longues jambes hâlées et d'un haut blanc ajusté, elle semblait tout droit sortie d'un magazine. Assortie à ses sandales couleur gold, une large ceinture de cuir enserrait sa taille. Et surtout, elle semblait beaucoup plus détendue qu'à son arrivée.

— Je suis prête, dit-elle.

Son cœur, qu'il croyait mort depuis des mois, revint à la vie. Une bouffée de désir l'envahit, qu'il s'empressa de refouler.

Il se leva, dit au revoir à l'autre client qui affichait un large sourire, et alla payer.

— N'hésitez pas à revenir, leur dit Hannah, en leur tendant deux grands sacs.

Camille et lui avancèrent la main en même temps, et leurs doigts se frôlèrent.

Une décharge électrique le traversa, faisant renaître le désir qu'il avait tempéré seulement quelques secondes auparavant. Leurs regards se croisèrent, et l'attirance entre eux devint presque palpable.

— Je les ai, dit-il vivement.

Puis il jeta un coup d'œil dans les sacs.

— C'est tout ?

— J'ai pris quatre hauts, trois shorts et une jupe,

et une paire de mocassins en plus des sandales que je porte aux pieds, répondit-elle. C'est suffisant. Je ne veux pas abuser.

Il avait toujours cru que Camille était matérialiste et égoïste, mais il n'en était plus aussi sûr. Cela faisait deux jours qu'il la côtoyait, et tout ce qu'il découvrait à son sujet allait à l'encontre de ce qu'il croyait savoir d'elle.

Qui était la vraie Camille Parker ?

Ils ne dirent pas un mot tandis qu'ils chargeaient les sacs dans la voiture. En voyant le peu de choses qu'elle avait achetées, Jericho était d'autant plus content d'avoir pris la robe. À présent, ils feraient probablement mieux de rentrer au ranch. Mais l'estomac de Camille gargouilla.

— Désolée, dit-elle.

— Il y a une auberge pas loin, où nous pourrons prendre un petit déjeuner tardif.

Elle plissa le front, tout en regardant autour d'elle.

— Tu es sûr que c'est sans danger ?

— Certain. Tu peux me faire confiance.

Le regard noisette de Camille croisa le sien.

— Je te fais confiance, allons manger.

Bizarrement, cette réponse lui fit plaisir.

Une odeur de saucisses grésillant dans la poêle, de pain grillé et de café accueillit Jericho et Camille quand ils entrèrent au Mabel's Diner.

Tandis qu'ils se faufilaient entre les tables chromées et leurs chaises en vinyle rouge, Jericho repéra plusieurs visages familiers parmi la clientèle. Il adressa quelques signes de tête ici et là, mais ne s'arrêta pas pour discuter.

Il dépassa quelques tables libres et se dirigea vers une alcôve au fond de la salle.

Camille observa les familles avec de jeunes enfants, les groupes de femmes qui riaient, et soupira, apparemment rassurée. Puis elle s'assit dos au mur.

— Je n'ai pas envie que quelqu'un se faufile derrière moi, expliqua-t-elle.

— Très bien.

Il s'installa en face d'elle, prit les menus plastifiés posés entre la salière et la poivrière, lui en tendit un, et commença à étudier le sien.

Elle posa son menu sur la table, sans le regarder.

— Qu'y a-t-il de bon ? demanda-t-elle.

Il plissa le front, essayant de s'en souvenir.

— L'omelette était savoureuse. Les pommes de terre sautées et les saucisses n'étaient pas mal non plus. Et les œufs au plat avaient toujours beaucoup de succès.

— Tu en parles au passé. Ça a changé de propriétaires ? Il y a un nouveau cuisinier ?

— Pas que je sache.

Elle le dévisagea, comme si elle cherchait à percer les secrets de son âme. Après un moment, ses yeux se remplirent de compassion et de tristesse. Elle avait deviné qu'il n'était pas revenu ici depuis qu'il avait perdu Jeanette.

Un instant, il crut qu'elle allait lui prendre la main. Mais elle reprit son menu et se dissimula derrière.

C'était préférable. Il n'avait pas envie de sa pitié. Ni de celle de personne, d'ailleurs. Il voulait seulement qu'on le laisse tranquille.

Une serveuse s'approcha de leur table, tenant une grande cafetière à la main et affichant un large sourire.

— Du café ? proposa-t-elle.

— Avec plaisir, répondit Camille.

Puis ils passèrent commande.

Tandis qu'elle sirotait son café, Camille fixa soudain quelque chose derrière lui. Il tourna la tête pour voir ce qui avait attiré son attention.

— Jericho, c'est bien toi ! Plusieurs personnes m'ont dit qu'elles t'avaient vu en ville. Comment vas-tu ?

Il se leva et serra la main de son ami. Chef de la police, Trent Knight était un homme affable que ses concitoyens appréciaient beaucoup. Veuf lui aussi, il avait toujours respecté le besoin de solitude de Jericho.

— Bien. Et toi ?

— Je ne me plains pas.

— Et Carmen ?

Trent s'était remarié quelques mois plus tôt.

— Elle était juste derrière moi. Mais tu la connais, elle a dû tomber sur des amies.

Trent regarda autour de lui, et son visage s'éclaira.

— La voilà !

Jericho suivit son regard et eut l'impression que son cœur s'arrêtait.

— Tu es enceinte ! dit-il à Carmen, d'un ton presque accusateur.

— Oui ! De cinq mois.

Carmen se caressa le ventre comme le faisaient toutes les femmes enceintes. Comme Jeanette l'avait fait…

— Ce sont des jumeaux, précisa fièrement Trent.

Comment pouvaient-ils être aussi heureux ? Ne savaient-ils pas que les choses pouvaient mal tourner ? Jeanette semblait en bonne santé, tout comme Carmen. Aujourd'hui, elle n'était plus là, et le bébé non plus.

Il sentit une main prendre la sienne, et tourna les yeux vers Camille qui lui sourit d'un air réconfortant.

— Eh bien, félicitations à vous deux ! dit-il.

— Merci, répondit Carmen, tout en dévisageant Camille avec curiosité.

Jericho n'eut pas d'autre choix que de faire les présentations.

— Camille, une amie qui séjourne chez moi.

— Oh ! Combien de temps allez-vous rester dans la région ? demanda Carmen.

Camille parut gênée, puis elle se força à sourire.

— Ce n'est pas encore décidé, répondit-elle.

Trent les dévisagea tour à tour, haussa un sourcil, mais ne fit pas de commentaire.

— J'espère que vous apprécierez votre séjour, Camille, dit-il simplement.

— Si vous avez le temps, nous serions ravis de vous avoir à dîner, un soir, ajouta Carmen.

Voyant qu'elle fixait leurs mains entrelacées, Jericho s'empressa de libérer la sienne et de la glisser dans la poche de son jean. Ce n'était pas parce qu'il était venu en ville avec Camille qu'il était prêt à renouer des liens sociaux.

Et surtout, cela ne voulait pas dire qu'ils étaient un couple, comme semblait le penser Carmen.

— On verra, répondit-il.

— Bien, conclut Trent. Nous vous laissons.

Dès que ses amis furent partis, Jericho se laissa tomber sur son siège en soupirant.

— Je suis désolée, murmura Camille.

Il releva la tête. Elle avait les yeux humides et semblait terriblement gênée.

— Pour quelle raison ? demanda-t-il.

— Pour tout. Parce que j'ai fait irruption dans ta vie. Parce que je n'avais pas de vêtements et que nous avons dû venir en ville. Parce que je n'ai pas réfléchi avant de te prendre la main, et que j'ai donné une fausse impression à tes amis.

— Tu n'as pas besoin de t'excuser.

— Vraiment ?

L'espoir dans la voix de Camille le surprit. Elle semblait sincèrement inquiète de l'avoir blessé d'une façon ou d'une autre.

— Vraiment.

Après un arrêt dans une boutique western, où Jericho insista pour lui acheter deux jeans, une paire de bottes et un chapeau de cow-boy, ils se rendirent dans une supérette pour faire des provisions.

Manœuvrant le chariot dans les rayons, Camille commença à le remplir. Quand elle cuisinait le dimanche, elle préparait soigneusement son menu et faisait une liste en conséquence. La liste était inutile aujourd'hui. Il manquait à peu près tout, chez Jericho !

Ce dernier marchait à côté d'elle en silence, ajoutant un article de temps en temps, mais la laissant pour l'essentiel choisir ce qu'elle voulait.

Après vingt minutes de ce traitement, elle n'y tint plus.

— Qu'est-ce qui ne va pas ? demanda-t-elle. Tu n'as pas dit un mot depuis que nous sommes entrés dans le magasin.

Il la regarda, le visage dévasté par le chagrin.

— La dernière fois que je suis venu ici, c'était avec Jeanette. Elle se réjouissait de la venue du bébé. Elle avait l'air en si bonne santé. Et deux jours après…

— Tu veux m'attendre dans la voiture ? Cela ne me dérange pas de faire les courses seule.

Cela faisait plusieurs heures maintenant qu'ils étaient

en ville, et elle était persuadée qu'elle ne courait aucun risque.

— Non, il faut que j'affronte cette épreuve, répondit-il. Je ne peux pas continuer à aller faire mes courses à Willow Creek. En fait, ça m'aide que tu sois avec moi.

Il posa une main sur la sienne, et elle sentit une onde de chaleur courir tout le long de son bras jusqu'à sa poitrine, et son cœur se mit à battre plus vite. Elle baissa les yeux, de peur qu'il devine l'étrange faiblesse qui l'envahissait, l'envie folle qu'elle avait soudain de se blottir contre lui.

Elle s'attendait un peu à cette réaction physique, car elle l'avait déjà éprouvée. Elle n'imaginait toutefois pas qu'elle serait émue à ce point par les paroles de Jericho.

Il était séduisant, c'est vrai. Athlétique et plein de charme, tout en lui dégageait une impression de puissance et de force. Mais, au-delà du physique, c'était l'être humain qui lui plaisait.

Elle ne comprenait pas comment il était possible de passer de la haine à l'attirance en si peu de temps.

Cela n'avait aucun sens !

Mais rien dans sa vie n'avait de sens, en ce moment.

- 6 -

Camille descendit silencieusement l'escalier, suivie par Shadow. Le chien avait pris l'habitude de dormir devant sa porte. Quand il n'était pas dehors à chasser les écureuils et les lapins, il la suivait comme une ombre.

La troisième marche craqua, et elle retint son souffle, espérant ne pas avoir réveillé Jericho. Il s'était montré si généreux, la veille, qu'elle avait l'intention de le remercier en lui préparant un copieux petit déjeuner avant qu'il commence sa journée.

Elle laissa sortir Shadow, et se mit au travail. Elle aimait cuisiner et ne tarda pas à perdre la notion du temps.

— Ça sent bon, par ici.

Elle tourna la tête et rendit son sourire à Jericho.

Tandis qu'elle terminait la cuisson des saucisses, il s'approcha du gaufrier, souleva le couvercle et retira deux gaufres bien dorées, qu'il posa sur une assiette. Puis il huila les plaques en fonte et y versa de la pâte.

— J'ignorais que tu savais cuisiner, lui fit-elle remarquer.

Il haussa les épaules.

— Je ne vois pas l'intérêt de cuisiner juste pour moi.

— Jeanette te manque.

— Oui.

Il n'en dit pas plus. C'était inutile. Ce simple mot prononcé dans un murmure exprimait mieux qu'un long discours à quel point sa vie était douloureuse, depuis la mort de Jeanette. La sensation de vide était si intense que la maison tout entière semblait l'exprimer aussi.

Consciente que rien de ce qu'elle pourrait dire n'allégerait la peine de Jericho, elle ne dit rien. Elle manifesta simplement sa compréhension par un signe de tête.

Le calme dura jusqu'à ce qu'ils aient terminé leur petit déjeuner. Même s'il avait commencé dans la tristesse, le silence s'était fait peu à peu complice.

Seulement… elle avait besoin de parler. Chez elle, il n'y avait personne avec qui échanger. Les seules voix qu'elle entendait étaient celles de la radio ou de la télévision.

— C'est difficile de s'occuper des chevaux ? demanda-t-elle.

Même si elle avait cherché un sujet simple, elle réalisait maintenant que cela l'intéressait, de le savoir.

— Ils sont tellement grands. J'ai un peu honte de l'admettre, mais je les trouve effrayants, avoua-t-elle.

— Je ne sais pas ce que tu entends par « difficile ». Ça demande du travail. Comme tous les autres animaux, ils ont besoin d'être nourris. Il faut aussi les brosser, leur faire faire de l'exercice, ce genre de choses.

Il avala sa dernière gorgée de café et se leva.

— D'ailleurs, en parlant de ça, il faut que j'y aille, dit-il. Merci pour le petit déjeuner.

Il tendit la main vers son assiette, mais elle l'arrêta d'un geste.

— Je m'en occupe. Tu as autre chose à faire.

— Entendu. Si tu veux, tu peux venir faire connaissance avec les chevaux. Tu verras qu'il n'y a pas de quoi avoir peur.

Elle hésita. Elle avait besoin de surmonter son appréhension, mais ça allait peut-être un peu trop vite. Elle pourrait commencer par les observer de loin…

— Bien sûr. Quelle heure t'arrangerait ?

— Disons vers 10 heures ?

— Très bien.

Il enfonça mit son chapeau et quitta la cuisine.

Elle n'aurait pu le jurer, mais il lui sembla bien qu'il sifflotait.

Jericho terminait de nettoyer les stalles quand il entendit des bruits de pas. Il se retourna et vit Camille approcher. Elle portait un débardeur jaune pâle qui soulignait sa taille fine, un short en jean et des bottes. Ces vêtements n'étaient pas différents de ceux que portaient des centaines de femmes, dans la région, mais ils paraissaient plus sexy sur elle. Observant le balancement de ses hanches, il sentit le désir exploser en lui comme une grenade.

Il reprit son souffle, essayant de retrouver le contrôle sur son corps, et se rappela qu'une jolie apparence ne s'accordait pas toujours avec une jolie âme. Certes, il avait découvert que Camille n'était pas aussi laide à l'intérieur qu'il l'avait pensé, mais cela ne changeait rien. Il n'était pas intéressé. Il ne pouvait pas se permettre de l'être.

— Où sont les chevaux ? demanda-t-elle.

— Dans le corral. Je devais nettoyer les stalles.

— Tu as besoin d'aide ?

Camille Parker proposait vraiment de nettoyer le fumier de cheval ? Impossible ! Elle n'avait probablement aucune idée de ce que cela impliquait. Après tout, c'était une citadine.

— Non, j'ai terminé. Viens.

Elle le suivit. Ses jambes étant presque aussi longues que les siennes, il n'eut pas à réduire ses pas.

— Je connais quelqu'un qui a été mordu par un cheval, dit-elle, tandis qu'ils approchaient du corral.

— Vraiment ?

— Oui, au lycée. Une de mes camarades de classe a été mordue à la cuisse. Elle m'a montré la marque. C'était impressionnant. Je n'avais jamais vu ça. Et je pense que ça devait faire horriblement mal.

Il hocha la tête.

— Il arrive que des chevaux mordent, mais pas les miens, expliqua-t-il. Ils sont bien dressés et dociles. Je ne te mettrais jamais en danger.

Des gens venaient d'un peu partout dans la région pour qu'il travaille avec leurs chevaux. Il n'en avait jamais rencontré un qu'il n'avait pu discipliner. Sans prétention aucune, il était l'un des meilleurs dans son domaine.

— Je sais, mais…

Un cheval s'était approché et retroussait les lèvres, révélant des dents impressionnantes. Camille les fixa et recula d'un pas.

— Il faut du temps pour surmonter une peur profondément enracinée, dit-il. Je ne te mets pas la pression. Je pensais que tu aimerais faire une balade à cheval pour tuer le temps. Oh ! Désolé. J'ai mal choisi mes mots.

— Tu sais, je n'ai pas oublié pourquoi je suis ici. La peur est toujours avec moi. Parfois, c'est un bourdonnement discret. Et parfois, c'est un cri. Mais j'ai toujours conscience de la situation. J'ai toujours peur.

Il fut surpris par cet aveu. Il ne s'attendait pas que Camille soit aussi franche avec lui.

— Tu as peur, en ce moment ? demanda-t-il.

— Oui. La peur ressemble plus à un murmure, mais elle est toujours là.

— Ce n'est pas une façon de vivre. Tu sais combien de temps va prendre l'enquête ?

— Pas vraiment. L'agent Delgado m'a dit que les choses allaient s'accélérer, puis il a eu cet accident.

— Une affaire de cette importance a sûrement été relayée par la presse. Nous devrions chercher des informations sur Internet.

— Je le ferai.

Elle semblait si misérable qu'il ressentit le besoin de faire quelque chose.

— Reste ici.

Il sauta par-dessus la barrière, se dirigea vers Buttercup, et lui caressa l'encolure, conscient que Camille suivait le moindre de ses gestes. La jument hennit, et Camille poussa un cri. Jericho saisit le licol de l'animal et le guida vers la barrière.

— Tu n'as pas à avoir peur, dit-il. Buttercup est douce comme un agneau. Et elle adore les humains.

Camille lui lança un regard sceptique.

— Détends-toi. Tu es parfaitement en sécurité, lui assura-t-il. Essaye de lui caresser le côté du cou, comme je l'ai fait.

Camille tendit prudemment la main, et toucha l'encolure de Buttercup du bout des doigts.

— C'est doux, murmura-t-elle.

— Oui.

Elle s'enhardit à poser la paume sur le pelage de la jument, et commença à lui flatter maladroitement l'encolure.

— C'est bien, comme ça ? demanda-t-elle à mi-voix, n'osant visiblement pas parler trop fort.

— Parfait. Tu veux essayer de lui donner une carotte ?

— Alors c'est vrai que les chevaux aiment ça ? Je me disais que c'était peut-être une légende.

— C'est vrai.

Il sortit une carotte de la poche de sa chemise, prit la main de Camille et la retourna.

— Garde toujours les doigts bien à plat, lui conseilla-t-il.

Il déposa la carotte dans sa paume, et la guida vers Buttercup.

La jument se pencha, et ses lèvres remuèrent dans la main de Camille, tandis qu'elle saisissait sa friandise.

— Ça chatouille, dit Camille, en gloussant comme une gamine.

— Tu veux que je la selle pour toi ?

Camille recula, en levant les mains.

— Non, non. Chaque chose en son temps. Ça fait déjà beaucoup pour aujourd'hui.

Elle fixa la pointe de ses bottes, comme si elle était incapable de croiser son regard, et épousseta son jean.

— Tu dois penser que je suis une poule mouillée.

Il lui donna un coup d'épaule amical avec un grand sourire.

— Mais non, petite citadine. Tu as déjà fait un grand pas en acceptant de caresser Buttercup et en la laissant manger dans ta main. Je suis fier de toi.

Camille sourit. Le compliment de Jericho lui fit chaud au cœur. Elle savait qu'il était sincère, ce qui le rendait encore plus précieux. Mais un étrange malaise la saisit bientôt. Pourquoi l'opinion que Jericho avait d'elle comptait-elle autant ? Cela faisait des années qu'elle n'avait pas pensé à lui.

À présent, elle était en danger, et Jericho la protégeait. Il était le seul rempart entre elle et des tueurs. Peut-être était-ce pour cette raison qu'elle commençait à le voir sous un autre jour. Et qu'elle le trouvait soudain tellement séduisant.

Seulement ce n'était pas la vie réelle. Les tueurs et leur commanditaire seraient arrêtés, et elle retournerait à New York. Une fois que tout serait rentré dans l'ordre, ces sentiments ridicules s'évanouiraient sûrement.

— Combien de chevaux as-tu ? demanda-t-elle, chassant ces pensées dérangeantes de son esprit.

— Onze.

— Tu proposes des randonnées à cheval ?

— Tu veux dire, comme activité touristique ?

— Oui.

— Non. J'élève des chevaux et je les dresse.

— Pour la course ?

— Non. J'ai un cheval, Midnight, qui est d'une excellente lignée, et j'en ai rêvé autrefois, mais c'était avant…

Avant la mort de Jeanette.

Le regard de Jericho se perdit vers les champs, mais Camille savait qu'il ne voyait pas les grandes étendues verdoyantes bordées au loin de collines aux pentes douces et de futaies. Il se projetait mentalement dans le passé, quand Jeanette était vivante, et que sa vie était merveilleuse.

Elle devina qu'il avait besoin d'être seul, et décida de se retirer.

— Merci de m'avoir présenté tes chevaux, dit-elle.

Il esquissa un sourire qui n'était que l'ombre de celui qu'il lui avait adressé quelques instants plus tôt.

— Tout le plaisir était pour moi. Reviens quand tu veux.

— D'accord.

Elle fit quelques pas et se retourna.

— Si cela ne te dérange pas, j'aimerais travailler dans le jardin. C'est plein de mauvaises herbes, et il y a de la taille à faire.

— Tu aimes jardiner ?

— Disons que je cherche surtout un moyen de penser à autre chose qu'à ma vie menacée.

— Je vais aller te chercher les outils.

Elle le suivit des yeux, savourant sa démarche souple et virile.

Peut-être que quelques heures d'intense activité physique au jardin l'aideraient à mettre de l'ordre dans la pagaille de ses émotions.

- 7 -

Postée devant l'évier de la cuisine, Camille se frottait vigoureusement les mains. Elle s'était cassé deux ongles en jardinant, mais ça lui était égal. Travailler la terre avait peut-être détérioré sa manucure, mais cela avait apaisé son âme et détendu son esprit.

Il y avait encore fort à faire avant que le jardin retrouve une apparence soignée, mais elle avait déjà bien avancé, taillant des arbustes et arrachant une quantité invraisemblable de mauvaises herbes.

Écartant le rideau, elle regarda par la fenêtre. Jericho sortait de l'écurie et traversait la pelouse à grandes enjambées, tandis que Shadow bondissait tout autour de lui en aboyant.

Jericho avait dans la démarche une grâce féline et une décontraction souple qui lui donnaient assurance et autorité. Son torse était large mais pas dans des proportions excessives comme celui des hommes qui soulèvent des haltères et avalent des stéroïdes en secret. Son physique résultait de son travail. Il n'y avait pas un poil de graisse sous sa chemise en chambray. Quand elle était arrivée, elle l'avait trouvé trop maigre. Maintenant, elle savait à quoi s'en tenir.

Elle leva les yeux vers son visage. Les jolis garçons aux traits lisses et habillés à la dernière mode ne l'avaient jamais attirée. Les traits anguleux de Jericho manquaient de douceur mais n'étaient pas pour autant dénués d'attraits. Un début de barbe ombrait sa mâchoire volontaire. Quelques rides marquaient les coins de ses yeux à l'éclat extraordinaire.

Quant à sa bouche ferme et bien dessinée, elle ne pouvait s'empêcher de l'imaginer sur ses lèvres, ou courant sur son corps…

Elle s'obligea à chasser cette pensée avant qu'elle prenne racine dans son cœur. Jericho ne s'intéressait pas à elle de cette façon. Donc elle ne devait pas non plus penser à lui ainsi.

Elle s'était écartée de la fenêtre et s'essuyait les mains quand il entra dans la cuisine.

— Désolé, je suis en retard, dit-il. Je voulais revenir plus tôt pour t'aider, mais un des chevaux ne voulait pas rentrer.

Il jeta un coup d'œil à la table, où elle avait déposé un bouquet de cosmos roses, mauves et blancs.

Il caressa un pétale.

— C'est joli, fit-il remarquer. Tu me laisses quelques minutes pour me doucher et changer de vêtements ?

Quand il fut sorti, elle examina sa propre tenue, en regrettant de ne pas porter autre chose que son short en jean et son haut jaune pâle.

Pas question de se changer maintenant, cependant. Ce serait trop évident. De toute façon, elle n'avait rien de mieux. Tous ses nouveaux vêtements étaient plus ou moins semblables.

Elle se rua dans la salle de bains et observa son reflet dans le miroir.

Ses cheveux noirs coupés au carré n'étaient pas trop mal, compte tenu du fait qu'elle avait raté son rendez-vous mensuel chez le coiffeur, et qu'elle n'avait pas son fer à lisser, ni même une brosse digne de ce nom pour réaliser un brushing.

Elle passa une main dans sa chevelure pour essayer de discipliner ses ondulations naturelles, et continua son inspection. Elle n'avait pas de maquillage avec elle et n'avait pas voulu en acheter, considérant que ce n'était pas une nécessité. Heureusement, le temps passé au soleil avait donné un bel éclat doré à sa peau, ce qui faisait ressortir ses yeux noisette, les rendant plus pétillants.

Dans l'ensemble, elle n'était pas trop vilaine à regarder.

De retour à la cuisine, elle remua la soupe aux brocolis et au cheddar, et en versa dans deux bols.

— Quelque chose sent divinement bon, dit Jericho en entrant.

Il traversa la pièce et s'arrêta tout près d'elle. Elle sentit son cœur s'emballer, et un long frisson la traversa.

— Merci.

Tournant la tête, elle vit que Jericho portait à présent un jean noir et un T-shirt blanc tendu sur ses pectoraux. L'eau lui vint à la bouche, et cela n'avait rien à voir avec les côtes de porc grillées !

C'était de la folie. Elle l'appréciait à peine.

D'accord, ce n'était pas un monstre, mais cela n'en faisait pas un homme qui pourrait l'intéresser sentimentalement. Il fallait vraiment qu'elle mette un terme à cette ridicule attirance avant que son cœur soit en danger.

Il esquissa ce demi-sourire incroyablement sexy qui menaçait de lui faire perdre tout bon sens.

— Je sais que j'arrive un peu après la bagarre, mais est-ce que je peux faire quelque chose pour aider ? demanda-t-il.

Elle baissa le gaz sous la casserole contenant la purée de pommes de terre, et s'avança vers la table.

— Non. Il ne reste plus qu'à manger.

Jericho lui tira sa chaise, et elle le remercia, flattée de sa courtoisie.

Ils commencèrent leur repas, toujours dans ce silence qui leur était coutumier et qu'elle ne cherchait plus à rompre, désormais.

— C'est délicieux, dit Jericho, après avoir goûté un peu de tout. Mon ami Brandon, le chef qui me dépose des repas de temps en temps, ne ferait pas mieux.

Donc le chef était un homme. Non que cela ait une quelconque importance, bien sûr !

— Il possède son propre restaurant en ville, précisa-t-il.

— C'est lui qui va se marier ?

— Comment le sais-tu ?

— Hannah l'a mentionné. C'est elle qui a réalisé les robes des demoiselles d'honneur.

— Ah !

Jericho se massa le front en grimaçant.

— Brandon est un de mes meilleurs amis, et je parle à peine avec lui. Je suis tellement centré sur ma propre vie que je néglige tout le monde, depuis des mois.

— Tu es en deuil. Tes amis le comprennent sûrement.

Il garda le silence un long moment, et Camille se demanda si elle avait commis un impair.

Lorsqu'il reprit la parole, ce fut pour changer totalement de sujet.

— J'ai réfléchi à ta situation et à ce que tu devrais faire.

Elle sentit son pouls s'accélérer. Allait-il lui dire qu'elle devrait aller se cacher ailleurs ?

— Moi j'essaye de ne pas y penser, marmonna-t-elle.

— Ça n'a jamais servi à rien de jouer les autruches.

— Oui. Et ?

— Je pense que nous devrions en parler à Trent.

Elle laissa tomber ses couverts, l'appétit coupé.

— Non ! Il pourrait faire quelque chose qui les attirerait ici. Comme je ne sais pas qui je fuis, ils pourraient surgir devant moi sans que je m'en rende compte.

Elle se leva d'un bond.

— C'est peut-être une erreur de rester ici, dit-elle. Je devrais reprendre la route. Une cible mouvante est moins facile à atteindre.

Jericho se leva à son tour, et lui prit la main avant qu'elle ait pu partir. Évidemment, elle n'avait pas la moindre idée de l'endroit où elle pourrait aller. La raison pour laquelle elle était venue ici n'avait pas changé. Jericho était toujours son seul espoir.

— Allons Camille, je ne voulais pas t'inquiéter. Assieds-toi, s'il te plaît. Ce n'était qu'une suggestion. Si tu refuses, nous en resterons là. Je n'en parlerai ni à Trent ni à personne d'autre. Mais je crois que nous devons au moins en discuter avant que tu rejettes totalement l'idée.

— C'est ma vie qui est en jeu. Donc la décision m'appartient.

— En venant ici, tu as mis ma vie en danger aussi. N'est-ce pas la raison pour laquelle tu m'as choisi ? Parce que tu ne voulais pas mettre en danger quelqu'un que tu aimais ?

La honte l'envahit. Bien sûr, elle savait que c'était le dernier endroit où l'on penserait à la chercher, mais inconsciemment n'avait-elle pas eu une autre raison ? Quitte à risquer la vie de quelqu'un, autant que ce soit celle d'une personne qu'elle détestait. Jericho. Sauf qu'elle ne le détestait plus autant, maintenant.

— Désolée, marmonna-t-elle.

Il haussa les épaules.

— Je n'attends pas d'excuses, dit-il. Je voulais seulement que tu prennes conscience que je suis concerné, moi aussi. Tu n'es pas seule.

Elle s'en réjouissait, même s'il venait d'ajouter un élément à ses problèmes : en restant ici, elle mettait peut-être Jericho en danger. Et, même si elle ne le portait pas dans son cœur, elle ne lui souhaitait pas de mal ; tout au moins depuis qu'il se montrait gentil avec elle.

— Nous devons trouver un moyen de savoir où en est l'enquête, poursuivit-il. Tu ne peux pas te cacher ici indéfiniment.

Évidemment ! Il comptait probablement les minutes avant de pouvoir se débarrasser d'elle. Il la traitait peut-être avec gentillesse, mais il n'en demeurait pas moins qu'ils n'étaient pas amis. De toute façon, elle avait une vie à retrouver. Un travail. Une famille et des amis.

— Je sais, répondit-elle.

— Penses-y. Nous ne sommes pas obligés de nous décider maintenant. Mais il nous faut un plan et, pour le moment, je n'en ai pas de meilleur.

Elle n'en avait pas non plus. Jericho faisait confiance à Trent. Mais le pouvait-elle aussi ?

Il lui pressa doucement la main et, malgré sa nervosité, elle sentit des étincelles crépiter dans tout son corps. Apparemment, même la peur n'atténuait pas son attirance pour lui.

— Arrête de t'inquiéter, Camille. Nous trouverons une solution.

Elle esquissa un sourire tremblant.

— Je l'espère. Je vais me coucher. Je n'ai plus très faim.

— Que dirais-tu d'une promenade ? Il fait encore jour.

— C'est une bonne idée.

Il continua à lui tenir la main tandis qu'ils se dirigeaient vers la porte, comme si c'était tout à fait naturel. Sa paume était calleuse mais chaude et réconfortante. Elle aurait pu lui demander pourquoi il lui avait pris la main, mais s'en abstint. Il n'avait probablement pas conscience de ce qu'il avait fait. Si elle le lui faisait remarquer, il la lâcherait aussitôt. Et… Elle ne le souhaitait pas.

— Il y a une cascade à environ un kilomètre, dit-il. Tu penses que tu peux marcher jusque-là ?

Il semblait si sérieux qu'elle sourit.

— Bien sûr.

Une douce brise soufflait, agitant le feuillage des grands arbres. Des oiseaux volaient au-dessus de leur tête, tandis que d'autres pépiaient dans les branches.

Plus ils s'éloignaient de la maison, moins elle pensait à ses problèmes, et peu à peu elle se rendit compte qu'elle respirait mieux.

Ils arrivèrent bientôt devant une étendue d'eau retenue par d'immenses blocs de roche, et cernée par une végétation luxuriante. À une extrémité, une cascade se déversait dans un jaillissement d'écume que le soleil couchant parait de reflets mordorés.

Jericho la guida vers un rocher plat où ils s'assirent. Son épaule frôlait la sienne, et il sembla à Camille que des étincelles crépitaient entre eux.

Jericho ne parut pas le remarquer. L'attirance n'était assurément pas réciproque. Mais ça, elle le savait déjà. L'esprit de Jericho était trop accaparé par Jeanette pour penser à une autre femme.

— Je viens ici quand je veux échapper à mes pensées, expliqua-t-il.

Fermant les yeux, Camille inspira profondément l'air

frais. Quel calme, quelle sérénité... Il y avait longtemps qu'elle ne s'était pas sentie aussi détendue.

— Regarde, murmura soudain Jericho.

Son souffle caressa la peau sensible derrière son oreille, éveillant en elle un désir tout à fait inattendu. Elle frissonna malgré la douceur de la soirée.

— Quoi ? demanda-t-elle à mi-voix en ouvrant les yeux.

Jericho se tenait si près qu'il lui aurait suffi de bouger de quelques centimètres pour que leurs lèvres se touchent.

— Là, sur ta droite.

Sous les yeux ébahis de Camille, une biche sortit du fourré, accompagnée d'un faon au dos tacheté de blanc, et se dirigea vers l'eau. Elle but la première, puis ce fut au tour de son petit. Tout à coup elle leva la tête, les oreilles dressées, aux aguets, et parut fixer Camille de ses grands yeux de velours. Puis, après un curieux reniflement, elle s'enfuit d'un bond, sa queue flottant comme une oriflamme. Son faon l'imita aussitôt, et ils disparurent dans les taillis.

— Oh ! Jericho, quel endroit merveilleux..., murmura-t-elle. Je crois que je pourrais rester ici toute ma vie.

Jericho se tourna vers Camille, surpris par sa remarque.

Qu'est-ce qui lui avait pris de l'amener ici ? Il pouvait essayer de se convaincre que c'était pour apaiser ses peurs. C'était peut-être vrai. Sauf que ce n'était pas la seule raison.

Aussi fou que cela paraisse, il avait voulu partager avec elle cet endroit important pour lui. Il avait voulu voir sa réaction. Il avait eu besoin de savoir si une citadine comme elle était capable d'apprécier la beauté simple de la nature. Et c'était le cas. L'expression qui se lisait sur son visage n'était que pure béatitude. Et elle avait pratiquement vibré de joie quand elle avait vu la biche et son faon.

Camille était toujours assise tout près de lui, et il préférait ne pas y penser. Il avait besoin de maintenir une distance avec elle. La vie de Camille était en plein chaos. Elle n'avait pas besoin qu'il prenne de mauvaises décisions parce que ses sentiments étaient confus.

Et son état de confusion était incontestable. Jusqu'à ce qu'elle débarque chez lui, ses sentiments à l'égard de Camille étaient parfaitement clairs : c'était une femme odieuse et prétentieuse. Maintenant, ses certitudes commençaient à vaciller. La Camille douce et attentionnée qu'il découvrait était complètement différente de la Camille d'il y a cinq ans.

Ce qui ne changeait rien au fait qu'il ne devait pas se laisser fasciner par elle. L'attirance qu'il éprouvait ne pouvait pas être réelle. Ils étaient trop différents. Leurs buts dans la vie étaient diamétralement opposés.

Tout ça, c'était dû au temps qu'ils passaient ensemble. Si on y ajoutait l'impression de danger qu'elle courait, bien qu'elle soit en sécurité ici, il n'en fallait pas plus pour semer le trouble en lui. Tout était vécu plus intensément que dans des circonstances normales.

Cela faisait plus d'un an qu'il était seul, limitant au minimum ses contacts. Au vu de la solitude de son existence, sa réaction était normale. Cela aurait été la même chose avec n'importe quelle autre femme.

Camille Parker n'avait rien de spécial. Rien du tout.

Il se leva et enfonça les mains dans les poches de son jean.

— Je crois que nous devrions y aller, décréta-t-il.

Camille se leva à son tour. Il y avait à nouveau un froid entre eux.

Il essaya de se convaincre que c'était mieux ainsi, mais il savait qu'il se mentait à lui-même.

À un moment ou à un autre, il allait devoir trouver la force d'affronter la vérité.

- 8 -

Jericho entendit le bruit des bottes de Camille sur le sol de l'écurie, et son pouls s'accéléra.

Le retour à la maison la nuit précédente avait été étrange. Redoutant que le petit déjeuner le soit tout autant, il avait bu à la hâte une tasse de café, et avait filé en prétextant qu'il avait du travail.

Ce n'était pas juste, vis-à-vis de Camille. Elle n'était pas responsable du fait qu'il était de plus en plus attiré par elle, malgré ses efforts pour l'éviter. Et Camille faisait tout pour lui être agréable et veiller à ce que sa présence ne soit pas un poids pour lui. La courtoisie exigeait qu'il fasse de même.

Il se retourna et attendit qu'elle le rejoigne.

Elle sourit, comme s'il n'y avait rien d'étrange entre eux.

— Je viens t'aider, dit-elle.

Il faillit éclater de rire.

— Vraiment ? Et que proposes-tu de faire ?

Elle haussa les épaules, et l'odeur fleurie de son shampooing l'enveloppa, lui faisant désirer quelque chose à quoi il avait renoncé depuis longtemps.

— Ce que tu voudras, répondit-elle. Je pourrais peut-être ratisser la vieille paille.

— Et tu as une idée de ce qu'il y a, dans cette vieille paille, ma petite citadine ?

Il en doutait. En tout cas, il n'avait pas envie d'être à proximité quand elle pousserait des cris horrifiés.

— J'ai ma petite idée, répondit-elle.

Moqueuse, elle ajouta :

— À moins qu'il existe des toilettes pour chevaux.

Et elle voulait quand même nettoyer ? Jeanette avait adoré vivre et travailler au ranch, mais elle s'était toujours refusée à nettoyer les stalles. Il pensait que Camille réagirait de la même façon. Peut-être était-il temps de cesser de croire qu'il la connaissait, et de la laisser lui montrer qui elle était.

— Très bien, dit-il. Merci pour ton aide. Il va te falloir des gants, si tu ne veux pas te retrouver avec des ampoules.

Pendant un temps, il avait pris en stage des adolescents comme palefreniers, et il avait plusieurs paires de gants. Il alla dans la sellerie, vérifia les tailles, et lui tendit des gants en cuir fauve.

Les yeux de Camille pétillèrent, comme si elle venait de recevoir un précieux cadeau. Vêtue d'un jean et d'un T-shirt, elle aurait pu sembler ordinaire, mais elle était… ravissante. Son teint hâlé était sans défauts. Ses pommettes hautes donnaient du caractère à son visage. Ses lèvres pleines, légèrement entrouvertes, étaient une invitation aux baisers…

Son corps réagit aussitôt, lui rappelant qu'il était toujours un homme. Un homme qui n'avait pas approché une femme depuis plus d'un an. Jusqu'à l'arrivée de Camille, ça lui était égal. Il n'y pensait même pas. Son désir s'était endormi, et le sexe était le dernier de ses soucis. À présent, son corps était bien réveillé et manifestait ses exigences à la moindre occasion.

Camille glissa les mains dans les gants.

— Je suis prête !

Lui aussi. Dommage qu'ils ne parlent pas de la même chose.

Il prit les outils et la guida vers la première stalle. Les chevaux étaient au pré, et elle était vide.

— Dernière chance de changer d'avis, dit-il.

Elle leva son ravissant petit nez, d'un air faussement hautain.

— Je ne te ferai même pas la grâce d'une réponse, répliqua-t-elle.

Il rit et lança par-dessus son épaule, tandis qu'il s'éloignait :

— Désolé de te contredire, ma petite citadine, mais c'était une réponse !

Il s'attaqua à la stalle voisine, persuadé que Camille allait travailler lentement. À sa grande surprise, elle termina peu après lui.

Sa surprise devait être manifeste, car elle lui adressa un clin d'œil.

— Qu'est-ce qu'il y a ? Ça t'étonne qu'une citadine soit capable de faire aussi bien que toi ? demanda-t-elle.

Il éclata de rire.

— Je ne sais pas quoi répondre.

— Désolée de te contredire, mon petit campagnard, mais c'était une réponse !

Tout en secouant la tête, il saisit les poignées de sa brouette pleine et se dirigea vers la porte. Camille l'imita avec la sienne et le suivit jusqu'au tas de fumier, où ils déversèrent leur chargement, avant de retourner à leur tâche.

Amusé, Jericho écouta Camille chanter en travaillant. Elle inventait des mots quand elle ne connaissait pas les paroles exactes. Elle avait une jolie voix et chantait plutôt juste. Il avait nettoyé plus de stalles qu'il ne pouvait en compter dans sa vie, mais n'avait jamais chanté en accomplissant cette corvée. Cette femme était vraiment une originale.

Camille prit appui contre le pilier d'une stalle et s'essuya le front d'un revers de main. Elle était épuisée mais heureuse.

Le travail était physique, et elle avait fait appel à des muscles dont elle ignorait l'existence, ce qui expliquait sa fatigue. Mais c'était la présence de Jericho qui la faisait se sentir comme une bulle de champagne. Tout en travaillant, ils avaient échangé des plaisanteries et ri aux éclats. Les blagues de Jericho étaient un peu tirées par les cheveux, et les siennes… à peine moins. Ils s'étaient amusés comme des fous. Maintenant, ils avaient fini, et Jericho rangeait les outils.

Tout en nettoyant les stalles, elle avait pris une grande décision : elle allait affronter sa peur des chevaux. Elle avait vingt-sept ans, ce qui était bien trop vieux pour laisser des terreurs enfantines diriger sa vie.

Levant les yeux, elle vit que Jericho l'observait. Elle devait ressembler à un épouvantail. Son T-shirt était moite de transpiration et collait à sa peau. Des mèches de cheveux s'étaient échappées de sa queue-de-cheval, et elle avait fini par renoncer à la refaire toutes les cinq minutes.

Jericho n'était pas plus élégant. Son T-shirt lui collait aussi à la peau, mais ça ne faisait que souligner sa musculature. Et son odeur masculine était enivrante.

Il lui sourit, et elle sentit son pouls s'accélérer.

— Je suis impressionné, dit-il. Tu t'es débrouillée comme un chef. Merci pour ton aide.

Ces paroles lui firent chaud au cœur, et elle sourit comme si on ne lui avait jamais fait de compliments auparavant.

— Je t'en prie. Ça m'a fait plaisir, de t'aider. Et je trouve… que je me suis bien débrouillée aussi ! ajouta-t-elle avec un clin d'œil.

Il rit et sortit de l'écurie.

Elle le suivit, fourbue mais heureuse de son exploit. Et, surtout, emplie d'une sorte de sérénité qu'elle n'avait jamais éprouvée auparavant.

Le soleil brillait. Le ciel était d'un bleu intense, sans un seul nuage. Trois lapins grignotaient des touffes d'herbe, comme s'ils étaient au restaurant. Ils ne bronchèrent même pas quand Jericho et elle passèrent à proximité.

— Ils n'ont pas peur ? s'étonna-t-elle.

Jericho haussa les épaules.

— Les lapins ne sont pas les êtres les plus intelligents du règne animal.

Ils se dirigèrent vers le corral. À chaque pas qu'elle faisait, Camille trouvait les chevaux plus impressionnants

À la barrière, Jericho glissa un pied sur le rail inférieur et appuya les avant-bras sur celui du dessus. Elle l'imita, puis prit une profonde inspiration.

C'était maintenant ou jamais.

— Je veux apprendre à monter, déclara-t-elle.

Jericho repoussa son chapeau en arrière et la regarda, l'air étonné.

— D'où ça sort, cette soudaine décision ?

— Je trouve idiot d'avoir peur, alors que je suis dans un ranch.

— Bien. Je vais seller Buttercup avant que tu changes d'avis.

Il plaisantait, sans doute.

Lorsqu'il revint avec la jument, elle feignit un courage qu'elle était loin de ressentir.

— Je fais quoi ? demanda-t-elle d'une petite voix.

— Tu prends une grande inspiration, puis tu souffles à fond. Et tu recommences. Enfin, tu respires, quoi.

Elle haussa les épaules.

— Tu vas te mettre en selle, dit-il.

Elle ouvrit de grands yeux. Elle voyait mal de quelle manière elle allait pouvoir accomplir cet exploit sans se ridiculiser ou se blesser.

— Comment ? demanda-t-elle.

— Viens par ici.

Il s'était placé du côté gauche de Buttercup. Prudemment, elle le rejoignit.

— Place ton pied gauche dans l'étrier, accroche-toi au pommeau de la selle pour te hisser, et balance ta jambe droite de l'autre côté, lui expliqua-t-il. Je tiendrai les rênes.

C'était donc tout ce qu'il y avait à faire ?

— C'est bon ? Tu as compris ? L'étrier, ici, et le pommeau, là, précisa-t-il avec un clin d'œil.

— Un jeu d'enfant.

Ou peut-être pas…

— Prends ton temps.

— Je suis prête.

Elle glissa le pied dans l'étrier, en jugeant que c'était quand même très haut et que la posture était loin d'être confortable, et s'agrippa de toutes ses forces au pommeau. Puis elle poussa sur sa jambe droite, sautillant à plusieurs reprises sans parvenir à prendre de l'élan.

Jericho la prit par la taille et la souleva. Dans un mouvement qui n'avait rien de gracieux, elle balança sa jambe droite au-dessus du dos de la jument, et retomba lourdement en selle.

Un élan d'enthousiasme s'empara d'elle. Elle était assise sur un cheval !

Elle baissa les yeux. Mince ! C'était vraiment haut... Bien plus haut que ce qu'elle avait imaginé. Pourquoi n'avait-elle pas songé à demander comment on descendait ?

La jument fit deux petits pas, et elle paniqua.

— Ce n'est pas une bonne idée ! s'exclama-t-elle d'une voix étranglée

— Tout va bien.

Jericho flatta l'encolure de Buttercup.

— Prends les rênes pour pouvoir la diriger.

Il lui expliqua comment les tenir, rectifiant la position de ses doigts sur les lanières de cuir.

— Faisons un tour du corral, proposa-t-il.

Elle poussa un cri angoissé. C'était déjà très bien, qu'elle soit montée sur le dos de ce monstre. Avancer dessus ? Peut-être un autre jour.

— Ne t'inquiète pas, je vais marcher à côté de toi, la rassura Jericho.

— Et si je tombe ?

— Je te rattraperai.

Il semblait tellement sincère qu'elle se détendit et que ses peurs s'apaisèrent... jusqu'à ce que la jument commence à avancer au pas. Le balancement était bizarre, et son corps ne parvenait pas à s'y adapter. Elle glissait en permanence et se sentait ballottée comme un vulgaire sac de pommes de terre.

Elle gémit.

— Tout va bien, répéta Jericho.

Avant qu'elle ait pu deviner ce qu'il allait faire, il sauta en selle derrière elle, passa les bras autour de sa taille, et lui prit les rênes.

— Appuie-toi contre moi et détends-toi. Je ne te laisserai pas tomber.

Se détendre ? Impossible ! La peur s'était emparée d'elle, l'enfermant dans un étau, et elle ne parvenait pas à s'en libérer.

Penché en avant, Jericho lui murmura à l'oreille :

— Tu es en sécurité avec moi, Camille. Fais-moi confiance.

Son souffle lui caressait la nuque, faisant courir des frissons dans tout son corps.

Avec un soupir, elle s'appuya contre lui, puisant du réconfort dans la force et la chaleur de son torse.

D'une pression des jambes, il incita Buttercup à avancer.

Les mouvements cadencés de la jument n'étaient plus effrayants. Au contraire, avec les bras de Jericho autour de sa taille, cela ressemblait presque à une danse. En tout cas, il s'en dégageait quelque chose de très sensuel.

— Tu vois, dit-il, il n'y a pas de quoi avoir peur.

Monter à cheval n'était pas effrayant, en effet. C'était même plutôt agréable.

Se sentir à l'aise et en sécurité dans les bras de Jericho ? Alors ça, oui, c'était terrifiant !

- 9 -

Camille se leva de table avec difficulté, retenant à grand-peine un gémissement. Toutes les parties de son corps lui faisaient mal. Même ses cheveux !

Jericho l'avait mise en garde contre le risque d'en faire trop le premier jour, mais elle était trop enthousiasmée par l'expérience pour suivre ses conseils. Maintenant, elle regrettait d'avoir été aussi têtue.

Quand elle s'était sentie vraiment à l'aise sur Buttercup, elle avait supplié Jericho de faire une vraie balade. Il avait suggéré d'attendre le lendemain, mais elle était surexcitée et ne voulait pas s'arrêter. Et puis, elle ne voulait pas laisser sa peur se réinstaller. À contrecœur, Jericho avait sellé Diablo, et lui avait fait faire le tour du ranch.

La promenade avait été grisante pour plus d'une raison.

La proximité de Jericho avait stimulé son imagination, et elle s'était vue galoper avec lui, cheveux au vent, tandis que le soleil se couchait, baignant le paysage d'une lumière flamboyante.

La prestance de Jericho à cheval était fascinante. D'une légère pression des mollets, d'une discrète traction sur les rênes, il obtenait tout ce qu'il voulait de sa puissante et ombrageuse monture – un étalon, lui avait-il dit –, dominant la situation avec une impressionnante aisance. Le regard protégé du soleil par le bord de son chapeau, il remportait haut la main la comparaison avec tous les autres hommes.

— Laisse-moi prendre ton assiette, proposa-t-il.

Elle se rassit en grimaçant.

— Merci. Je crois que j'aurais dû suivre ton conseil.

— Tu *crois* ?

Il semblait soudain en colère, comme si c'était lui qui souffrait.

— Étant donné que je suis en bonne forme physique, je pensais que ça irait, répliqua-t-elle.

— Monter à cheval, ce n'est pas comme faire du vélo.

S'il voulait qu'ils se disputent, il n'y parviendrait pas. Elle voulait simplement qu'il arrête de la regarder en fronçant les sourcils.

Elle se tortilla sur sa chaise en essayant de trouver une position confortable.

— Oui, je le comprends, maintenant, marmonna-t-elle. Tu es content ?

Il l'observa un moment avant de soupirer.

— Il te faut un bon bain, dit-il.

— Excellente idée !

Elle repoussa sa chaise, et il fut aussitôt à côté d'elle, pour l'aider à se lever. Il passa un bras autour de sa taille et, en dépit du fait que son corps était en piteux état, un élan de désir provoqua une envolée de papillons au creux de son ventre.

Elle fit tant bien que mal le tour de la table et arrivait près de la porte quand il jura entre ses dents. L'instant d'après, il la soulevait dans ses bras.

Il monta l'escalier, hésita un instant sur le palier, poussa la porte de sa chambre et se rendit dans la salle de bains communicante.

— Ma baignoire a des jets, expliqua-t-il, en la posant délicatement au sol. Pas celle des invités.

— Ah ! Bien. Merci.

— Je vais te chercher des serviettes de toilette.

Il revint avec une pile de serviettes moelleuses, ferma la bonde de la baignoire, et ouvrit le robinet après avoir réglé la température de l'eau.

Pour finir, il la dévisagea avec attention, et l'intensité brutale de son regard la déconcerta, au point qu'elle retint son souffle.

Puis, sans un mot, il tourna les talons et sortit en fermant la porte derrière lui.

Elle relâcha son souffle, en essayant d'évacuer la tension de son corps. Même si Jericho était parti, sa présence flottait encore dans l'air.

La baignoire était presque pleine, et elle arrêta le robinet. Puis elle se déshabilla avec précaution – même lever un bras était une torture ! –, trempa prudemment un orteil, et se glissa doucement dans l'eau.

Avec un soupir de bien-être, elle actionna les jets et cala la tête contre le bord de la baignoire. L'eau bouillonnante exerça peu à peu sa magie, et ses courbatures commencèrent à s'atténuer.

Quand l'eau devint trop froide, elle sortit à regret, s'enroula dans une serviette et rassembla ses vêtements. Elle ouvrit la porte, s'avança prudemment dans la chambre de Jericho et regarda autour d'elle. Le couvre-lit bleu nuit était assorti aux rideaux de la porte-fenêtre. Il n'y avait qu'un seul oreiller. Des lampes identiques étaient posées sur les tables de chevet, et il n'y avait rien sur la commode. Apparemment, Jericho aimait le style minimaliste. À moins qu'il ait retiré tout ce qui lui rappelait Jeanette.

Réalisant qu'elle était indiscrète, elle arrêta là son inspection et ouvrit la porte, jetant un coup d'œil dans le couloir. Avec seulement une serviette pour couvrir sa nudité, elle ne voulait pas que Jericho s'imagine qu'elle avait l'intention de le séduire.

Elle avait tellement honte quand elle pensait à ce qu'elle avait fait autrefois. Comment avait-elle pu être assez stupide pour croire qu'il tromperait Jeanette ? Évidemment, elle ne pensait pas qu'il était sincèrement amoureux d'elle. C'était pour cette raison qu'elle avait agi ainsi.

Heureusement, il n'était nulle part en vue.

Elle retourna à la hâte dans sa chambre et se mit au lit.

Qu'est-ce qui lui avait pris ?

Jericho fixa les étoiles qui piquetaient d'un éclat de diamant le ciel de velours noir, comme si elles connaissaient la réponse.

Lui n'en savait rien, en tout cas.

Tout en se passant la main dans les cheveux, il se demanda pourquoi il trouvait Camille si différente de la femme qu'il avait rencontrée cinq ans auparavant, et si… diablement sexy.

Prenant appui contre la barrière du corral, il soupira. La brise fraîche qui soufflait ne suffisait pas à apaiser le feu qui brûlait en lui. Pas plus qu'elle n'effaçait de son esprit les images que son imagination avait fait naître. La salle de bains emplie de vapeur… La caresse ferme des jets sur le corps aux muscles malmenés de Camille…

Non, il ne fallait pas qu'il pense à ça.

Frustré, il se redressa et retourna vers la maison.

Une chouette hululait au loin, et un cheval hennissait

dans l'écurie. Même ces bruits familiers ne parvenaient pas à réduire au silence les voix qui torturaient son esprit.

Sa vie prenait encore un autre tournant et, une fois de plus, il était impuissant à l'en empêcher.

En l'espace de cinq ans, il était passé de célibataire insouciant un veuf au cœur brisé. Pendant longtemps, il avait dû vivre avec une douleur quasi intolérable. Puis il était devenu comme anesthésié. Il pensait qu'il était mort à l'intérieur. Mais il se trompait. La torpeur se dissipait. La douleur s'estompait. À leur place s'installait un désir grandissant pour Camille.

Il n'était pas encore prêt à commencer une nouvelle vie, certes, mais son ancienne vie s'en allait tout doucement, bien qu'il continue à s'y accrocher de toutes ses forces.

Il n'était pas prêt à laisser partir Jeanette. Il ne le pouvait pas. Elle avait pris possession de son cœur au moment où il l'avait vue. Il aurait pu jurer qu'il avait enterré son cœur avec elle. Mais il était toujours là. Il battait. Il aspirait à aimer à nouveau.

Il siffla Shadow qui aboyait après une grosse branche d'arbre tombée au sol.

En montant les marches du perron, il admit que cette nuit ne serait pas celle où il trouverait comment gérer son attirance pour Camille. Il verrouilla la porte, chose qu'il ne faisait jamais avant. Même s'il savait qu'il était presque impossible que les tueurs viennent chercher Camille ici, il prenait sa mission de protection très à cœur.

Il prit une douche rapide et se glissa dans son lit. Jamais il ne lui avait paru aussi grand et aussi vide. Il avait dépassé le stade où il tendait le bras en espérant sentir encore une fois la présence de sa femme. Il savait maintenant qu'il ne rencontrerait rien d'autre qu'un drap froid.

Il commençait à s'endormir quand il entendit des sanglots venant de la chambre d'amis. Il se leva d'un bond.

Depuis qu'il hébergeait Camille, il dormait avec un caleçon, plutôt que nu comme il en avait l'habitude. Ne voulant pas débouler dans sa chambre en sous-vêtements, il enfila son jean et en boutonna la braguette tout en se précipitant dans le couloir.

Il ouvrit la porte sans frapper et trouva Camille assise dans son lit, se tenant le mollet droit à deux mains, le visage baigné de larmes.

Elle leva les yeux vers lui, affichant une mine piteuse.

— Désolée, murmura-t-elle. Je ne voulais pas te réveiller.

— Je ne dormais pas. Tu as une crampe ?

Elle hocha la tête.

— Plusieurs. C'est comme si tout le bas de mon corps n'était qu'une crampe géante.

— J'aurais dû te proposer un antalgique.

— J'aurais pu aussi te le demander.

Elle gémit et commença à se masser l'autre mollet.

— Je reviens, dit-il.

Il alla chercher une boîte de comprimé d'ibuprofène et un flacon de liniment dans la salle de bains, puis se rua dans la cuisine, où il remplit un grand verre d'eau.

Quand il revint dans la chambre, Camille se massait toujours le mollet.

— Prends ça, dit-il, en lui tendant deux comprimés et le verre.

— Merci.

Elle avala les comprimés avec la moitié de l'eau, et posa le verre sur la table de chevet.

— Couche-toi sur le ventre, lui ordonna-t-il.

Elle obtempéra sans protester, ce qui démontrait à quel point elle avait mal, songea-t-il. Camille n'aimait pas qu'on lui donne des ordres, et elle avait toujours un commentaire à faire sur tout, d'après ce que lui avait raconté Jeanette.

Elle ajusta son T-shirt pour qu'il couvre ses fesses et le haut de ses cuisses, puis se tint tranquille.

Les rideaux n'étaient pas tirés, et le halo de la lune baignait la chambre d'une lueur argentée. Étendue ainsi, elle était le rêve de tout homme. Ou le sien, en tout cas. Elle était aussi son plus grand tourment.

Appliquant une généreuse dose de liniment au creux de ses paumes, il se força à se concentrer sur la douleur de Camille, et commença à lui masser les jambes, des chevilles aux genoux.

Évidemment, le contact de sa peau sous ses doigts le rendait fou. Tout comme les soupirs de bien-être que Camille laissait échapper.

Combien de temps pourrait-il endurer cette douce torture ?

S'interdisant de transformer le massage en quelque chose de sexuel, il s'évertua à soulager les tensions qu'il percevait dans les muscles de ses mollets. Puis il remonta les mains un peu au-dessus de l'arrière de ses genoux. Là, il s'immobilisa et attendit sa réaction. En l'absence de protestation, il lui massa les cuisses.

Ce devait être la pire des punitions que l'on pouvait infliger à un homme ! À chacun des soupirs de plaisir que Camille laissait échapper, son jean devenait un peu plus inconfortable. Heureusement, elle ne pouvait pas voir à quel point il était excité.

Lorsqu'il eut fait tout ce qu'il pouvait pour soulager sa douleur, il se redressa.

— Ça va mieux ? demanda-t-il.

Sa voix était étrangement enrouée, même à ses propres oreilles.

— Beaucoup mieux, répondit-elle en se retournant vers lui en souriant. Tes mains sont magiques. Je ne crois pas avoir jamais senti quelque chose d'aussi agréable dans ma vie.

— Ravi d'avoir pu être utile.

Il se précipita vers la porte, loin de la tentation de lui montrer quelque chose de bien plus agréable encore.

— Bonne nuit.

Il ferma la porte derrière lui tandis qu'elle lui souhaitait à son tour une bonne nuit, prit appui contre le mur et poussa un long soupir.

Il s'en était bien sorti. Mais de justesse. Il était vraiment dans le pétrin.

Camille entendit le « bonne nuit » de Jericho résonner dans la chambre vide où il se tenait un instant plus tôt. Ses jambes frémissaient encore de la chaleur de ses mains et, comme il l'avait promis, ses crampes avaient disparu.

Elle avait tellement eu mal qu'elle s'était demandé si elle parviendrait à dormir. En quelques minutes, Jericho avait dissipé ses tensions, et la douleur s'était estompée. Elle aurait pu lui dire d'arrêter, mais elle ne l'avait pas fait. La sensation de ses mains expertes sur sa peau était si délicieuse qu'elle n'avait pas voulu que ça finisse.

Le désir qu'elle avait éprouvé dépassait tout ce qu'elle avait pu ressentir avant. Jericho avait-il perçu la différence quand ses gémissements étaient passés du soulagement au plaisir ? Probablement. Il avait été marié des années et devait bien savoir quand une femme était excitée. Peut-être était-il sorti précipitamment parce qu'il ne partageait pas ses sentiments et ne voulait pas la vexer.

L'humiliation lui mit le feu aux joues. Elle avait envie de lui, et il ne songeait qu'à se débarrasser d'elle.

Elle savait qu'il ne la désirait pas. Il aimait toujours Jeanette. Il le lui avait encore rappelé quelques jours plus tôt.

Elle n'avait donc qu'une chose à faire : garder pour elle son attirance grandissante pour lui. Si elle ne le faisait pas, il risquait de se sentir tellement mal à l'aise en sa présence qu'il pourrait lui demander de partir.

Dans la mesure où elle n'avait nulle part où aller, elle se devait de rester dans ses bonnes grâces.

Elle aimait passer du temps avec lui, et pensait qu'il ressentait la même chose. Mais ce n'était peut-être pas le cas. Il était possible qu'il lui en veuille de s'être immiscée dans sa vie.

Même si cette pensée l'attristait, elle savait ce qu'il convenait de faire. À partir du lendemain, elle prendrait ses distances et le laisserait retourner à son intimité.

- 10 -

Posté en haut de l'escalier, Jericho tendait l'oreille. Pas un bruit, dans la chambre de Camille. Le soleil venait à peine de se lever, et elle était probablement encore endormie.

Quand il songea à ses douleurs de la nuit précédente, il sentit son cœur se serrer. Elle avait dû avoir du mal à trouver le sommeil. Lui-même s'était tourné et retourné dans son lit, mais pas pour les mêmes raisons.

Il avait passé des heures à essayer de mettre de l'ordre dans son esprit. Il avait beau chercher à se convaincre qu'il n'était pas déloyal envers Jeanette, il se sentait quand même coupable de ressentir de l'attirance pour Camille.

Parfois, il se sentait même coupable d'être en vie alors que sa femme adorée et leur bébé ne l'étaient plus.

Il savait aussi que Jeanette aurait voulu qu'il aille de l'avant, mais cela ne lui semblait pas juste.

Il descendit à la cuisine, fit sortir Shadow et prépara du café.

Lorsque le labrador revint, au lieu de se précipiter sur sa gamelle comme d'habitude, il erra de pièce en pièce comme s'il cherchait Camille, et se mit à gémir parce qu'il ne l'avait pas trouvée. Apparemment, il n'était pas le seul à s'être habitué à elle, songea Jericho. Qu'il le veuille ou non, elle s'était fait une place dans leur vie.

Regrettant de ne pouvoir manifester son mécontentement par des gémissements, comme son chien, il remplit de café une tasse isotherme et prit la direction de l'écurie.

Il nettoya rapidement les stalles, mais la tâche ne fut pas aussi enthousiasmante que la veille. La bonne humeur et les chansons de Camille lui manquaient.

À plusieurs reprises, il s'arrêta de travailler et tendit l'oreille, imaginant entendre le bruit de ses pas.

Un coup d'œil à sa montre lui confirma qu'il était presque 9 heures. Elle devrait être réveillée, à présent. Mais dans ce cas, pourquoi n'était-elle pas venue le rejoindre ? Ne devrait-elle pas, au moins, lui faire savoir qu'elle allait mieux ?

À moins qu'elle souffre trop pour quitter son lit.

Ou alors, son absence était due à autre chose.

Elle s'était peut-être rendu compte de son désir, et se sentait mal à l'aise à l'idée de se retrouver en sa présence.

Il se souvint de sa colère, le soir où elle s'était présentée chez lui. Il lui avait jeté le passé à la figure, lui rappelant sa tentative de séduction. Même à l'époque, il savait ce qu'elle avait essayé de faire. Il avait été furieux de voir qu'elle avait une si mauvaise opinion de lui qu'elle avait été prête à tout pour l'empêcher d'épouser Jeanette.

Aujourd'hui, ce qu'elle pensait de lui était plus important encore.

Il ne jouerait pas à se demander pourquoi. Il le savait. Pour la première fois depuis longtemps, il s'intéressait à une femme. Malgré ce qu'elle avait fait autrefois, il l'aimait bien et voulait qu'elle soit à l'aise avec lui. Qu'elle se sente chez elle, ici. Il avait peut-être commis un impair la veille, mais avait l'intention de faire amende honorable.

Et pas plus tard que maintenant.

La cuisine était exactement comme il l'avait laissée. Le niveau du café dans la cafetière n'avait pas bougé, et la tasse qu'il avait sortie pour Camille était toujours propre.

Des images de Jeanette gisant à terre traversèrent son esprit. Même s'il savait que c'était irrationnel, l'inquiétude le submergea.

Il se précipitait vers l'escalier quand il entendit un bruit dans son bureau.

Il poussa si fort la porte entrebâillée qu'elle claqua contre le mur.

Assise à la table de travail, Camille sursauta et poussa un petit cri.

— Il y a un problème ? demanda-t-elle.

Elle avait le visage livide et les yeux rougis.

— J'allais te poser la même question. Tu n'es pas descendue prendre le petit déjeuner, et tu as pleuré.

Son cœur battait encore un peu vite, mais il était rassuré de voir qu'elle n'était pas blessée.

— Qu'est-ce qu'il y a, Camille ?

— Rien.

— Je vois bien que ça ne va pas. Nous sommes amis. Tu peux me parler.

— Nous sommes amis, tu crois ? Ou bien nous essayons de tirer le meilleur parti d'une horrible situation ? Je sais que tu ne voulais pas de moi ici, mais je t'ai culpabilisé pour que tu me laisses rester. Puis je me suis immiscée dans ta vie. Tu dois en avoir assez de moi.

Il voulut protester, mais elle ne lui en laissa pas le temps.

— Sois honnête, Jericho. Est-ce que tu comptes les jours jusqu'à ce que tu puisses te débarrasser de moi ?

Elle tremblait, et les larmes roulaient sur ses joues.

Le cœur serré par sa tristesse, il traversa la pièce, passa un bras autour de sa taille, et la guida vers le canapé en cuir disposé contre le mur du fond.

— Asseyons-nous.

Il la laissa pleurer, comprenant qu'elle en avait besoin. Quand la crise fut passée, il demanda :

— Que s'est-il passé ? Nous nous sommes bien amusés, hier. Enfin, en ce qui me concerne. Et toi ?

Elle hocha la tête sans répondre.

— Qu'est-ce qui s'est passé, après ?

Elle soupira et, malgré sa gêne visible, soutint son regard.

— J'ai fait un cauchemar et j'ai paniqué, répondit-elle.

— À propos de quoi ?

— Des gens qui sont à ma poursuite. J'ai rêvé que tu me mettais à la porte et qu'ils me retrouvaient.

— Quelle drôle d'idée ! Pourquoi te mettrais-je à la porte ?

— Je sais que ma présence a changé ta vie.

Et comment ! Mais sa vie avait besoin de changement. Il n'avait pas été élevé pour s'apitoyer sur son sort et se morfondre. On lui avait toujours dit que la vie était un cadeau et que la meilleure façon de montrer sa reconnaissance était de vivre intensément.

Ce qu'il n'avait pas vraiment fait depuis plus d'un an, cela dit. Loin de là.

Certes il avait besoin de faire son deuil, mais il avait fini par s'y complaire. Vivre ne l'intéressait plus. Jeanette serait horrifiée si elle voyait comment il se comportait. Ce n'était pas faire honneur à sa mémoire, ni à la vie qu'ils avaient partagée.

— J'admets que je n'étais pas ravi quand tu as

débarqué, mais tu es ce dont j'avais besoin, avoua-t-il. Je vivais comme un somnambule, et tu m'as aidé à me réveiller. Tu peux rester aussi longtemps que tu veux.

Elle sourit, et il sentit son cœur faire un bond dans sa poitrine.

— Merci, Jericho.

Ils restèrent un moment silencieux, profitant de cet instant de complicité, puis Camille se rembrunit.

— Il y a autre chose, reprit-elle. Je viens de vérifier mes mails. Il y en a un que je n'avais pas lu. Il a été envoyé par l'agent Delgado avant son accident, le jour où j'ai entendu mon patron comploter contre moi. Il y a eu un rebondissement dans l'affaire. Ils pensaient connaître l'identité du traître au sein du bureau fédéral, mais il y en avait apparemment un autre qu'ils n'avaient pas encore identifié.

Elle soupira.

— Comment est-ce possible ? murmura-t-elle. Il y aurait autant de gens corrompus dans les instances gouvernementales ?

— Ce Delgado a-t-il laissé entendre que tu étais davantage en danger ?

— Non. Il ne m'a plus écrit après ça. Si je n'avais pas entendu par hasard mon patron parler de me tuer…

Elle se tut.

Jericho s'abstint de tout commentaire. Il n'était pas prêt à ce qu'elle parte. Il aimait sa compagnie, et n'imaginait pas ne plus voir son magnifique visage chaque jour. Mais il comprit que si ses sentiments à lui avaient changé, il n'en allait pas forcément de même pour elle. Elle était venue au Double J par désespoir. Pour elle, le ranch devait ressembler à une prison. Elle n'espérait qu'une chose : rentrer chez elle le plus vite possible.

Il essaya de plaisanter pour masquer sa déception.

— Tu en as déjà assez du bon air de la campagne ? La pollution te manque ?

— Ma vie continue sans moi à New York, murmura-t-elle.

— C'est une drôle de façon de présenter les choses. Tu vis ta vie, même si tu n'es pas à New York.

— Peut-être… Merci de m'avoir écoutée, en tout cas.

Elle eut un petit rire forcé qui était une pâle imitation du vrai.

— Je crois que j'ai un peu perdu les pédales pendant quelques minutes, mais ça va maintenant, ajouta-t-elle.

— Tu sais ce qu'il te faut ? Un changement de paysage.

— Que proposes-tu ?

— Une excursion à la plage.

— Une plage ? Ici ?

— Oui, madame, il y a une plage, à Sweet Briar. Enfin, pas loin.

— Je ne suis pas sûre… Et si quelqu'un me voyait ?

— Si je te poursuivais, le dernier endroit où je te chercherais serait une plage en Caroline du Nord.

— Exact. Seulement je n'ai pas de maillot de bain.

Il lui suffit de penser à elle en maillot deux pièces pour faire naître dans son esprit des images troublantes qui le firent frissonner. Les bonds dans les vagues… La course sur la plage, trempés… Leurs corps enlacés sur le sable doré dans une étreinte passionnée…

Non ! Il ne devait pas penser à ça.

— Nous n'allons pas nager. Je pensais emporter des sandwichs et faire un pique-nique. Ça te dit ?

Un sourire éclaira le visage de Camille.

— Ma foi.

— Cet endroit est fantastique, déclara Camille, en déployant une couverture sur le sable.

Dès qu'elle fut assise, Shadow se coucha à côté d'elle et posa la tête sur son estomac. Aussitôt, elle la lui caressa.

Jericho déposa le panier sur la couverture et s'assit à son tour.

— Tu veux commencer par quoi ? demanda-t-il.

Camille se rejeta en arrière, en appui sur les coudes, et offrit son visage à la caresse du soleil.

— Et si on ramassait des coquillages ? suggéra-t-elle.

— Pour être honnête, c'est plutôt une activité féminine.

— Eh bien, je les ramasserai pendant que tu te comporteras de manière dûment masculine.

Il prit la pose et fit jouer ses muscles. Même s'il faisait le pitre, cela n'enlevait rien à son charme. Au contraire ! En short kaki et débardeur noir, il était sexy d'une façon qui aurait dû être interdite par la loi.

Le désir la submergea comme une vague qui renverse tout sur son passage.

Embarrassée, elle se leva et épousseta son short, puis sortit une balle de son sac et la jeta à Shadow. Le chien aboya, courut après, la prit dans sa gueule, revint zigzaguer entre elle et Jericho… et retourna la déposer où elle l'avait lancée.

Elle éclata de rire, tandis que Jericho secouait la tête avec désespoir.

— Ce chien est vraiment d'une stupidité qui bat tous les records, marmonna-t-il.

— Je te trouve bien sévère. Il faut lui laisser le temps d'apprendre.

Ils avancèrent sur le sable, et quand ils arrivèrent près de la balle, Camille la jeta un peu plus loin.

— Tu as déjà eu un animal de compagnie ? demanda Jericho.

— Non. Ma mère a peur des chiens, et elle est allergique aux chats.

— Et un poisson ? Ou une tortue ?

Elle secoua la tête.

— Mon père refusait que nous ayons quelque chose qui coûte de l'argent et n'apporte rien en retour. Un chien peut apporter une protection, mais un poisson rouge ne fait que nager en rond toute la journée.

— Ne le prends pas mal, mais ton père est un idiot.

— Je ne crois pas que l'on puisse bien le prendre.

Mais elle sourit, parce qu'elle l'avait souvent pensé sans jamais oser le dire.

Shadow revint avec la balle. Avant qu'il ait eu le temps de s'esquiver, elle la lui prit et le félicita avec un excès d'enthousiaste. Puis elle lança à nouveau la balle. Cette fois, il ne revint pas avec, mais s'affala sur le sable et se mit à la mâchouiller.

Tandis que, tourné face au vent, Jericho laissait l'air salin lui fouetter le visage, elle joua à défier les vaguelettes bordées d'écume qui s'échouaient sur la plage, laissant parfois dans leur sillage de petits coquillages et des débris de nacre.

L'eau la tentait, et elle avait envie d'y plonger, mais elle se contenta de défaire ses sandales et de marcher dans le sable mouillé. Elle ramassa un magnifique coquillage irisé et le montra à Jericho qui approuva d'un hochement de tête.

Ils reprirent leur promenade en silence.

Jericho ramassa un galet et le lança à la surface de l'eau. Il ricocha cinq fois avant de couler.

Camille se surprit à savourer la perfection de cet

instant. Il faisait un temps splendide, les vagues venaient mourir à leurs pieds en un doux clapotis qui ressemblait à un soupir. Au-dessus d'eux, les mouettes qui tourbillonnaient semblaient lancer de grands éclats de rire…

Soudain, Jericho la souleva dans ses bras et entra dans l'eau.

— Qu'est-ce que tu fais ? cria-t-elle, tout en nouant les bras autour de son cou.

Aboyant comme un fou, Shadow sauta dans l'eau et commença à mordiller les jambes de Jericho.

— Tu crois que je n'ai pas remarqué comment tu regardais les vagues ? demanda-t-il. Tu meurs d'envie de nager.

— Je n'ai pas de maillot.

L'eau tournoyait déjà autour de la taille de Jericho. Manifestement, il se moquait de mouiller ses vêtements.

— Il n'y a pas besoin de maillot, ma petite citadine. Il suffit de profiter du moment.

Et il la jeta dans les vagues. Elle poussa un cri, et aussitôt il la ramena contre lui.

— Tu sais nager, au moins ? demanda-t-il.

Elle aurait pu mentir, dire qu'elle ne savait pas, et il l'aurait portée comme ça, au-dessus des vagues…

Elle hocha la tête.

— Alors, dans ce cas…

Il la jeta et la rattrapa, puis recommença, et recommença.

Parvenant à lui échapper, elle mit les mains en coupe, les remplit d'eau et l'aspergea. Il voulut l'attraper, mais elle passa sous son bras et le contourna. Puis elle le poussa dans le dos, et il tomba la tête la première.

Il toussota, rit, et jaillit hors de l'eau tel Poséidon, mais en plus sexy. Ils s'aspergèrent pendant quelques minutes, chacun faisant à deux reprises boire la tasse à l'autre, tandis que Shadow tournait autour d'eux en aboyant furieusement.

— Je déclare forfait ! dit soudain Camille, trempée et affamée. Tu es le plus fort.

— Enfin ! Je suis ravi que tu reconnaisses mes mérites.

Il la prit par la taille et la jeta en travers de son épaule.

— Pose-moi ! s'exclama-t-elle. Tu vas te faire mal. Je suis beaucoup trop lourde.

— Arrête, tu es parfaite. En revanche, si tu n'arrêtes pas de gigoter, tu vas tomber.

Elle sourit et décida de profiter du moment. Elle ne voulait pas tomber. Mais elle avait un autre souci bien plus préoccupant : elle était en train de tomber amoureuse de Jericho.

- 11 -

Camille saisit le bas de son T-shirt et le tordit pour en extraire le plus d'eau possible. Cependant, il collait toujours à son buste, offrant à Jericho une vision troublante. Camille avait des seins fermes qu'il brûlait d'envie de toucher…

Mais il ne le ferait pas.

Il n'était pas encore prêt pour une relation sentimentale, et il avait toujours été opposé aux relations purement sexuelles, dénuées de tout sentiment. Persuadé que Camille voyait les choses de la même façon, il considérait qu'il serait mal de lui donner de faux espoirs s'il n'y avait pas d'avenir pour eux.

Il était lié à son ranch et ne s'imaginait pas vivre ailleurs. Camille était une citadine convaincue. Même si elle paraissait s'amuser ici, il ne se faisait pas d'illusions sur son désir de retourner chez elle quand tout danger serait écarté.

D'ailleurs, n'avait-elle pas dit que sa vie continuait sans elle à New York ? Cela en disait long sur ses intentions. Elle tirait le meilleur parti de son temps ici, mais comptait sûrement les secondes qui la séparaient du moment où elle pourrait fuir la Caroline du Nord.

Il ne lui en voulait pas. À New York, les loisirs étaient à proximité. Le Double J était à une heure en voiture de tout : restaurants, cinémas, hôpitaux… Surtout les hôpitaux.

S'il avait vécu plus près de Willow Creek et du gynécologue de Jeanette, sa femme ne serait pas morte. Les médecins lui avaient affirmé le contraire, mais qu'en savaient-ils ?

Il secoua la tête. Pourquoi pensait-il encore à ça ?

Camille croisa son regard et lui sourit. Jamais il ne l'avait vue aussi insouciante. Et puis elle était vraiment belle. Quand elle cessait d'être sérieuse et focalisée sur son plan de carrière, elle était absolument époustouflante.

Elle se rapprocha, et il fut fasciné par l'ondulation de ses hanches.

— Je me suis vraiment bien amusée, dit-elle. Merci.

— Inutile de me remercier. Je me suis amusé aussi.

Il enleva son T-shirt mouillé et le tordit également. Il valait mieux qu'il s'occupe les mains, pour ne pas céder à l'envie de prendre Camille par la taille.

— J'ai une faim de loup ! déclara-t-elle avec enthousiasme.

— Moi aussi.

Mais ce n'était pas les sandwichs à la dinde ou au gruyère qui le faisaient saliver.

Elle lui prit la main, et il sentit son cœur s'emballer.

Shadow courut devant eux, piétina la couverture, et s'ébroua en projetant partout des gouttelettes d'eau et du sable. Puis il s'assit, huma l'air et se mit à gémir quand ils ouvrirent le panier.

— Non ! dit Jericho, lorsque Shadow commença à avancer la truffe vers la nourriture.

Il sortit quelques friandises, et les lui lança.

— Il est adorable, fit remarquer Camille, mais un peu…

— Lent ? Stupide ?

— J'allais dire « spécial ». Je ne comprends pas pourquoi il ne parvient pas à rapporter une balle.

Jericho haussa les épaules.

— C'est un mystère pour moi aussi.

— Quel âge a-t-il ?

— Presque deux ans. C'est un cadeau d'anniversaire de Jeanette. Quelques jours après, elle découvrait qu'elle était enceinte. Elle adorait l'idée que notre enfant ait un chien.

Camille hocha la tête, tout son enthousiasme disparu. Elle semblait presque triste.

Il aurait bien aimé savoir ce qui se passait dans sa tête. L'esprit d'une femme était une énigme pour lui.

— Jericho ? Je me disais bien que c'était toi !

Il se retourna et se leva en reconnaissant Joni Danielson, la sœur de Brandon, qui venait vers eux.

Elle le prit dans ses bras avec enthousiasme.

— Jericho, je suis tellement contente de te voir ! Tu m'as évité un trajet jusqu'au ranch. J'ai de bons petits plats pour toi à la maison.

— Je pensais que Brandon serait trop occupé pour cuisiner.

Elle se mit à rire.

— Ça ne risque pas ! Il faudrait beaucoup plus qu'un mariage en préparation pour que mon frère oublie ses amis.

Joni le contourna et tendit la main à Camille qui se levait à son tour.

— Joni.

— Camille.

— Ravie de vous rencontrer, Camille. On m'a dit que Jericho avait été vu en train de faire des courses et de déjeuner avec une femme, mais je ne pouvais pas le croire. Parce qu'il est impossible qu'il vienne en ville sans s'arrêter pour me dire bonjour. Enfin, d'habitude…

Elle le toisa d'un air faussement sévère.

— Ce n'était qu'un déplacement rapide, expliqua-t-il. Nous ne sommes vraiment pas restés longtemps en ville.

— Tu es pardonné alors, déclara Joni.

Puis elle s'adressa à Camille avec un grand sourire.

— Combien de temps séjournez-vous parmi nous ?

Camille se dandina d'un pied sur l'autre, visiblement mal à l'aise.

— Rien n'est décidé, répondit-elle.

— Bon, eh bien si vous vous lassez de la seule compagnie des chevaux, appelez-moi. Jericho vous donnera mon numéro. Je pourrai appeler quelques amies et organiser une soirée entre filles.

Camille écarquilla les yeux. Apparemment, elle n'était pas habituée à ce que les gens soient aussi amicaux, songea Jericho. Mais c'était sans doute normal quand on vivait dans une grande ville où l'indifférence aux autres était la règle.

— Une autre raison pour laquelle je voulais te voir, Jericho, reprit Joni, c'était pour te demander si je pouvais t'amener des enfants samedi, pour qu'ils fassent une balade à cheval. Ils traversent une période difficile, et je pense que ça leur ferait du bien.

Jericho secouait déjà la tête avant même que Joni ait terminé sa phrase.

Il n'en était pas question !

Dans le passé, il avait ouvert son ranch aux enfants dont Joni s'occupait au centre d'accueil. Ils oubliaient leurs soucis, mettaient beaucoup d'ambiance et repartaient heureux. Jeanette et lui s'en réjouissaient, mais depuis la mort de sa femme et de leur bébé il ne supportait plus la présence d'enfants.

— Non. Ce n'est pas le bon moment, répondit-il.

— Je ne te le demanderais pas si ce n'était pas important, insista Joni avant de se tourner vers Camille, comme si elle aurait plus de chance en plaidant sa cause auprès d'une femme.

— J'ignore de quoi vous parlez, dit Camille.

— Je dirige une structure d'accueil pour les mineurs, expliqua Joni. Ceux dont je parle sont dans une situation très particulière. Nous ne les hébergeons pas en permanence. Leur mère est hospitalisée à domicile, et son état n'est pas rassurant. Leur père a disparu. Leur oncle s'est installé chez sa sœur pour l'aider. Il essaye de faire ce qu'il peut, mais le pauvre homme est débordé, et nous avons accepté de prendre les enfants de temps en temps pour le soulager. Une visite au ranch leur ferait un bien fou.

Lorsque Camille le regarda, Jericho retint un soupir.

— Tu ne veux pas qu'ils viennent parce que tu penses que ce serait dangereux, qu'ils pourraient se blesser ? demanda-t-elle.

— Non, ce n'est pas ça.

La présence d'enfants lui rappelait celui qu'il avait perdu. Mais ce n'était pas quelque chose qu'il pouvait admettre sans provoquer de la pitié. Et il ne voulait pas que l'on pleure sur son sort.

Camille se tourna alors vers Joni avec un grand sourire.

— Dans ce cas, amenez-les à 11 heures, dit-elle. Je les emmènerai en promenade.

— *Toi* ? s'exclama Jericho, incrédule.

Elle venait à peine de surmonter sa peur des chevaux,

et ne connaissait encore que quelques rudiments d'équitation !

— Tu viens juste d'apprendre à monter. Qui va t'apprendre à *rester* sur un cheval ? ajouta-t-il, moqueur.

— J'en sais déjà suffisamment, déclara-t-elle, sûre d'elle. Et ne t'inquiète pas, nous ne resterons pas dans tes jambes. Tu n'auras rien à faire.

Bien sûr ! Il connaissait la chanson.

Il pouvait mettre son veto, s'il le voulait. Le Double J lui appartenait, après tout.

Et pourtant, il ne dit rien.

Joni attira Camille dans ses bras.

— Merci ! Vous me sauvez la vie.

Elle s'écarta et se tourna vers Jericho pour ajouter :

— N'oublie pas de venir chercher tes plats.

Il hocha la tête en maugréant et attendit qu'elle soit hors de portée de voix pour s'adresser à Camille.

— Qu'est-ce qui t'a pris ?

— Je voulais rendre service.

Elle grimaça et sa voix s'affaiblit.

— Je n'aurais peut-être pas dû m'en mêler, murmura-t-elle.

Elle semblait tellement dépitée qu'il n'aurait pas été surpris qu'elle se mette à pleurer.

Il l'attira dans ses bras.

— Ne t'en fais pas, la rassura-t-il. Ce ne sera l'affaire que de quelques heures.

Comment aurait-il pu en vouloir à une femme qui laissait parler son cœur ?

Sa générosité aurait pu le surprendre autrefois, mais il commençait à comprendre que Camille Parker offrait bien plus de facettes qu'il ne se l'était imaginé.

Camille ouvrit la porte du four dès que la minuterie retentit. Elle ne voulait pas faire brûler les cookies. Prudemment, elle les fit glisser de la plaque de cuisson brûlante vers une grille, et mit le tout à refroidir sur le bord de la fenêtre.

Elle avait été incroyablement occupée, ces derniers jours, peaufinant sa pratique de l'équitation et préparant l'arrivée des enfants. Elle ne pensait plus qu'à eux et en parlait sans arrêt. Jericho pensait probablement qu'elle avait perdu la tête, mais elle savait qu'il était juste et bien d'aider ces pauvres enfants.

En entendant leur histoire, elle avait aussitôt pensé à Jeanette, tellement triste et apeurée à la mort de ses parents. Rodney et elle s'étaient chargés de lui apporter le soutien et la tendresse dont elle avait besoin pour guérir. Ils l'avaient aidée à retrouver le sourire et à ouvrir son cœur à nouveau.

Aujourd'hui, elle était persuadée que son amie approuverait ce qu'elle faisait.

— Ils ont l'air bon.

Jericho prit un cookie aux pépites de chocolat et s'empressa de le dévorer.

— C'est pour les enfants ! s'exclama Camille en lui donnant une tape sur la main quand il voulut en prendre un deuxième.

Pas le moins du monde embarrassé, il prit un autre biscuit, et désigna les plans de travail.

— Tu as préparé trois sortes de cookies et deux cakes, fit-il remarquer. Sans parler des hot-dogs et des hamburgers qui attendent d'être cuits. Tu crois vraiment que trois enfants vont manger *tout ça* ?

— Je voulais qu'ils aient le choix.

— Tu sais, j'ai déjà eu des enfants ici. Ils viennent pour les chevaux. Tout le reste est secondaire.

Sa déception dut se voir, car il se rapprocha d'elle et lui caressa la joue. Aussitôt, un frisson s'empara de tout son corps.

— Ne t'inquiète pas. Je suis sûr qu'ils adoreront tout ce que tu as préparé, murmura-t-il. Je suis impressionné que tu fasses autant d'efforts pour qu'ils passent un bon moment.

— Et toi, alors ? Tu as passé des heures chaque jour à essayer de faire de moi une bonne cavalière. J'espère que je ne vais pas faire n'importe quoi.

— Les enfants copieront ton attitude. Si tu es stressée, ils le seront aussi. Détends-toi, amuse-toi, et ils feront la même chose.

Elle n'eut pas l'occasion de répondre, car Shadow aboya, signalant l'arrivée de leurs invités. Elle sortit précipitamment de la cuisine, surexcitée comme un enfant un soir de réveillon de Noël.

Jericho la rejoignit d'une allure plus posée, et se tint à côté d'elle sur le perron, tandis que Joni s'arrêtait devant la maison.

Le contact à peine coupé, la portière arrière s'ouvrit, et un jeune garçon d'une dizaine d'années bondit hors de la voiture, en regardant autour de lui d'un air émerveillé.

Deux petites filles de six ou sept ans suivirent, avec plus d'hésitation, et se tinrent immobiles, épaule contre épaule.

Camille sourit au garçon, puis s'approcha des fillettes.

— Je m'appelle Camille. Et vous ?

— Megan. Et ma sœur, c'est Suzanne. On est jumelles.

— Et vous avez quel âge ?

— Sept ans, répondit Megan.

— Je suis contente de vous rencontrer. On va bien s'amuser aujourd'hui. C'est votre frère ?

Megan hocha vigoureusement la tête.

— Nathan. Il a onze ans.

Le jeune garçon discutait comme une pipelette avec Jericho, tout en caressant Shadow. Manifestement, il n'était pas timide.

Jericho rit, et Camille retint son souffle. Quand la dureté de ses traits cédait la place à une expression joyeuse, presque enfantine, il était encore plus séduisant.

— Bonjour, dit Joni, en descendant de la voiture à son tour.

Ses yeux étaient rivés sur elle, nota Camille.

Oh non ! Pourvu qu'elle ne l'ait pas vue en train de fixer Jericho en bavant d'envie.

Le sourire malicieux de la jeune femme lui ôta tout espoir que son vœu soit exaucé.

— Bonjour, Joni. Je disais à Megan et Suzanne que nous allions bien nous amuser.

— J'en suis sûre.

Elle pressa les épaules des fillettes et les poussa doucement en avant.

— Elles sont un peu timides, surtout Suzanne, comme vous avez pu le constater, mais elles vont vite se dérider, expliqua-t-elle.

— Combien de temps peuvent-elles rester ?

— Leur oncle veut qu'elles soient à la maison pour le dîner à 18 heures Comme il y a une bonne heure de route, disons 16 h 30. Mais je peux revenir avant si cela vous paraît trop long.

— Non, c'est parfait.

— Dans ce cas, je vous dis à tout à l'heure.

Elle fit un petit signe de la main aux enfants.

— Amusez-vous bien !

Les fillettes agitèrent la main puis allèrent retrouver Jericho et Nathan.

Camille rejoignit le petit groupe et demanda :

— Vous avez déjà fait du cheval ?

— Non, mais je suis sûr que je peux y arriver, affirma Nathan. J'ai vu plein de films de cow-boys.

— Eh bien, on va vérifier ça tout de suite.

Elle regarda Jericho qui dissimulait un sourire.

— Tu as sûrement beaucoup de choses à faire, lui dit-elle. Je vais emmener les enfants au corral et leur présenter les chevaux.

— J'ai le temps.

Il regarda les fillettes, qui ne semblaient pas très emballées.

— Je vais m'occuper de Nathan, le temps que tu parviennes à rassurer les filles, suggéra-t-il. Je crois que tu vas avoir un peu de travail.

— Merci.

Elle le regarda passer un bras autour des épaules de Nathan et s'éloigner avec lui. Puis elle reporta son attention sur les jumelles.

— Vous voulez voir les chevaux ?

— Dans une minute, répondit Megan les yeux rivés sur le jardin.

— Et toi, Suzanne ?

Comme la petite fille ne répondit pas, Camille posa une autre question :

— Vous aimez les fleurs ?

Megan hocha la tête.

— Oui. Beaucoup. On avait un jardin, avant…

— Avant quoi, mon poussin ?

— Avant que maman tombe malade.

Suzanne se rapprocha de sa sœur, lui prit la main, et parla pour la première fois :

— Tous ses cheveux sont tombés. Et elle vomit tout le temps. Et elle pleure.

Le cœur de Camille se serra. Ces enfants étaient trop jeunes pour endurer une telle tragédie. Hélas ! le malheur ne tenait pas compte de l'âge.

— Je suis désolée que votre maman soit malade. Vous croyez qu'elle aimerait avoir des fleurs ?

Les jumelles hochèrent vigoureusement la tête.

— Bien ! Alors voilà ce que nous allons faire. Nous allons couper des fleurs pour faire un beau bouquet, et vous lui apporterez ce soir.

— Comme une surprise ? demanda Megan.

— Oui.

— J'aime bien les surprises, dit Suzanne.

Camille et les fillettes passèrent une demi-heure à choisir et à couper les fleurs. Les deux sœurs avaient des idées bien arrêtées sur ce qu'elles voulaient, et discutaient à propos de chaque variété et de chaque couleur. Quand elles eurent réuni un énorme bouquet, Camille arrangea le feuillage et aida les jumelles à disposer harmonieusement les fleurs dans un vase qu'elle avait trouvé au fond d'un placard.

Megan regarda le bouquet avec ravissement.

— Maman va les adorer.

— J'en suis sûre, ma grande. Et maintenant, allons voir les chevaux.

Les jumelles traversèrent la pelouse en courant, et ralentirent quand elles approchèrent du corral, soudain intimidées.

Nathan était assis sur Buttercup, et faisait lentement

le tour de l'enclos, guidé par Jericho qui marchait à côté de lui.

— Regardez, les filles ! cria Nathan. Je monte à cheval ! Je suis un cow-boy !

— C'est amusant ? demanda Megan.

— Oh ! oui, alors !

— Je trouve que ça fait peur, murmura Suzanne.

La fillette frissonna et glissa la main dans celle de Camille.

Camille sentit sa gorge se nouer. Jusqu'à présent, elle avait toujours pensé qu'elle n'avait pas la fibre maternelle, et elle n'envisageait pas d'avoir un jour des enfants. Mais ce bout de chou lui faisait réviser sa position. Elle était tellement adorable que même le cœur le plus froid fondrait en sa présence.

Jericho s'arrêta à leur hauteur.

— Tu n'es pas obligée de faire du cheval si tu ne veux pas, dit-il.

— Je ne veux pas, décréta Suzanne. Je veux jouer avec le chien.

Comme s'il avait deviné que l'on parlait de lui, Shadow arriva en courant et s'assit devant la fillette, la langue pendante et la queue battant comme un métronome.

Suzanne jeta ses petits bras autour du cou du labrador et le serra fort. Le chien lui lécha copieusement le visage, et elle rit, tout en se passant l'avant-bras sur les joues.

Megan regardait le cheval avec envie, mais elle ne bougea pas.

— Et toi, tu veux monter à cheval ? demanda Jericho.

— Je ne sais pas.

— Tu serais plus rassurée si j'étais avec toi ?

— En même temps ? Sur le même cheval ?

— Oui.

La fillette hocha la tête.

Cinq minutes plus tard, Jericho et Megan faisaient le tour du corral sur Saphir, un cheval très doux. Jericho tenait le petit corps frêle de la fillette bien en sécurité entre ses bras.

— Regardez ! Je fais du cheval aussi ! cria Megan.

Suzanne regarda brièvement sa sœur, puis se mit à gratouiller le ventre de Shadow.

Jericho se rapprocha de la barrière, et se pencha sur la selle pour lui parler.

— Tu veux essayer aussi ?

— Non. Je ne suis pas obligée, si je ne veux pas, répondit fermement Suzanne.

— Bien sûr que non. Il n'y a aucune obligation. Aujourd'hui, vous êtes là pour vous amuser.

Au bout de quinze minutes, Megan décida qu'elle voulait aussi jouer avec le chien et réclama une balle pour la lui lancer.

Les deux sœurs ne parurent pas s'émouvoir du fait que Shadow ne comprenait rien au jeu, et qu'elles devaient le poursuivre pour récupérer la balle.

Pendant ce temps, Nathan convainquit Jericho d'aller un peu plus vite, et poussa des cris de joie quand sa monture passa au trot.

Bien que le garçon n'ait aucune envie de s'arrêter, Jericho lui fit comprendre qu'il était temps de déjeuner.

Ils se lavèrent les mains et s'installèrent autour de la table de la cour arrière.

— Un cow-boy doit rester fort et en bonne santé, expliqua Jericho.

Et il glissa des bâtonnets de carotte et de concombre à côté du hamburger que Nathan avait déposé sur son assiette.

— D'accord.

Le jeune garçon ajouta de lui-même quelques têtes de brocoli, sans doute parce que Jericho en avait dans son assiette.

Camille avait suivi leur échange avec un mélange d'amusement et d'attendrissement. Apparemment, le petit garçon s'était trouvé une figure paternelle.

Tandis qu'ils déjeunaient, Nathan assaillit Jericho de question sur la vie au ranch. Megan participa un peu à la conversation, mais Suzanne se contenta d'écouter.

Après le repas, Jericho fit visiter l'écurie et la grange à Nathan, pendant que Camille et les jumelles jouaient avec Shadow.

L'après-midi fila comme l'éclair, et l'heure du retour de Joni arriva bien trop vite au goût de Camille. Elle conduisit les enfants à la salle de bains, où elle lava le visage et les mains des fillettes, et demanda à Nathan de faire de même.

Leurs vêtements étaient un peu froissés et poussiéreux mais, dans l'ensemble, ils étaient présentables. Et, surtout, ils avaient passé une merveilleuse journée.

Au moment du départ, Camille remplit de cookies et de tranches de cakes deux boîtes en plastique, et les remit à Joni.

— Je crois que j'ai fait un peu trop de gâteaux. Leur mère et leur oncle les apprécieront peut-être.

— Tu es adorable, déclara Joni.

Camille haussa les épaules. Elle n'avait pas l'impression de faire quelque chose d'extraordinaire.

— On a oublié les fleurs pour maman ! s'écria Megan.

Camille retira le bouquet du vase, et emballa les

tiges humides dans du papier d'aluminium. Puis elle accompagna les fillettes à la voiture.

Nathan grappilla encore quelques secondes pour discuter avec Jericho, qui rit et lui ébouriffa les cheveux, avant de l'accompagner à son tour, un bras passé autour de ses épaules.

Le garçon s'installa sur la banquette arrière à côté de ses sœurs, et Jericho se pencha par la vitre ouverte pour ajouter encore quelques mots.

Joni attira Camille dans ses bras, et lui murmura à l'oreille :

— Je ne sais pas d'où tu sors, mais tu es pile celle dont Jericho avait besoin. Cela fait des mois que je ne l'avais pas vu aussi insouciant et heureux. J'espère que tu vas rester un moment.

— Je n'y suis pour rien. C'est grâce à Nathan et ses sœurs.

— Je n'en suis pas si sûre. Il y a une lueur dans ses yeux qui avait disparu depuis longtemps. Je l'avais déjà remarquée l'autre jour. Cela n'a rien à voir avec les enfants, et tout à voir avec toi, Camille. Tu as ramené Jericho à la vie.

- 12 -

— Merci.

Jericho regarda la main délicate posée sur son avant-bras, puis leva les yeux vers le visage de Camille.

— Pour quelle raison ? demanda-t-il.

— Tu le sais bien. Pour avoir passé du temps avec les enfants. Je sais que c'est compliqué pour toi. Tu aurais pu les ignorer, mais tu ne l'as pas fait. Tu as pris sur toi pour leur offrir une journée spéciale, dont ils se souviendront longtemps.

— Ce n'était pas grand-chose.

— Ne fais pas ça, Jericho. Ne minimise pas ce que tu as fait. Tu es un homme bon. Je n'ai jamais rencontré quelqu'un qui ait aussi bon cœur. Jeanette a eu raison de te choisir.

Il retira vivement son bras.

— Tu te trompes, dit-il sèchement. J'ai été la pire erreur de Jeanette. Si elle était restée avec ton frère, elle serait encore en vie.

Ressentant le besoin de fuir, il sella Diablo et alla galoper à travers champs.

Il ne pouvait pas supporter une minute de plus l'admiration que lui témoignait Camille, ni écouter ses compliments.

Il était responsable de la mort de Jeanette.

Malgré ses efforts, il ne pouvait échapper à la culpabilité. Sa femme et leur enfant étaient morts à cause de lui. Faire preuve de gentillesse avec des enfants pendant une journée n'y changerait rien.

Sans l'avoir décidé, il guida Diablo vers son endroit favori. À la cascade, il laissa boire son cheval, puis il attacha les rênes à une branche basse et s'assit sur une roche plate.

Comme toujours, les regrets l'envahissaient. S'il avait vérifié comment elle allait… S'ils avaient habité plus près d'un hôpital…

Un bruit de sabots l'arracha à ses pensées, et il observa les alentours. Quelques instants après, Buttercup et sa cavalière arrivèrent.

Camille ne dit rien tandis qu'elle descendait de cheval. Relâchant les rênes, elle laissa Buttercup boire avant de l'attacher à côté de Diablo.

Puis elle vint s'asseoir à côté de lui, et posa la tête sur son épaule. L'odeur fleurie de son shampooing l'enveloppa tout entier et, malgré la froideur de son âme, il sentit une étincelle d'espoir s'embraser en lui.

Il l'éteignit aussitôt. Il ne méritait pas de seconde chance.

Un long silence s'installa, puis Camille demanda d'une voix douce :

— Dis-moi ce qui s'est passé.

Il se massa le front. Il n'avait jamais parlé de ce jour à personne. Peut-être que ça lui ferait du bien de se confier…

Il se tourna vers Camille qui le regardait gentiment. Sans le juger.

Elle lui prit la main. Sa peau était douce comme du velours.

— Jeanette n'aimait pas se lever tôt, dit-il.

— Je m'en souviens.

— Vivre au ranch n'a pas changé ses habitudes. Elle a continué à faire la grasse matinée. De mon côté, je suis levé à l'aube.

— J'ai remarqué.

— Je faisais toujours mes corvées matinales pendant qu'elle dormait. Quand j'avais terminé, nous prenions le petit déjeuner ensemble. Une fois enceinte, elle dormait encore plus. Si elle n'était pas levée à mon retour, je lui montais un plateau dans la chambre.

Il laissa passer un silence, tant les souvenirs lui étaient douloureux.

— Ce jour-là, je ne l'ai pas fait. J'étais distrait par tout ce que j'avais à faire. Un de mes employés était malade, et je lui avais dit de ne pas venir. Je ne voulais pas qu'il transmette ses microbes à Jeanette.

Il se passa une main dans les cheveux.

— J'aurais dû monter la voir. Mais nous étions sortis la veille, et je me disais qu'elle avait besoin de récupérer.

— C'était raisonnable et tout à fait attentionné.

— Attentionné ? J'étais tellement pris par mon travail que je n'ai pas vu le temps passer. Ma femme gisait par terre, et moi, je…

Sa voix se brisa.

Camille lui pressa la main.

— Tu ne pouvais pas savoir.

Il ne fit pas de commentaire. Camille ne comprendrait jamais vraiment à quel point il avait agi égoïstement, ce jour-là.

— J'ai terminé avec les chevaux et je suis rentré. Il était tard, mais elle n'était toujours pas levée.

Sa vision se brouilla, et il ferma les yeux.

— Cette fois, je suis monté, et je l'ai trouvée étendue

près de la porte. Qui sait depuis combien de temps elle était là. Je l'ai prise dans mes bras, et je l'ai déposée sur le lit. C'est là que j'ai vu le sang sur les draps. Il y en avait tellement…

Il marqua une pause. La douleur était aussi vive que ce jour-là.

— Le travail avait commencé prématurément, et elle avait fait une hémorragie. Elle a repris brièvement connaissance et m'a supplié de sauver notre bébé. Elle s'accrochait à mon bras en exigeant, si le médecin devait faire un choix, que ce soit notre bébé qui vive. Je ne voulais pas faire une telle promesse. Mais elle insistait. Alors j'ai promis de laisser mourir la femme que j'aimais plus que tout…

Il ferma à nouveau les yeux. Parfois, ce souvenir lui faisait si mal qu'il avait peur de perdre la raison. Mais il ne pouvait pas revenir sur ce qu'il avait fait.

Il sentit une douce caresse sur sa joue et réalisa que des larmes, ces larmes qu'il s'efforçait toujours de retenir, coulaient sans qu'il l'ait remarqué.

L'envie de se laisser aller contre Camille le submergea, mais il ne voulait pas de sa pitié. Maintenant qu'il avait commencé à lui raconter son histoire, il devait la terminer.

Elle devait tout entendre pour savoir quel genre d'homme il était.

— Il fallait que je la conduise à l'hôpital. Une ambulance aurait mis trop de temps à arriver jusqu'au ranch. Je l'ai enveloppée dans une couverture et je l'ai portée à la voiture. Je sentais la vie lui échapper. Je roulais depuis quinze minutes, quand elle m'a dit qu'elle avait des contractions de plus en plus rapprochées. Notre bébé est né sur le bord de la route. Lorsque je suis arrivé aux urgences, il était trop tard pour Jeanette.

Elle avait perdu trop de sang. Notre petit bébé a lutté pendant treize heures et quarante et une minutes, puis il est parti rejoindre sa maman. Je les ai perdus tous les deux, et c'était ma faute.

— Je ne vois pas en quoi.

— Parce que je n'ai pas su prendre soin d'elle. J'aurais dû monter la voir plus tôt. Si elle avait reçu une transfusion à temps, elle serait encore en vie.

— Tu ne peux pas savoir ce qui se serait passé.

— J'aurais dû faire les choses autrement. Peut-être m'installer plus près d'un hôpital. Prendre une location à Charlotte et faire des allers-retours pour venir travailler au ranch.

— Son médecin vous avait-il recommandé de vous installer en ville ?

— Non. Pour lui, sa grossesse se déroulait normalement.

— Tu vois… Si un médecin n'a pas détecté de problème, comment aurais-tu pu savoir que ça tournerait mal ? Jeanette t'aimait tellement. Elle ne voudrait pas que tu te sentes coupable. Elle ne te ferait pas de reproches. Tu dois te pardonner à toi-même. Ce n'était pas ta faute.

Il se leva brusquement.

Il avait besoin de mettre de la distance entre Camille et lui, le temps que le tumulte de ses émotions s'apaise.

Camille se leva aussi et, avant qu'il devine ce qu'elle allait faire, elle posa les mains sur ses épaules et lui effleura les lèvres d'un baiser.

Il savait qu'elle avait seulement l'intention de le réconforter, mais il ressentit soudain la brûlure du désir. Comme toujours, la culpabilité prit aussitôt le dessus, et il eut un mouvement de recul.

Il ne pouvait pas prendre le risque de s'attacher à

Camille. Elle était encore plus citadine que Jeanette. Jamais elle ne pourrait se plaire ici. Ils étaient trop loin des théâtres, des cinémas, des boutiques de luxe. Des hôpitaux. Jamais il ne le supporterait, si une autre femme mourait à cause de lui.

— Je dois y aller, dit-il. Tu retrouveras le chemin de la maison ?

— Oui.

— Bien.

Il enfourcha Diablo et fila comme l'éclair. S'il galopait assez vite, peut-être pourrait-il oublier la douceur et le goût des lèvres de Camille.

Peut-être pourrait-il oublier que, pour la première fois depuis longtemps, il s'était senti vivant.

Médusée, Camille regarda Jericho s'éloigner dans un nuage de poussière, jusqu'à ce qu'il disparaisse entre les arbres.

Quelques minutes plus tard, elle n'avait toujours pas trouvé la force de bouger, et encore moins de se hisser sur son cheval et de rentrer au ranch.

Elle ne savait pas pourquoi elle avait embrassé Jericho. Ce n'était vraiment pas la meilleure de ses idées ! Pour être honnête, elle n'avait pas réfléchi, agissant plutôt à l'instinct.

Son intention était de le réconforter. Pour une étrange raison, un baiser lui avait paru préférable à une tape sur le bras.

Quelle erreur !

Ses lèvres frémissaient encore du bref contact avec celles de Jericho…

Quant à lui, il s'était enfui et essayait de mettre le plus de distance possible entre eux !

La façon dont il s'était écarté d'elle se passait de commentaires. Heureusement, il ne lui avait pas servi les excuses habituelles : « Tu n'y es pour rien. C'est moi… » Elle n'aurait pas supporté cette humiliation.

Malheureusement, la réaction de Jericho n'avait pas fait disparaître ses sensations. Son corps vibrait toujours et s'était éveillé comme jamais. Il fallait braiment qu'elle reprenne le contrôle, et vite.

Peu pressée de retourner à la maison, elle se promena sans but précis.

Des oiseaux voletaient au-dessus de sa tête, pépiant et s'appelant les uns les autres. Une brise légère soufflait. L'air était agréablement parfumé. Elle leva le visage vers le ciel et laissa le soleil réchauffer sa peau.

Bien plus tard, lorsqu'elle regagna l'écurie, elle prit tout son temps pour desseller Buttercup et la brosser.

De retour à la maison, elle traversa les pièces silencieuses et trouva Jericho dans le salon. Assis devant la cheminée éteinte, il tenait une photo encadrée dans ses mains.

Il leva la tête et posa précipitamment la photo sur la table basse.

Camille avait eu le temps de voir que c'était celle de Jeanette en robe de mariée, un bouquet de roses blanches à la main.

La culpabilité lui serra le cœur. Elle n'avait pas assisté à la cérémonie…

Jeanette était une femme formidable et une merveilleuse amie. Elle n'avait pas mérité pas ça. Si Camille lui avait présenté ses excuses, sans doute lui aurait-elle pardonné son comportement…

Il était trop tard, maintenant. Mais elle avait toujours la possibilité d'aider Jericho à se pardonner à lui-même. Elle devait l'aider à retrouver la sérénité.

— Tu as besoin de quelque chose ?

La question presque agressive de Jericho faillit la faire changer d'avis.

Mais elle refusait de laisser une blessure d'amour-propre l'empêcher de faire ce qui était juste. Jericho lui avait offert un endroit où se réfugier quand elle en avait eu besoin. À présent, elle allait l'aider à arrêter de se cacher.

— Oui, j'ai besoin de te parler, répondit-elle d'une voix calme.

D'un geste las, il se passa une main sur le visage. Il était évident qu'il n'avait pas envie d'entendre ce qu'elle avait à dire.

Mais il l'entendrait quand même.

— Je voulais mettre les choses au clair, Jericho. Je n'ai pas l'habitude d'embrasser des hommes qui n'ont rien demandé. Je voulais te réconforter mais, à la place, je t'ai déstabilisé. Je suis désolée. Je sais que ce que tu vivais avec Jeanette était spécial et ne pourra jamais être reproduit.

— Elle était tout.

— Je sais.

Il soupira.

— Je ne peux pas me résoudre à l'oublier, avoua-t-il. J'ai tout perdu quand je l'ai perdue. Je ne survivrai pas à un autre deuil.

— Alors, quel est ton plan ? Tu vas continuer à vivre seul dans cette maison tout le reste de ta vie ?

— Je ne crois pas que ça te regarde.

— Sans doute pas.

Il haussa un sourcil.

— Sans doute pas ?

Elle leva les yeux au ciel.

— D'accord, cela ne me regarde pas. Mais je sais que Jeanette ne serait pas d'accord. Elle ne voudrait pas que tu te complaises dans ton deuil. Que tu passes ta vie à t'apitoyer sur ton sort.

Il se releva brusquement, furieux.

— Tu ne manques pas de toupet ! Pendant cinq ans, tu n'as pas échangé un mot avec Jeanette. Tu as changé ton numéro de téléphone. Tu as bloqué ses mails. Tu as renvoyé ses lettres non décachetées. Je t'interdis de parler à sa place, maintenant !

Le coup était rude.

Elle laissa passer quelques secondes de silence.

Quand elle parla, sa voix était calme.

— Tu as raison. J'ai fait toutes ces choses horribles et je ne mérite pas le pardon. Seulement je sais une chose : Jeanette t'aimait de tout son cœur. Elle aurait voulu que tu sois heureux. Te voir ainsi lui briserait le cœur.

Comme Jericho ne répondait pas, elle sortit de la pièce et ferma en silence la porte sur lui et sur le rêve impossible de construire quelque chose avec lui.

Sa gentillesse, son entrain et toute l'empathie dont elle était capable ne suffiraient jamais à conquérir un cœur qui ne battait pas pour elle.

- 13 -

Postée devant la fenêtre de sa chambre, Camille regardait les pâturages qui s'étendaient jusqu'à l'horizon.

Le soleil se couchait, et les collines au loin baignaient dans une lumière flamboyante. De l'orange au corail, du fuchsia au rose laiteux, le ciel se parait de teintes somptueuses.

Malgré sa mélancolie, elle était capable d'apprécier la beauté qui s'étalait sous ses yeux. Malheureusement, cela ne suffisait pas à combler le vide de son âme.

Même si elle s'était interdit de tomber amoureuse de Jericho, elle l'avait laissé s'insinuer dans son cœur. Et elle ne se serait pas offusquée s'il avait fait la même chose.

Seulement le cœur de Jericho était verrouillé à double tour. Elle ne lui en tenait pas rigueur. Il était clair depuis le début qu'il aimerait toujours Jeanette. Ce qui était moins évident à déterminer, c'était qu'il n'aime jamais qu'elle.

Elle devait absolument sortir. Se changer les idées. Il lui était impossible de passer la nuit sous le même toit que lui. Surtout après leur récente conversation.

Pouvait-elle se risquer à appeler Joni ? L'invitation de la jeune femme lui avait paru sincère.

Décidant de se jeter à l'eau, elle dévala l'escalier, traversa la maison à la recherche de Jericho, et finit par le trouver sur la terrasse, assis dans l'un des rocking-chairs, Shadow couché à ses pieds.

— Dis, tu peux me donner le numéro de téléphone de Joni ? Je pensais lui rendre visite.

— Maintenant ?

— Pourquoi pas ? Il n'est pas si tard.

— Si tu le dis.

Voyant qu'il ne bougeait pas, elle insista :

— Je peux avoir son numéro ?

— Bien sûr.

Il sélectionna le numéro de Joni et lui tendit son téléphone.

Elle s'assit dans l'autre rocking-chair et passa l'appel. Joni répondit aussitôt mais, à la grande déception de Camille, elle avait déjà un rendez-vous.

Après avoir redonné son téléphone à Jericho, elle ferma les yeux et se balança doucement.

Qu'allait-elle faire, maintenant ?

— Alors, vous faites une soirée entre filles ?

Elle rouvrit les yeux et regarda Jericho.

— Non. Joni n'est pas libre.

— J'ai l'impression que le calme du ranch te pèse.

— J'aime le calme.

— Mais tu es habituée à la vie nocturne de New York. Ça doit te faire du changement.

— Ce n'est pas parce que j'ai envie de sortir que je ne me plais pas au ranch. Toi aussi, tu allais au cinéma, au restaurant…

Il hocha lentement la tête.

— Ça veut dire que la solitude du ranch te pesait ? insista-t-elle, bien décidée à avoir le dernier mot.

Il l'avait traitée de citadine, et elle l'était. Ce qui

ne voulait pas dire qu'elle ne pouvait pas apprécier la campagne.

— Ou bien, cela signifie que tu aimais faire de nouvelles expériences ? reprit-elle. Ce n'est pas tout ou rien, je me trompe ?

Il se massa le menton, comme si la question demandait une intense réflexion.

— Non.

— Alors pourquoi ce ne serait pas la même chose pour moi ?

— Ça peut l'être, c'est vrai.

Elle sourit, ravie de l'avoir convaincu.

— Je vais essayer de trouver quelque chose d'intéressant à la télévision, dit-elle en se levant.

Mais elle n'avait pas grand espoir.

— Si vraiment tu as l'impression de tourner comme un lion en cage, on peut faire quelque chose ensemble, suggéra Jericho.

— Non, merci.

Le but n'était-il pas de mettre de la distance entre eux ?

— Vraiment ? Ce n'est pas toi qui critiquais le fait que je me terre dans mon trou ? répliqua-t-il, moqueur.

— Oui, mais…

— Pas de « mais » ! Si tu veux que je retrouve le monde des vivants, tu devrais m'accompagner.

— Ce n'est pas exactement ce que j'avais en tête.

— C'était quoi ton idée, alors ?

— Je pensais que tu devrais faire quelque chose d'amusant avec quelqu'un que tu apprécies.

— Je t'apprécie.

Elle le fixa, abasourdie, et faillit le lui faire répéter. Mais il avait l'air de le penser.

Pouvait-elle refuser, alors qu'il avait visiblement pris en compte ses arguments ? En avait-elle seulement envie ? L'idée était tentante…

— Et, avant que tu poses la question, tu seras parfaitement en sécurité, précisa-t-il.

— Je sais. À quoi pensais-tu, exactement ?

Il se leva et se passa la main sur la mâchoire. Sa barbe naissante lui donnait un air dangereusement sexy.

— Il y a un restaurant à Willow Creek, où on peut aussi danser, répondit-il. Ça te tente ?

— Ça a l'air sympa. Il faut s'habiller comment ?

— Rien de trop chic. Une jolie robe fera l'affaire.

Son enthousiasme fut douché.

— Je n'ai pas de robe, marmonna-t-elle. On peut peut-être aller ailleurs…

— Non. C'est exactement ce dont tu as besoin.

— Mais je n'ai pas de robe, répéta-t-elle, au comble du désespoir.

Maintenant qu'il lui avait mis cette idée en tête, tout le reste serait forcément moins bien.

Au lieu de répondre, il lui prit la main et l'entraîna dans la maison.

Intriguée, elle le suivit dans l'escalier, puis dans sa chambre.

— Ferme les yeux, dit-il.

— Pourquoi ?

— S'il te plaît. Fais-le.

Avec un soupir, elle s'exécuta.

— Ne triche pas.

— Bien sûr que non ! Je suis une femme d'honneur.

— Oui, je sais.

Il semblait si sérieux qu'elle aurait bien voulu voir son expression.

La porte de la vieille armoire craqua quand Jericho l'ouvrit, puis il y eut un bruit de froissement.

— Jericho, dit-elle, d'un ton plaintif. Qu'est-ce que tu fais ?

— Une seconde. Voilà ! Tu peux regarder.

Elle ouvrit les yeux.

— Oh ! C'est la robe de chez Hannah ?

Il souriait, manifestement très content de lui.

— Maintenant, tu as une robe.

— Je ne peux pas l'accepter.

— Pourquoi ?

— Parce que c'est trop.

Elle avait encore le prix de la robe en tête. S'il s'était agi de son propre argent, elle n'aurait pas hésité une seconde. Mais c'était celui de Jericho.

— C'est un cadeau, Camille. Je n'attends rien en retour.

— Mais…

— Je sais que tu en as envie.

Effectivement, elle avait complètement craqué pour ce modèle, et le voir à portée de main était une torture.

— Tu me vexerais si tu refusais, ajouta-t-il.

Elle était sur le point de plaisanter quand elle comprit qu'il était sincère. Il serait blessé si elle refusait son cadeau.

Son cœur fit un bond dans sa poitrine. Jericho se souciait vraiment d'elle.

— Merci, murmura-t-elle.

Il sourit.

— Ça me fait plaisir.

Jericho essuya la buée sur le miroir et se pencha, comme si son reflet pouvait lui expliquer pourquoi il avait invité Camille à sortir.

S'imaginait-elle que c'était une soirée en amoureux ?

Est-ce que ça l'était ?

Il apercevait une étincelle dans ses yeux, qu'il n'avait pas vue depuis longtemps. Le chagrin qui avait été son compagnon permanent pendant plus d'un an avait pris des vacances, semblait-il, et la boule douloureuse dans sa poitrine s'était évanouie. Il pouvait respirer à nouveau.

Et tout ça, c'était grâce à Camille.

Il ferma les yeux et songea au baiser qu'elle lui avait donné…

Le contact avait été bref, à peine ébauché, mais cela avait éveillé un incendie dans son corps. Il était attiré par elle. Quel homme ne le serait pas ? Elle était belle, sexy, désirable… Et il avait envie de lui faire l'amour.

Mais il ne le ferait pas.

Parce que l'attirance n'était pas de l'amour.

Le doux sentiment qui grandissait en lui n'était pas de l'amour. Il ne se l'autoriserait pas. Il ne méritait pas d'aimer ni d'être aimé en retour. Pas après ce qu'il avait laissé arriver à Jeanette.

Il rouvrit les yeux.

Camille avait raison. Jeanette ne voudrait pas qu'il soit triste et seul. Elle voudrait qu'il soit heureux et se laisse la possibilité de tomber de nouveau amoureux de quelqu'un.

Accepterait-elle que cette personne soit Camille, qui l'avait tellement blessée ?

La réponse lui vint en une fraction de seconde.

Jeanette n'y trouverait rien à redire. Elle avait toujours espéré que sa meilleure amie et lui feraient la paix.

Décidant qu'il s'était livré à suffisamment d'introspection pour tenir jusqu'à la fin de l'année, il se coiffa et s'habilla.

Vingt minutes plus tard, il faisait les cent pas, en attendant que Camille fasse son apparition. Quand il entendit ses pas dans l'escalier, il se retourna et resta bouche bée.

Elle était splendide. Le tissu soyeux au discret imprimé cachemire rouge, orange et ocre mettait merveilleusement en valeur sa peau hâlée, tandis que la coupe fluide soulignait ses courbes sans les mouler. Il remarqua aussi qu'elle portait les escarpins avec lesquels elle était arrivée.

— Désolée de t'avoir fait attendre.

Il balaya ses excuses d'un revers de main.

— Ça en valait la peine, dit-il.

— Merci.

Il lui prit la main, et ils marchèrent côte à côte jusqu'à la voiture, comme s'ils faisaient cela depuis des années.

Durant les quarante-cinq minutes de trajet, ils bavardèrent tranquillement, et ils arrivèrent au restaurant de très bonne humeur.

Après s'être garé, Jericho passa un bras autour de la taille de Camille et la guida vers l'entrée. Il semblait ne pas pouvoir s'empêcher de la toucher.

Il aurait voulu enfouir le visage dans son cou, respirer sa peau… Mais c'était trop tôt. Il voulait être sûr de ses sentiments. En attendant, il ne voulait pas envoyer à Camille des signaux pouvant prêter à confusion. Ce ne serait pas juste, et elle aurait raison de lui en vouloir.

L'hôtesse de salle les guida vers une table située devant une immense baie vitrée qui donnait sur un jardin. Les arbres taillés en boule s'ornaient de guirlandes lumineuses blanches, créant une atmosphère irréelle.

— Ça a l'air magique, murmura Camille. Je ne serais pas surprise que des fées se cachent dans ce jardin.

Une semaine plus tôt, Jericho aurait pensé qu'elle se moquait de la décoration, la jugeant enfantine et de mauvais goût. Aujourd'hui, il savait qu'une petite fille qui croyait aux fées se cachait sous le tailleur chic de la femme d'affaires.

C'était contradictoire et énigmatique, et il trouvait cela charmant.

Il décida d'entrer dans son jeu.

— Qui sait, il y a peut-être vraiment des fées dehors, qui attendent d'exaucer les vœux des petites filles.

— Seulement des petites filles ? Les fées ne défendent pas l'égalité des chances ?

— Non. Elles ne peuvent réaliser que les vœux de ceux qui croient en elles. Et les garçons ne croient pas aux fées.

— Comment le sais-tu ?

— Parce que j'en ai été un.

— D'accord. Toi, tu n'y croyais pas. Mais il y a peut-être des garçons qui y croient.

— Non. C'est contre le code.

— Il y a un Code des garçons ?

— Absolument.

— Avec des règles à respecter ?

— Oui.

— Lesquelles, par exemple ?

— Je ne rien dire. Les règles sont secrètes. Les partager est en infraction avec la règle n° 1.

— Je ne les répéterai à personne.

— Inutile d'insister.

— D'accord. Mais si les garçons ne croient pas aux fées, à quoi croient-ils ?

— Eh bien, puisque tu es une personne de confiance, je veux bien te mettre dans la confidence. Ils croient aux monstres, aux dragons, des choses de ce genre.

— Et aux princes pour les combattre ?

— Non. Les princes ne portent secours qu'aux filles. Les garçons n'ont pas besoin d'aide. Ils se débrouillent tout seuls.

— Tu sais, j'aimerais bien faire partie de ce club.

— Désolé, ce n'est que pour les garçons.

— Pourtant, je remplis les critères. Aucun prince ne m'a jamais porté secours, et je me suis toujours débrouillée toute seule.

Camille aurait voulu se gifler. Pourquoi avait-il fallu qu'elle dise ça ? C'était vrai, mais Jericho n'avait pas besoin de le savoir. À présent, il la regardait bizarrement, comme s'il avait pitié d'elle.

Bon sang ! Elle ne voulait pas dévoiler ses faiblesses. Et surtout pas à Jericho. Elle voulait qu'il voie le visage qu'elle offrait au monde : celui de la confiance, de l'ambition, voire de l'intransigeance.

Malheureusement, il s'obstinait à vouloir découvrir la vraie Camille. Celle qui ressentait les choses avec trop de sensibilité, et qui rêvait qu'un homme la protège et la chérisse.

Ils terminaient le dessert quand de la musique leur parvint de la pièce voisine. Quelques clients s'attardèrent à leur table, mais la plupart se levèrent pour aller danser.

Camille se mit à tapoter du bout des doigts sur la table. Cela faisait une éternité qu'elle n'avait pas dansé, et elle avait du mal à tenir en place.

Jericho paya l'addition, se leva et lui tendit la main.

Se rappelant l'électricité qui courait sous sa peau chaque fois qu'il la touchait, elle essaya de s'y préparer. Rien n'y fit. Des picotements parcoururent son bras, et elle sentit ses genoux vaciller.

Elle se demanda s'il ressentait la même chose. Mais après avoir observé son visage parfaitement calme, elle en conclut que… non.

Affichant un air détaché, elle le suivit dans la salle de danse. L'orchestre jouait un air endiablé, et elle claqua des doigts.

Moqueuse, elle adressa un clin d'œil à Jericho.

— J'espère que tu sais danser, mon petit campagnard.

— Il n'y a qu'un moyen de le savoir.

En quelques secondes elle sut qu'il n'avait pas à rougir de ses talents de danseur. Tandis qu'une danse succédait à une autre, elle gagna en décontraction et en insouciance. Le temps de cette parenthèse magique, elle oublia ses peurs et s'autorisa à profiter pleinement de ce qu'elle vivait.

Alors que la dernière chanson s'achevait, le batteur

exécuta un solo de trente secondes, qui fut relayé par une longue complainte du saxophone.

L'atmosphère changea, se fit plus intime, tandis que les lumières se tamisaient.

Les musiciens entamèrent *When a Man Loves a Woman*.

Jericho l'attira contre lui, et elle eut l'impression que tout disparaissait autour d'eux. Elle ne voyait plus que lui. Son odeur l'enveloppait, l'enivrait.

Elle ferma les yeux, rêvant de rester blottie dans ses bras pour l'éternité.

Tout en écoutant les paroles du célèbre slow, elle comprit que le problème n'était pas ce qui se passait quand un homme aimait une femme, mais plutôt quand une femme aimait un homme qui ne l'aimait pas en retour.

- 14 -

Jericho resserra les bras tandis que Camille cherchait à s'écarter. Même si les dernières notes de la chanson venaient de résonner, il n'était pas prêt à la laisser partir.

Évoluer avec elle au rythme de la musique lui avait procuré une paix qu'il n'avait pas connue depuis une éternité.

Un autre morceau débuta, et elle se laissa à nouveau entraîner dans la danse.

Pendant longtemps, il avait pensé qu'une partie de son âme s'était déchirée quand il avait perdu Jeanette. À présent, son âme semblait cicatrisée.

Certes, ce ne serait plus pareil. Camille ne serait jamais Jeanette. Ce n'était pas un problème. Il pouvait l'aimer autant, mais d'une façon différente.

Quoi ? Venait-il vraiment de penser qu'il pouvait *aimer* Camille ?

Ce n'était pas possible. Elle n'était pas une femme pour lui. Ils n'avaient rien en commun. En plus, elle était égoïste et obsédée par l'argent et le statut social.

Non, ce n'était pas juste de penser cela. Il y a cinq ans, elle correspondait peut-être à cette description, mais ce n'était plus le cas. Elle était chaleureuse et attentionnée. Il suffisait de voir comment elle avait pris soin des trois enfants. Elle avait le sens de l'humour. Et elle était courageuse. Il admirait la façon dont elle gérait sa situation. La pression de se savoir prise pour cible par des tueurs en aurait fait craquer plus d'une. Elle avait du cran.

Il réalisa qu'elle s'écartait et la rattrapa.

— Attends, s'il te plaît.

Il y avait suffisamment d'éclairage dans la salle pour qu'il voie les ombres dans ses yeux.

Il ne lui en voulait pas de se méfier de lui. Son comportement avait été totalement instable. Mais comment aurait-il pu expliquer ce qu'il ne comprenait pas lui-même ?

— Encore une danse ? proposa-t-il.

Après une légère hésitation, Camille se serra à nouveau contre lui.

L'orchestre termina la chanson et annonça une pause d'un quart d'heure.

Camille étouffa un bâillement.

— Fatiguée ?

— Non.

Elle bâilla à nouveau.

Il haussa un sourcil.

— D'accord. J'ai sommeil, reconnut-elle avec un petit rire. Je n'en reviens pas. Il est à peine 23 heures. Qui se couche aussi tôt un samedi soir ?

— Ceux qui se lèvent à l'aube. On va se coucher, alors ?

Elle écarquilla les yeux, puis rit de nouveau.

Il n'avait pas voulu faire de sous-entendu, mais il ne se corrigea pas. Il n'aurait sans doute fait que s'enfoncer.

— Tu as raison, dit-elle. Il vaut mieux rentrer.

Il lui prit la main, et ils se frayèrent un passage dans la foule, jusqu'à la sortie.

— Je ne me souviens pas m'être autant amusée, fit-elle

remarquer. Je sais que tu aurais préféré passer une soirée tranquille, et je t'en suis d'autant plus reconnaissante.

— Je ne l'ai pas fait uniquement pour toi. J'ai pris plaisir à cette sortie aussi.

Il avait passé tellement de temps à se lamenter sur ce qu'il avait perdu, qu'il avait oublié ce qu'il avait encore.

Il lui restait encore beaucoup de choses à vivre. À condition qu'il soit ouvert à toutes les possibilités.

Le trajet du retour se fit en silence. Une subtile tension sensuelle flottait entre eux. Camille avait une conscience aiguë de chaque battement de son cœur, de la course du sang dans ses veines.

Elle s'était sentie si bien dans les bras de Jericho pendant qu'ils dansaient… Elle avait l'impression d'être en sécurité, protégée, comme si rien de mal ne pouvait lui arriver quand il était là.

Et au-delà de ça, il lui semblait que sa place était dans les bras de Jericho. N'était-ce pas ridicule ? Sa place était à New York. Qui plus est, il aimait toujours Jeanette.

Malheureusement, ce que lui dictait sa raison ne changeait pas ce que son cœur rebelle ressentait. Alors que ce constat aurait dû doucher ses ardeurs, comme l'eau éteint le feu, ce n'était pas le cas. Elle était toujours attirée par Jericho.

— Un petit verre avant d'aller dormir ? proposa-t-il alors qu'ils arrivaient à la maison.

Une femme sensée aurait refusé sans hésiter. Mais le sourire de Jericho était si charmant qu'elle n'eut pas le courage de lui dire non. De toute façon, vu que son attirance n'était pas partagée, il ne se passerait rien.

— Pourquoi pas ? Qu'est-ce que tu as à me proposer ?

Le sourire de Jericho se transforma en moue piteuse.

— Pas grand-chose, je le crains, répondit-il. Je ne bois pas vraiment d'alcool.

— Tant pis. Je prendrai un verre de thé glacé. Ou plutôt, non. Un chocolat chaud.

— À cette période de l'année ?

— Le chocolat, ce n'est pas uniquement pour les soirées froides et enneigées. Crois-moi, le chocolat, c'est toujours un bon choix.

— Si tu le dis. Je crois quand même que je vais m'en tenir à une limonade.

Ils s'installèrent sur la terrasse avec leurs boissons, et Camille sirota son chocolat chaud agrémenté de crème fouettée, tout en se balançant dans le rocking-chair.

— La nuit est tellement paisible, murmura-t-elle.

— C'est vrai.

Ses longues jambes étendues devant lui, les chevilles croisées, Jericho était l'incarnation même de la décontraction.

Soudain, elle eut envie de tout savoir de lui. Il lui avait raconté certaines choses, mais pas assez pour satisfaire sa curiosité.

— C'était comment de grandir dans un ranch ? demanda-t-elle.

— Formidable.

— Tu faisais quoi pour t'amuser ?

— Plein de choses. J'avais trois bons copains. Nous passions tout notre temps libre ensemble, à nager, à pêcher, à monter à cheval… Billy faisait du rodéo, et nous parcourions le pays pour le voir concourir.

— Tu les vois toujours ?

Il secoua la tête, et la tristesse sembla l'envelopper.

— Billy s'est engagé dans l'armé après le lycée. Il a

été tué en Irak, il y a six ans. Tony est allé à l'université de Californie et vit à Los Angeles. Il avait l'habitude de venir deux fois par an pour voir ses parents, mais ils ont déménagé à Hilton-Head, il y a trois ans. Depuis, je ne l'ai pas revu.

— Et le troisième ? demanda-t-elle, comme il gardait le silence.

— Aucune idée. Un soir, Donovan est allé en ville acheter un pack de bière. Il n'est jamais revenu. Personne n'a plus jamais entendu parler de lui.

— Ça alors ! Ça remonte à quand ?

— Huit ans.

— Eh bien !

— Comme tu dis.

— Quelqu'un l'a recherché ?

— Tout le monde s'y est mis. Ceux qui avaient une voiture ont arpenté les routes qu'il aurait pu emprunter. Ses parents ont posé des affichettes partout, fait passer des messages à la radio. Billy était en permission, et lui, Tony et moi sommes allés tous les jours de ville en ville. Personne ne l'avait vu. C'était comme s'il avait disparu de la surface de la terre. La police a fini par classer l'affaire, en concluant à une disparition volontaire. Les gens ont repris le cours de leur vie. Même ses parents ont cessé de croire qu'il reviendrait.

— Oh ! Mince ! s'exclama-t-elle, en enfouissant le visage dans ses mains.

— Quoi ?

— En t'écoutant, j'ai réalisé ce que ma famille était en train de vivre. Ils doivent se faire un sang d'encre… Ils ne savent pas où je suis. Je me suis rendue à mon travail un jour, et j'ai disparu. Comme ton ami. Comment j'ai pu leur faire ça ?

Son fauteuil s'immobilisa. Elle releva la tête. Jericho était accroupi devant elle.

— Tu ne l'as pas fait délibérément, Camille. C'était une question de vie ou de mort.

— Je sais, mais je suis inquiète. Mes parents sont peut-être un peu froids, mais ils m'aiment à leur façon.

— Bien sûr. Et ils comprendront tout quand tu leur expliqueras.

Elle reprit son souffle et se calma peu à peu.

— Tu as raison, dit-elle. J'avais seulement besoin que l'on me confirme que j'avais fait le bon choix.

Jericho lui pressa doucement les mains.

— Aie confiance. Tout va s'arranger.

— Je ne sais pas quoi dire.

— Alors ne dis rien.

Il plongea son regard dans le sien, et l'intensité qu'elle y lut la déconcerta. Puis elle vit monter une flamme étrange des profondeurs de ses yeux. Alors, comme la lumière du jour inonde une pièce obscure, elle prit conscience du désir qu'il éprouvait pour elle en cet instant.

Approchant le visage, il pressa les lèvres sur les siennes. Le contact fut bref, comme s'il voulait tester sa réaction.

Le temps s'arrêta pendant que leurs souffles se mêlaient, comme s'ils faisaient connaissance.

Jericho posa une main sur sa joue. Hypnotisée, elle attendit qu'il l'embrasse vraiment.

Son baiser, d'abord tendre, ne tarda pas à s'embraser.

Nouant les bras autour de la nuque de Jericho, elle ferma les yeux et y répondit avec une ardeur qu'elle ne se connaissait pas. L'étreinte était passionnée, d'une sensualité qui la faisait vibrer de plaisir.

Bientôt, elle prit conscience qu'il mettait lentement fin à leur baiser, et ouvrit les yeux à regret. Il posa le front sur le sien. Ils avaient tous les deux le souffle court.

— Eh bien ! dit-elle.

— Oui.

Il se redressa et se passa une main tremblante sur le visage.

— Ça va vite, ajouta-t-il.

Elle se releva à son tour.

— C'est ce que je veux. Et toi ?

Il resta silencieux.

Quelle idiote ! Bien sûr que non, ce n'était pas ce qu'il voulait ! Il aimait encore Jeanette. Elle, elle n'était qu'un substitut.

Elle tourna les talons pour s'enfuir.

Jericho la retint par le bras.

— Attends ! J'ai envie de toi, Camille. N'en doute jamais. Tu es une femme belle et désirable. Seulement...

Il se tut.

— Seulement quoi ?

Elle avait besoin de l'entendre lui annoncer son rejet pour ne plus jamais refaire la même erreur.

— Il n'y a pas eu d'autre femme depuis Jeanette. Je n'y ai même jamais songé.

— Je comprends.

— Tu es sûre ? Parce que je n'en ai pas l'impression.

Il soupira et laissa retomber la main.

— Je ne sais pas ce qui se passe entre nous, Camille. Pour être tout à fait honnête, j'ai un peu peur de le découvrir.

— Parce que ton cœur n'est pas de la partie.

Il se tourna et observa l'obscurité. Un long silence s'écoula avant qu'il reprenne la parole :

— Je rêve de te soulever dans mes bras, de t'emmener à l'étage et de te faire l'amour. Seulement ce ne serait pas juste pour toi. Pas maintenant.

— Merci de ton honnêteté.

Elle commença à se diriger vers la porte. Cette fois, il ne la retint pas.

Rassemblant ce qui lui restait de dignité, elle parvint à regagner sa chambre sans craquer.

Elle ne savait pas pourquoi elle était aussi perturbée. Elle n'était pourtant pas amoureuse de lui… Oui, elle l'appréciait et l'admirait. Et alors ? Il devait y avoir un tas d'hommes pour qui elle pourrait éprouver ce genre de sentiments. Elle ne les avait tout simplement pas encore rencontrés.

Jericho vivait dans un ranch, bon sang ! Sa vie à elle était à New York.

Pourrait-elle vraiment être heureuse au milieu de nulle part ?

Oui.

Elle ordonna brutalement à la petite voix dans sa tête de se taire. Sans succès.

Oui, elle pourrait être heureuse ici. Elle n'avait pas besoin de gagner des mille et des cents pour avoir de la valeur.

Il se trouvait simplement qu'elle n'avait pas de valeur aux yeux de Jericho.

- 15 -

— Je vais être absent une partie de la journée, annonça Jericho. Je dois vérifier des clôtures. Ne t'inquiète pas si je ne suis pas là pour dîner. D'accord ?

Il évitait soigneusement de regarder Camille. Elle n'avait pas dit un mot pendant le petit déjeuner, et avait passé plus de temps à déplacer la nourriture sur le bord de son assiette qu'à manger.

Il n'avait pas de mal à deviner qu'elle était triste. Les rares fois où leurs yeux s'étaient croisés, il y avait vu une douleur qu'elle ne parvenait pas à masquer.

La honte le rongeait. Son esprit rationnel comprenait que Jeanette était partie pour toujours, et qu'il n'y avait rien de mal à aller de l'avant. Mais son cœur, qui l'avait aimée si éperdument, ne lui avait pas encore fait ses adieux ; il ne voulait pas les lui faire.

Et pourtant, sa tête était emplie de Camille. Ses sourires, son rire. Les courbes de son corps contre le sien, la veille au soir… Il l'avait tellement désirée…

Il devait trouver un moyen pour que son cœur et sa tête s'accordent. Et pour ce faire, il avait besoin de prendre ses distances.

L'écurie n'était pas assez éloignée pour briser le sort que Camille lui avait jeté. Il pourrait résister pendant quelques heures… et céderait inévitablement au chant des sirènes pour aller la retrouver.

Jamais il ne parviendrait à faire le tri dans ses pensées si elle était dans les parages. Peut-être qu'une journée entière aux confins de sa propriété y mettrait bon ordre.

— Pas de problème, répondit-elle.

Elle se leva et alla déposer son assiette dans l'évier.

— Passe une bonne journée, ajouta-t-elle.

Jericho fixa son dos crispé, en sachant qu'elle ne souhaitait pas qu'il voie son visage. Sans doute les larmes qu'il avait vues briller dans ses yeux roulaient-elles maintenant sur ses joues.

Il brûlait d'envie de la prendre dans ses bras et de lui promettre que tout se passerait bien. Mais il savait que ce serait une erreur. Alors il rassembla les sandwichs qu'il avait préparés la veille, remplit sa bouteille thermos de café et quitta la cuisine.

La journée était ensoleillée, et une légère brise soufflait, charriant des odeurs d'herbe fraîche et agitant les feuilles des arbres.

Tandis qu'il roulait, traversant ces paysages familiers qu'il aimait tant, des images heureuses de son passé lui traversèrent l'esprit.

Étrangement, ces souvenirs ne lui causèrent aucun chagrin. Au contraire, ils étaient auréolés d'une chaude lumière dorée qui le réconforta.

Arrivé à destination, il coupa le contact et resta assis au volant. Même s'il s'était dit qu'il irait vérifier les clôtures, il savait au fond de lui qu'il se retrouverait ici.

Le cœur battant la chamade, il contemplait la clairière que Jeanette aimait tant. Elle l'appelait son petit paradis.

C'était la première fois qu'il revenait ici depuis sa mort.

Il savait qu'il n'aurait pas le courage de revoir l'arbre où ils avaient gravé leurs initiales, le premier jour où il l'avait conduite ici après leur mariage. Il ne voulait pas non plus entendre les grenouilles coasser dans la mare, et se rappeler que Jeanette prétendait qu'il s'agissait de princes charmants attendant que des jeunes filles viennent les embrasser.

Aujourd'hui, il se força à marcher jusqu'au saule pleureur à l'ombre duquel Jeanette aimait s'asseoir pour lire des romans d'amour. Ils y avaient souvent apporté une couverture et des sandwichs pour profiter d'un après-midi de détente. Là, ils avaient parlé et ri. Et ils avaient fait l'amour.

Il s'assit, s'appuya contre le tronc, et laissa les souvenirs affluer.

Il s'attendait que son cœur saigne, mais il ne se rappela que la joie.

Il ne pouvait pas modifier le passé et faire que Jeanette soit toujours en vie. Mais il savait qu'il l'avait rendue heureuse. Il avait été un bon mari. Il l'avait aimée de tout son cœur et de toute son âme, et le lui avait montré à chaque instant.

Il n'avait peut-être pas passé autant de temps qu'il le voulait avec elle, mais cela avait été la plus belle période de sa vie.

Maintenant, il devait faire un choix. Soit il restait prisonnier de son deuil à jamais, soit il saisissait la vie à bras-le-corps et s'autorisait à être de nouveau heureux.

La réponse lui vint immédiatement.

Il était prêt à revivre.

La culpabilité et la peur qui verrouillaient son cœur s'étaient envolées, laissant place à un espoir encore fragile mais prêt à s'épanouir.

Il voulait aimer et être aimé. Il voulait Camille.

D'un dernier regard, il embrassa la paisible clairière et murmura :

— Adieu, Jeanette.

Il savait qu'elle était là, quelque part, heureuse qu'il ait finalement dépassé son deuil.

Camille tira sur la mauvaise herbe récalcitrante nichée entre deux fleurs roses, et l'ajouta à la pile grandissante des indésirables.

Cela faisait trois heures qu'elle s'était attaquée aux parterres entourant la piscine, passant sa colère sur les mauvaises herbes. Pouvait-on lui en vouloir si elle y mettait plus de force qu'il n'était nécessaire ?

Un bruit de moteur lui fit lever la tête, et elle fut surprise que Jericho soit déjà de retour. Il était à peine midi. Il l'avait pourtant prévenue qu'il rentrerait tard.

Il avait aussi exprimé clairement son désir de mettre de la distance entre eux, aussi bien physiquement qu'émotionnellement, et de retrouver la relation qu'ils avaient avant la soirée de la veille. Avant qu'elle s'humilie en lui faisant comprendre qu'elle avait envie de faire l'amour avec lui. Il l'avait repoussée, et cela lui avait fait un mal de chien. Elle avait eu l'impression d'être balancée du haut de l'Empire State Building. Son cœur s'était brisé, et elle n'était pas certaine d'avoir réussi à en recoller tous les morceaux.

— Je dois te parler, dit Jericho d'un ton bourru.

— Tu es le seul homme que je connaisse qui aime parler, rétorqua-t-elle, ironique.

— Retrouve-moi dans le salon.

Une boule d'angoisse lui noua l'estomac, et son imagination s'emballa. La conversation ne serait sans doute pas agréable. Il était trop sérieux pour ça.

Il allait probablement lui dire qu'il ne pouvait pas

obliger son cœur à lui faire une place. Bien sûr, il n'utiliserait pas ces mots-là. Les hommes ne parlaient pas de cette façon. Mais le résultat serait le même

Pas particulièrement pressée d'être confrontée à ce verdict, elle prit son temps pour rassembler son courage. Elle se lava les mains avec minutie, nettoyant la terre incrustée sous ses ongles. Puis elle se passa de la lotion sur le visage, et grimaça en constatant comme le coton était sale et à quel point sa peau brillait de transpiration. Finalement, elle ôta l'élastique qui retenait ses cheveux en une queue-de-cheval brouillonne et les brossa longuement. Constatant que son T-shirt n'était pas très net, elle décida de se changer.

Lorsqu'elle entra dans le salon, Jericho regardait dehors, les mains croisées dans le dos.

Il se tourna en l'entendant entrer, lui sourit, et lui proposa un verre de limonade.

Elle l'accepta avec plaisir.

— Tu veux t'asseoir dehors ou tu as suffisamment pris le soleil pour aujourd'hui ? lui demanda-t-il.

— On ne prend jamais trop de soleil. J'aime être dehors.

— Moi aussi, répondit-il, tandis qu'ils sortaient sur la terrasse.

Négligeant les fauteuils, elle alla s'asseoir sur les marches, et but une gorgée de limonade.

Jéricho s'assit à côté d'elle, plus près qu'elle ne s'y attendait.

Elle attendit patiemment. Risquant un coup d'œil dans sa direction, elle constata qu'il était calme et détendu.

— Je me suis replongé dans le passé, dit-il.

— Ah ?

Il la regarda, manifestement surpris ; il semblait

attendre une autre réponse. Seulement elle ne voyait pas ce qu'elle aurait bien pu dire. Elle opta pour la neutralité.

— C'était bien ?

— Étonnamment, oui. Je suis allé à l'endroit préféré de Jeanette. Jusqu'à présent, j'avais évité de passer par là. Je pensais que ce serait trop douloureux. Mais je me trompais.

— Ah bon ?

— Je n'ai pas ressenti de chagrin. Je me suis seulement rappelé tous nos bons moments. Nous avons eu une belle vie.

De plus en plus étonnée par le tour que prenait la conversation, elle se contenta de hocher la tête. Apparemment, Jericho en fut satisfait.

— Mais tout cela appartient au passé, dit-il. J'ai mis du temps à le réaliser, et si j'y suis parvenu, c'est grâce à toi.

— Moi ?

Elle sentit son cœur s'emballer.

Jericho lui sourit et se rapprocha.

— Oui. J'ai passé plus d'un an à vivre comme un somnambule. Tu es arrivée, et tu m'as réveillé.

— Moi ?

Pourquoi elle se répétait, comme ça ? Et depuis quand elle parlait avec une petite voix étranglée ?

— Oui. Toi.

Il lui prit la main.

Même si sa paume était calleuse, son geste était doux. Réconfortant.

Elle se mit en garde contre un excès d'espoir. Ce n'était pas parce que Jericho avait accepté que Jeanette fût partie pour de bon qu'il allait subitement tomber amoureux d'elle.

— Camille…

Il eut un sourire embarrassé et secoua la tête.

— Je ne t'ai pas vue venir, dit-il.

— Je sais. J'ai débarqué à l'improviste, et je t'ai forcé la main pour que tu m'héberges.

Il rit.

— Ce n'est pas ce que je voulais dire.

Elle lui jeta un regard en coin, et son cœur, cet idiot, se mit à rêver en dépit du fait que ce même homme l'avait piétiné pas plus tard que la veille.

— Que voulais-tu dire, alors ?

— Que je ne m'attendais pas à avoir des sentiments pour toi, répondit-il.

À nouveau, il secoua la tête.

— Je m'embrouille, marmonna-t-il. Je gâche tout.

— Non, tu t'en sors très bien.

Elle ne voulait pas qu'il s'arrête en si bon chemin alors qu'il s'apprêtait à dire quelque chose qu'elle avait vraiment envie d'entendre !

Il se passa une main sur le visage et soupira.

— Je tiens à toi, Camille. Je ne me soucie pas seulement de ta sécurité, mais de la personne que tu es.

— Vraiment ?

— Vraiment. Ça te va ?

Avait-il besoin de poser la question ?

— Oui.

— Bien.

Il se pencha vers elle et effleura ses lèvres.

C'était un baiser d'une légèreté incroyable, comme la caresse d'une aile de papillon.

Il ne dura pas plus de deux secondes, mais son impact fut immense. Des milliers d'étoiles étincelèrent derrière ses paupières closes, en un tourbillon de couleurs, tandis qu'une douce chaleur se propageait dans tout son corps.

Si un tout petit baiser, doux et respectueux, lui faisait tourner la tête de cette façon, que ressentirait-elle quand ils partageraient une étreinte véritablement passionnée ?

- 16 -

Le corps délicat de Camille pressé contre le sien lui donnait un avant-goût du paradis, et il faisait tout ce qu'il pouvait pour ne pas céder au désir qui faisait rage en lui.

Elle gémit doucement, se serra plus étroitement contre lui, et murmura son prénom.

Incapable de se retenir plus longtemps, il donna un tour plus passionné à leur baiser. Elle lui répondit avec la même ferveur, ouvrant la bouche pour mieux accueillir la caresse de sa langue.

Interrompant leur étreinte, il lui tendit la main. Elle la prit aussitôt.

Ni l'un ni l'autre ne dit un mot tandis qu'ils traversaient la maison et montaient l'escalier.

Lorsqu'ils arrivèrent devant la porte de sa chambre, Jericho hésita. Il ne pouvait pas s'attendre que Camille se sente à l'aise dans cette pièce, dans ce lit qu'il avait partagé avec Jeanette.

Elle méritait un endroit qui ne soit pas chargé de souvenirs.

Il la guida vers la chambre qu'elle occupait, ne s'arrêtant qu'au pied du lit pour échanger avec elle un baiser brûlant. Sans rompre son étreinte, il s'assit et l'attira sur ses genoux.

Camille soupira et se blottit plus étroitement contre Jericho, savourant la pression de son torse puissant contre ses seins. Sa chaleur l'enveloppait, lui inspirant un désir d'une intensité encore jamais éprouvée.

— Je veux plus que ça, dit-elle.

— Moi aussi, murmura Jericho contre ses lèvres.

Enhardie, elle défit le premier bouton de sa chemise. Puis le deuxième. Et le troisième. En tirant les pans hors de la ceinture de son pantalon, elle acheva de la déboutonner, et fit courir les mains sur le torse de Jericho.

Il reprit bruyamment son souffle.

— Je te fais la même chose ? demanda-t-il en libérant rapidement ses poignets des manches.

Elle sourit et désigna son T-shirt.

— Pas de boutons.

— Peut-être, mais tu le portes encore sur toi.

Avec une moue malicieuse, elle prit le bas de son T-shirt et commença lentement à le lever.

— Tu vas me faire mourir, gémit-il.

Elle fit passer le T-shirt par-dessus sa tête, à la fois intimidée par la brûlure des yeux de Jericho et animée par une étrange fierté teintée de défi. Il y avait quelque chose de tellement grisant à susciter le désir d'un homme, comme une sorte de pouvoir magique.

— De belles choses arrivent à ceux qui savent être patients, dit-elle, moqueuse, faisant glisser son short sur ses cuisses.

Un soupir rauque roula dans la poitrine de Jericho, tandis qu'il l'attirait à nouveau dans ses bras.

— Tu es tellement belle…, murmura-t-il.

Puis ses lèvres capturèrent les siennes, éveillant en elle des sensations si merveilleuses qu'elle se demanda si elle ne rêvait pas.

La joue posée contre le torse de Jericho, Camille écouta les battements de son cœur reprendre un rythme normal et sa respiration s'apaiser.

Elle venait de faire l'amour avec Jericho Jones.

La confiance qu'elle avait ressentie quelques instants plus tôt disparut, laissant place à un sentiment de vulnérabilité.

Intimidée soudain, consciente de sa nudité, elle essaya de remonter le drap sur elle. Jericho était couché dessus, et elle tira de toutes ses forces.

— Qu'est-ce que tu fais ? demanda-t-il.

— J'essaye de me mettre sous le drap.

Elle fit une nouvelle tentative, mais comprit qu'elle n'arriverait à rien sans l'aide de Jericho. Et il ne semblait pas décidé à bouger.

— Tu as froid ? Je pourrais te réchauffer…, proposa-t-il d'une voix enjôleuse.

Il lui passa la main dans le dos, lui rappelant comment elle s'était épanouie sous ses caresses quelques minutes auparavant. Elle avait commencé à se sentir mal à l'aise quand son esprit s'était emballé et que les doutes avaient commencé à l'assaillir.

Elle aurait pu mentir, mais ne le fit pas.

— Pas vraiment. Je me sens seulement un peu trop… exposée.

Aussitôt il libéra le drap et le remonta sur ses seins, se couvrant lui-même jusqu'à la taille.

— C'est mieux ?

— Beaucoup mieux. Merci.

Elle replia l'avant-bras sur ses yeux.

— Tu dois me prendre pour une folle.

— Pas du tout.

Il lui passa un bras autour de la taille, et elle se blottit contre lui.

Du bout des doigts, il se mit à dessiner de petits cercles sur son épaule.

— Tu te sens vulnérable, mais tu n'as pas à t'inquiéter, lui assura-t-il. Tu es en sécurité avec moi.

— Je sais.

En tout cas, la part de son cerveau qui ne bataillait pas avec les doutes le savait.

Consciente que Jericho ne lui ferait jamais de mal délibérément, elle décida de profiter de l'instant présent, plutôt que de s'inventer des problèmes qui n'existaient pas.

— Tu as faim ? demanda-t-il.

Son estomac gronda.

— J'ai besoin d'en dire plus ?

Il rit, puis déposa un baiser sur le bout de son nez.

— Je te laisse t'habiller. Retrouve-moi dans la cuisine.

Il rassembla ses vêtements et disparut en une poignée de secondes.

Elle enfouit le visage dans l'oreiller où il avait posé la tête et inspira profondément, s'enivrant de son odeur virile.

Puis elle se leva d'un bond et enfila ses vêtements en un temps record.

Aussi fou que cela paraisse, Jericho lui manquait déjà.

Lorsqu'elle entra dans la cuisine, il inspectait le réfrigérateur.

— Qu'est-ce qu'on se fait ? demanda-t-il.

— Des sandwichs ?

Elle n'avait pas envie de perdre du temps à cuisiner alors qu'ils auraient pu le passer au lit. Elle avait seulement besoin de se restaurer pour récupérer un peu d'énergie.

— Bonne idée.

Ils préparèrent des sandwichs au gruyère et réchauffèrent une boîte de soupe à la tomate. Jericho avait allumé la radio, et une musique douce apportait une note de romantisme des plus agréables.

Camille était concentrée sur Jericho, et flottait toujours sur un petit nuage quand un flash spécial interrompit le programme : « Dans ce qui est considéré comme la plus vaste affaire de blanchiment d'argent du pays, trois banquiers d'affaires et deux agents fédéraux ont été arrêtés à New York. Donald Wilcox, Henry Johnstone et Gerald Bellamy, de Wilcox, Jones et Kirk, ont été appréhendés à leur bureau en fin de soirée et placés en garde à vue. »

Camille lâcha sa cuillère qui tomba par terre en projetant des gouttes de soupe que Shadow s'empressa de lécher.

Tremblante, elle regarda Jericho, qui semblait lui aussi sous le choc.

— C'est vraiment fini, tu crois ? murmura-t-elle.

Jericho posa son sandwich à peine entamé dans son assiette.

— Je vais allumer l'ordinateur. Nous trouverons sûrement plus d'informations en ligne.

Dans un état second, Camille lui emboîta le pas.

Ce cauchemar était-il vraiment terminé ? Et son travail ? Pouvait-elle le reprendre ? En avait-elle envie ?

Et Jericho, dans tout ça ? Ils venaient d'entamer une relation. Mais était-ce vraiment une relation ? Il n'avait pas dit qu'il l'aimait. Seulement qu'il tenait à elle. Avaient-ils un avenir ensemble ?

Elle bloqua toutes ces pensées avant d'avoir mal à la tête. Elle n'avait pas les réponses, de toute façon.

— J'ai trouvé quelque chose ! s'exclama Jericho,

avant de tourner l'ordinateur vers elle pour qu'elle puisse lire l'article.

Les premiers paragraphes donnaient la même information que le bulletin à la radio. Camille sentit sa frustration s'amplifier. Elle avait besoin d'informations sur les tueurs qui lui couraient après ! Or, il n'en était pas fait mention.

Mais ce qu'elle lut ensuite lui fit un coup au cœur. Un agent du FBI avait été assassiné, un autre blessé par balle, et l'accident de l'agent Delgado était maintenant lié à l'enquête. Ce dernier avait été grièvement blessé et se trouvait toujours dans le coma.

— Je ne sais plus quoi penser, murmura-t-elle. Est-ce que je suis en sécurité ou toujours en danger ?

— Tu n'as personne à contacter ? Un autre agent que Delgado aurait pu mentionner comme étant de confiance ?

— Non.

— Dans ce cas, je pense qu'il est temps de faire appel à Trent. Il pourra sans doute obtenir des informations auxquelles nous n'avons pas accès.

Elle n'hésita pas, cette fois.

Jericho composa le numéro de son ami et mit le téléphone sur haut-parleur.

Camille se mordilla la lèvre tandis que les sonneries s'égrenaient.

— Chef Knight.

— Trent, c'est Jericho. Tu as une minute ?

— Bien sûr. Que se passe-t-il ?

— J'ai mis le haut-parleur pour que Camille puisse entendre. Je ne sais pas si tu as suivi les informations à propos du blanchiment d'argent à New York et de l'arrestation d'agents du FBI.

— Oui.

— Camille travaille pour cette banque.

Il lui expliqua la situation dans les grandes lignes.

— Bien, je vais voir ce que je peux faire, répondit Trent. Surtout que Camille ne quitte pas le ranch et ne prenne contact avec personne avant que je vous rappelle. Mieux vaut être prudent tant que je n'ai pas d'infos sûres.

— Je crois que je vais devenir folle, à attendre comme ça, gémit Camille.

Elle faisait les cent pas devant la fenêtre du salon. Plusieurs heures s'étaient écoulées, et ils n'avaient toujours pas de nouvelle de Trent.

— C'est normal que ça prenne du temps, la rassura Jericho.

— C'est insupportable !

Il s'assit sur le canapé et tapota le coussin à côté de lui.

— Viens ici.

Elle soupira et le rejoignit. Il passa un bras autour de ses épaules et l'attira contre lui. Elle nicha le visage au creux de son cou et ferma les yeux.

L'attente risquait de durer encore, mais elle la supporterait mieux dans les bras de Jericho.

Le téléphone sonna, et elle bondit. Elle tendit la main en même temps que Jericho. Il l'attrapa le premier, décrocha, et mit le haut-parleur.

— J'ai réussi à parler à l'agent en charge de l'enquête, annonça Trent. Ils sont ravis d'apprendre que Camille va bien et veulent sa déposition aussi vite que possible.

— Et les tueurs ? demanda Jericho. Est-ce qu'elle risque encore quelque chose ?

— J'allais y venir. Wilcox a reconnu qu'il avait

engagé quelqu'un pour se débarrasser d'elle, seulement il ignorait qu'il avait affaire à un agent infiltré. Le FBI est sûr que toutes les personnes impliquées ont été arrêtées et qu'il n'y a plus aucun danger pour Camille. Elle peut rentrer chez elle quand elle veut.

Jericho remercia Trent, et Camille marmonna quelques mots dont elle espérait qu'ils avaient du sens.

Affalée sur le canapé, elle balbutia :

— C'est fini. C'est enfin fini.

Puis elle rit nerveusement.

— Je suis libre, Jericho ! Je suis libre. Je peux enfin rentrer chez moi.

Le visage fermé, Jericho lui tendit le téléphone.

— Je te laisse appeler ta famille.

- 17 -

Perdu dans ses pensées, Jericho était assis dans le noir. Incapable de dormir, il n'avait cessé de se retourner dans son lit, avant de descendre à la cuisine. Il n'avait jamais souffert d'insomnie, avant l'arrivée de Camille.

Quand était-il tombé amoureux d'elle ? Et pourquoi ? Maintenant, il était confronté à la perspective de la perdre.

D'ailleurs, il l'avait déjà perdue. Elle allait rentrer à New York. Tout ce qu'il lui resterait, ce serait le chagrin.

— Tu n'arrives pas à dormir, toi non plus ?

La voix douce venait de derrière lui, et il se retourna, se demandant s'il avait fait apparaître Camille par la simple force de sa pensée.

— Que fais-tu debout à cette heure ? demanda-t-il.

— Je suis trop nerveuse pour dormir. Je ne peux pas empêcher mon esprit de galoper. J'aimerais qu'il existe un interrupteur pour l'éteindre.

— Tu dois être ravie de pouvoir rentrer chez toi.

Elle haussa les épaules, et il espéra que c'était le signe d'une indécision, d'un déchirement à l'idée de le quitter.

— C'est bon de ne plus se sentir en danger, dit-elle.

— J'imagine.

— Je voulais te parler de mon départ.

Elle eut un sourire hésitant, comme si elle était soudain intimidée.

Il ne voyait pas pourquoi. Elle avait sa propre voiture,

et pouvait partir quand elle voulait. Il l'avait sortie de la grange, pendant qu'elle téléphonait à sa famille. Il était même allé faire le plein à la station-service la plus proche. Il avait détesté faire cela, mais il voulait qu'elle soit en sécurité et à l'aise.

— Vas-y, envoie, dit-il d'un ton plus brusque qu'il l'aurait souhaité.

Au lieu de répondre, elle s'assit à la table, sur ce qu'il considérait maintenant comme « sa » chaise.

— Je dois rester deux jours de plus, annonça-t-elle.

— Pourquoi ?

Une nouvelle fois il avait parlé d'un ton agressif, et il le regretta aussitôt en voyant une lueur d'incompréhension et de tristesse traverser le regard de Camille.

— J'ai dû paraître vulnérable, au téléphone, car Rodney a insisté pour prendre un avion et venir me chercher, répondit-elle. Le premier vol disponible qu'il a trouvé n'est que dans deux jours.

Elle se tordit les mains avant d'ajouter, d'une petite voix :

— J'espère que cela ne t'ennuie pas. Rien de ce que j'ai pu dire ne l'a dissuadé de venir.

Jericho essaya de se rappeler le frère de Camille. Il fut incapable de visualiser l'homme qui avait été fiancé avec Jeanette. Il était fort probable que Rodney le déteste, mais mettre ses sentiments de côté pour aider sa sœur méritait le respect.

— Pas de problème, dit-il. Je ne m'attendais pas que tu partes tout de suite. Tu peux rester aussi longtemps que tu voudras.

— Vraiment ?

— Oui. Et maintenant, tu devrais te reposer. Le matin va arriver avant que tu t'en rendes compte.

Elle lui tendit la main.

— Tu as besoin de dormir aussi. Peut-être que nous pourrions nous aider l'un l'autre…

Il avait envie de prendre sa main, et tout ce qu'elle lui offrait, mais il ne le ferait pas.

— Ce n'est pas une bonne idée, répondit-il.

Elle ne se laissa pas impressionner par ce refus.

— Je pense que si.

— Camille…

Sa protestation n'alla pas plus loin. Il n'avait aucun argument pour nier l'évidence : il avait envie d'elle.

— Assez parlé !

Elle lui prit la main et l'emmena d'autorité à l'étage.

Camille plia son dernier T-shirt et le déposa au fond du sac avec ses autres affaires. Sa première tâche, ce matin-là, avait été de laver les draps, puis elle avait fait le ménage dans la chambre et dans la salle de bains.

Elle entendit une voiture arriver, ce qui sonna le glas de son séjour au Double J.

Attrapant son sac, elle regarda autour d'elle et dit adieu à la chambre qui avait été son refuge pendant quelques jours, puis elle se dirigea vers l'escalier.

La dernière fois qu'elle avait vu Jericho, c'était au petit déjeuner, avant qu'il parte pour l'écurie, comme tous les matins. Aujourd'hui était un jour ordinaire pour lui, et elle n'avait pas voulu le retenir, en dépit du fait qu'elle aspirait à passer le plus de temps possible avec lui avant son départ.

Ne sachant pas à quoi s'attendre, elle se hâta d'aller au salon où elle découvrit son frère et Jericho qui se dévisageaient avec hostilité.

— Rodney ! s'écria-t-elle, avant de se jeter dans les bras de son frère.

— Sœurette !

Il la souleva et la fit tournoyer, comme il le faisait quand ils étaient enfants.

— Je me suis tellement inquiété pour toi. J'ai failli devenir fou quand j'ai appris que tu avais disparu.

— Je sais. Je suis désolée. Je ne savais pas quoi faire d'autre.

Ses yeux se remplirent de larmes, et elle cilla pour tenter de les retenir.

— J'avais envie de te faire savoir que j'allais bien, mais je redoutais de mettre tout le monde en danger, expliqua-t-elle.

Il la serra à nouveau contre lui.

— Je suis tellement soulagé que tu sois saine et sauve.

— C'est grâce à Jericho.

Elle se tourna vers ce dernier et lui sourit. Mais rien ne semblait pouvoir le dérider. Il se tenait en retrait, morose, comme quelqu'un qui avait envie d'être à mille lieues de là.

— Tu es prête à partir ? demanda Rodney.

Il ignorait froidement Jericho, et elle le comprenait tout à fait. Si seulement les deux hommes pouvaient faire la paix…

— Avant, j'ai quelque chose à dire, intervint soudain Jericho en s'approchant de Rodney. Je voulais m'excuser pour ce qui s'est passé avec Jeanette. Pas pour l'avoir aimée. Je ne regretterai jamais la vie que nous avons eue ensemble. Mais j'aurais pu gérer la situation différemment. C'est moi qui aurais dû vous parler, pas Jeanette. J'aurais peut-être dû attendre pour l'épouser que vous ayez… je ne sais pas… tourné la page. Seulement je l'aimais et j'étais impatient de commencer ma vie avec elle. Je suis sincèrement désolé de vous avoir fait de la peine. L'ayant perdue moi-même, je comprends maintenant ce que vous avez pu ressentir.

— Je ne vous pardonnerai jamais pour Jeanette, répondit Rodney d'une voix glaciale. Mais je vous suis reconnaissant d'avoir veillé sur Camille.

Il tendit la main à Jericho et, après un bref contact, quitta la pièce.

Camille suivit son frère des yeux, puis se tourna vers Jericho.

— Ça va aller ? demanda-t-il.

— Évidemment.

Il se rembrunit, comme si ce n'était pas la réponse qu'il avait attendue.

Que voulait-il qu'elle dise, exactement ? Qu'elle l'aimait et voulait qu'il lui demande de rester ? Qu'elle aurait voulu qu'il puisse l'aimer comme il avait aimé Jeanette ? Que ça lui déchirait le cœur de partir ?

Elle ne voulait pas le supplier. Elle ne voulait pas leur faire subir à tous les deux ce moment d'embarras.

— Tu m'appelles quand tu seras arrivée ?

Sa gorge se serra, et elle hocha la tête.

— Bien sûr.

Sa vision se brouilla de larmes. Elle serra Jericho fort contre elle, consciente que c'était la dernière fois, et murmura :

— Merci d'avoir été mon prince charmant.

— Camille, tu vas enfin me dire ce qui s'est passé entre toi et Jones ?

Rodney était resté quelques jours à New York pour

s'assurer qu'elle allait bien. Il l'avait même accompagnée au FBI pour faire sa déposition. Sa présence n'était pas nécessaire, mais elle l'avait quand même trouvée réconfortante. Il repartait cet après-midi-là pour Chicago, et ils déjeunaient ensemble dans un restaurant proche de son appartement.

Elle finit de faire fondre le sucre dans son café, et s'accorda le temps d'en boire une gorgée avant de répondre :

— Il était là quand j'ai eu besoin de lui. J'ai débarqué chez lui, et il m'a laissée entrer. Et rester.

— Je ne comprends pas. Pourquoi es-tu allée vers lui ? Après ce qu'il a fait, tu aurais dû l'éviter comme la peste.

— Justement. J'avais besoin d'une cachette sûre. Personne n'aurait eu l'idée de me chercher là-bas.

— Et maintenant ? Si j'en juge par les regards que vous avez échangés, il y a quelque chose entre vous. Vous aviez l'air assez proches.

Elle haussa les épaules.

— C'est normal. Nous avons passé du temps ensemble.

Rodney prit une profonde inspiration. En tant qu'avocat, il savait toujours quand on ne lui répondait pas avec franchise.

— Camille, tu n'as pas à me protéger. Dis-moi la vérité. Je peux la supporter.

À son grand dam, ses yeux se remplirent de larmes, et elle baissa la tête en les fermant. Elle ne voulait pas que son frère la voie pleurer.

Elle sentit qu'il lui pressait la main. Elle prit une profonde inspiration et rouvrit les yeux.

— Je suis tombée amoureuse de lui.

Rodney ne dit rien.

— Je suis désolée, murmura-t-elle.

— Ne le sois pas. L'amour est un cadeau précieux. Ne le refuse pas à cause de moi.

Elle le regarda, surprise. Voilà qui ne ressemblait pas du tout à son frère. Jamais elle ne l'avait entendu parler comme ça avant. Serait-il lui aussi tombé amoureux ? Ce n'était pas le moment, mais elle se promit de lui tirer les vers du nez d'ici quelque temps.

— Je ne sais pas ce qui s'est passé, expliqua-t-elle. Je l'ai détesté pendant des années. Puis il a répondu présent quand j'ai eu besoin de lui. J'ai alors découvert qu'il n'était pas le monstre que je m'étais imaginé.

— Il doit avoir quelques qualités pour que Jeanette et toi soyez toutes les deux tombées amoureuses de lui.

— Tu ne m'en veux pas ?

Il haussa les épaules.

— Pourquoi ? On ne contrôle pas ses sentiments.

— Quand même… Je me sens déloyale.

— Tu as tort.

Il finit de boire son café, et posa sur elle un regard préoccupé.

— Que vas-tu faire, maintenant ? s'enquit-il.

— Retourner travailler.

— C'est tout ? Tu me dis que tu es amoureuse, et ça s'arrête là ?

— Oui. C'est fini, entre Jericho et moi.

— Je n'ai pas eu cette impression. On sent bien que tout n'est pas réglé, entre vous.

— Il n'a pas vraiment tourné la page de son histoire avec Jeanette.

Les paupières de Rodney se plissèrent, et Camille s'en voulut d'avoir abordé le sujet de Jeanette, car elle savait à quel point il était pénible pour son frère de penser à son ancienne fiancée.

Contre toute attente, Rodney esquissa un sourire.

— Ce n'est pas ce qu'il m'a semblé, dit-il.

— Quoi ?

— Je crois que Jeanette est désormais de l'histoire ancienne pour lui.

— Et pour toi ?

— Les circonstances ne sont pas les mêmes. Et puis ce n'est pas de moi dont nous parlons. Puisque tu es ma sœur, je vais t'offrir un conseil gratuit. Et Dieu sait que mes honoraires ne sont pas donnés ! précisa-t-il avec un clin d'œil.

Il redevint sérieux et poursuivit :

— Si tu m'aimes, bats-toi pour lui. Ne laisse pas cette stupide fierté des Parker se mettre en travers de ton chemin.

Elle hocha la tête.

Ce n'était pas la fierté qui la retenait. C'était la peur d'être rejetée par Jericho.

Son cœur le supporterait-il, si elle entendait ces mots : « Je ne t'aime pas » ?

- 18 -

Le coup frappé à sa porte fit sursauter Camille. Le concierge n'avait annoncé personne, donc il ne pouvait s'agir que d'un de ses voisins. C'était étrange, parce qu'elle ne les connaissait pas vraiment. Elle leur disait bonjour quand elle les croisait dans le hall, mais cela s'arrêtait là.

On frappa à nouveau, de façon plus insistante cette fois.

— J'arrive ! lança-t-elle, sans parvenir à contenir son agacement.

Avant d'ouvrir la porte, elle jeta par prudence un coup d'œil par le judas.

Jericho…

Ses jambes se mirent à trembler, et elle se retint à la console de l'entrée, manquant renverser le vase de fleurs.

Elle le remit d'aplomb et vérifia rapidement son apparence dans le miroir.

N'ayant pas prévu de sortir, elle ne s'était pas embarrassée de maquillage. Elle portait ses vêtements les plus confortables, dans lesquels elle ne se montrait jamais à personne. Et voilà que Jericho se tenait derrière la porte.

— Allez, Camille. Je t'entends bouger. Je sais que tu es là.

Elle regarda ses bottes de cow-boy, qu'elle portait maintenant avec tout et n'importe quoi. Évidemment, les talons en biseau claquaient sur le parquet.

Elle leva la main pour se la passer dans les cheveux, puis se dit qu'il l'avait déjà vue dans un plus sale état. Et puis elle ne pouvait rien faire pour arranger son apparence en quelques secondes.

Elle ouvrit la porte d'un geste décidé, et s'écarta pour laisser entrer Jericho.

Il ferma la porte derrière lui, et sa large carrure emplit soudain tout l'espace.

Elle tressaillit.

Loin de lui, elle pouvait à la rigueur se donner l'illusion de contrôler ses sentiments pour lui. Se dire même qu'elle l'avait oublié. Mais, si proche de lui, enveloppée de la fragrance subtilement boisée de son eau de toilette, c'était une tout autre histoire…

Malgré elle, son regard se posa sur ses yeux fascinants, sa bouche sensuelle, et elle tourna soudain les talons pour lui dissimuler le désir violent qu'elle avait de se blottir dans ses bras.

Il la retint par le poignet. La chaleur de ses doigts fit courir des picotements sous sa peau, et quelque chose se noua dans son estomac.

Soudain, il lui fut impossible de bouger. Comme si elle avait été changée en statue.

— Comment vas-tu, Camille ?

Sa voix était si douce qu'elle aurait presque pu croire qu'il se souciait vraiment d'elle.

Elle refusa de lui avouer à quel point les trois premiers jours de son retour à New York avaient été un calvaire. Elle se ruait sur son téléphone dès qu'il sonnait, et le mettait tous les soirs sous son oreiller pour ne pas risquer de manquer un appel de lui. Et il n'avait pas appelé…

— Ça va, répondit-elle.

Se libérant enfin, elle se dirigea vers le salon.

— Tu n'avais pas besoin de faire tout ce trajet pour me poser la question, ajouta-t-elle. Et puis ça fait deux semaines.

Treize jours, pour être précise. Mais elle était probablement la seule à compter.

— Cela ne veut pas dire que je ne pensais pas à toi, répliqua-t-il. Je voulais juste te laisser du temps.

— Du temps pour quoi ?

— Pour réfléchir à ce qui s'est passé entre nous. Pour décider de ce que tu veux faire.

Il se passa la main dans les cheveux. Il le faisait souvent quand il était agacé ou mal à l'aise. Elle aurait voulu savoir dans lequel de ces états il se trouvait en ce moment.

— Du temps pour décompresser, précisa-t-il. Je ne voulais pas t'influencer.

— Alors tu m'as tourné le dos et tu m'as laissée me ronger les sangs ?

Elle se laissa tomber dans un fauteuil, furieuse de lui avoir fait cet aveu. Elle ne voulait pas qu'il sache à quel point elle avait besoin de lui. À quel point elle se sentait perdue et blessée sans lui.

Il s'agenouilla devant elle et lui prit les mains.

— Je suis désolé, Camille. Je pensais bien faire.

Elle haussa les épaules et regarda ailleurs.

— Si ça peut te consoler, tu m'as manqué aussi, poursuivit-il. Et je me suis aussi rongé les sangs.

— C'est vrai ?

— Bien sûr que c'est vrai.

— Pourquoi tu m'as laissée partir sans rien dire, sans chercher à me retenir ?

— Je ne voulais pas t'obliger à prendre une décision dans l'urgence, sous la pression des événements, au risque que tu la regrettes plus tard. Je voulais que tu retrouves ta vie d'avant, que tu pèses le pour et le contre.

— C'est ce que j'ai fait.

— Et ?

— Je n'ai pas réussi à retourner travailler. Une fois devant l'immeuble, je n'ai pas pu me résoudre à en franchir la porte. Je savais que ceux qui me voulaient du mal n'étaient plus là, mais j'avais peur. Quelque chose est brisé en moi. Je ne peux pas reprendre le cours de cette vie-là comme si de rien n'était.

Elle se rendit compte qu'elle avait parlé d'une voix plaintive et qu'elle tremblait.

Il se redressa et la prit dans ses bras.

— Hé ! tout va bien, murmura-t-il. Je suis là. Je serai toujours là.

Elle posa la tête au creux de son épaule, puisant du réconfort dans sa chaleur et dans sa force.

Jericho était venu la chercher…

La graine de bonheur qu'elle croyait morte commença à germer et à s'épanouir en elle.

— Qu'est-ce que tu vas faire, maintenant ? demanda-t-il. Postuler dans une autre banque ?

— Non. J'en ai fini avec la finance. Je crois que je vais m'orienter vers une autre voie.

— Laquelle ?

— Je ne sais pas. Il faut que je réfléchisse.

— Et tu pourrais faire ça en Caroline du Nord ?

— Pourquoi pas ?

— Donc, tu vas revenir à la maison ?

Elle sentit son cœur se gonfler de joie, mais n'osa pas croire totalement ce qu'elle avait entendu.

— À la maison ? répéta-t-elle.

— Oui, *à la maison*. J'ai besoin de toi, Camille. Tu me manques. Et tu manques aussi à Shadow.

— Ce chien stupide me manque aussi.

— Alors, tu vas me revenir ?

— *Te* revenir ?

Pourquoi fallait-il qu'elle répète tout comme ça ?

— Je t'aime Camille. Je ne peux pas imaginer ma vie sans toi. Épouse-moi.

La joie explosa alors dans son cœur, et elle balbutia, entre rire et larmes :

— Moi aussi, je t'aime. Et oui, je veux t'épouser.

Impatient, Jericho prit fiévreusement ses lèvres dans un baiser qui emplit Camille d'un bonheur immense, et dont elle sentit les répercussions dans son corps et dans son âme.

Jamais elle n'aurait cru pouvoir être aussi heureuse.

Elle était allée vers Jericho pour sauver sa vie, et il lui avait montré la voie vers une vie meilleure, plus vraie. Et, par-dessus tout, il lui avait apporté tout ce qu'elle avait tant attendu sans se l'avouer : l'amour, la confiance, la compréhension…

Désormais, elle n'avait plus besoin de se cacher sous une carapace de guerrière. La petite fille en elle qui rêvait de contes de fées avait enfin trouvé son prince charmant.

Retrouvez prochainement,
dans votre collection

PASSIONS

Les promesses d'un play-boy, d'Andrea Laurence - N°977

Alors qu'elle se promène sur la plage, Willow fait une surprenante découverte : un homme blessé et amnésique gît sur le sable ! Touchée par sa détresse, elle lui offre de l'héberger chez elle le temps qu'il recouvre la mémoire. Et bientôt, pour celui qu'elle a nommé Jack, Willow commence à éprouver des sentiments intenses. Des sentiments mis à mal quand elle apprend son passé de grand séducteur…

Son inoubliable amant, de Zuri Day

Samantha est de retour à Las Vegas avec Trey, son fils de quatre ans, pour chercher du travail. La proposition d'embauche de Nick Breedlove, un magnat de l'hôtellerie, arrive donc au moment opportun et s'avère en outre très intéressante, puisqu'il s'agit de décorer de luxueuses villas. Seul problème : Nick n'est autre que son inoubliable amant… et le père de son fils !

Amoureuse d'un Texan, de Janice Maynard - N°978

Si Abby se trouve à Royal, dans ce coin perdu du Texas, c'est uniquement pour réaliser un documentaire sur un festival local. Alors, quand elle propose à Carter Crane, Texan pur jus, de l'interviewer, elle ne s'attend ni à la puissante attirance qui la pousse vers lui ni à l'incroyable aventure qu'ils vivent bientôt ensemble. Toutefois, une relation durable est-elle possible entre elle, la citadine dans l'âme, et lui, le rancher fier de ses racines ?

Le rêve de Grace, de Teresa Southwick

Grace s'est toujours montrée professionnelle. Engagée par Logan pour s'occuper de sa petite Cassie durant quelques mois, elle est donc résolue à étouffer le coup de cœur qu'elle ressent pour son patron. Hélas, vivre sous le même toit que lui ne fait qu'attiser son trouble : le rancher taciturne est bel et bien l'homme de ses rêves ! Se pourrait-il qu'elle ait trouvé, auprès de Logan et de sa fille, une famille ?

Ce patron interdit, de Susannah Erwin - N°979

Marguerite n'en revient pas. Le vignoble familial, le domaine de St Isadore, a été racheté par un certain Evan Fletcher, magnat de l'informatique. Résolue à revendiquer son héritage, elle se fait embaucher sur la propriété. Mais son ressentiment envers son nouveau patron se heurte vite à l'attirance qu'elle éprouve pour lui… Au point de renoncer à l'affronter ?

Un nouveau bonheur pour Eliza, de Rachael Johns

Après un douloureux divorce, Eliza souhaite prendre un nouveau départ : le poste de maîtresse d'hôtel que lui offre Lachlan McKinnel au sein de son restaurant tombe à point nommé ! Charmée par cet homme généreux et père de deux enfants, elle finit par s'abandonner entre ses bras au cours d'une nuit de délices. Au risque de mettre une nouvelle fois son cœur en péril…

Fiançailles sous contrat, de Jules Bennett - N°980

SÉRIE : SÉDUISANTS CÉLIBATAIRES 3/4

Cassandra n'a pas le choix : elle doit recontacter Luke, huit ans après qu'il lui a brisé le cœur, si elle veut décrocher un important contrat pour sa société d'organisation de mariages. Le revoir l'émeut au plus haut point… et elle n'est pas au bout de ses peines ! Luke accepte de l'aider à une seule condition : qu'elle joue le rôle de sa fiancée pendant sept semaines.

Un irrésistible *bad boy*, de Jessica Lemmon

SÉRIE : SÉDUISANTS CÉLIBATAIRES 4/4

Hallie en a plus qu'assez d'être la fille sérieuse et gentille qu'on attend d'elle ! Incapable de lâcher prise et de s'amuser, elle demande l'aide de Gavin, l'irrésistible *bad boy* qui la fait craquer depuis des années. Avec lui, Hallie sort vite de sa zone de confort et se laisse emporter par le désir entre ses bras. Mais une nouvelle inattendue vient bientôt perturber ses plans : elle est enceinte !

Une passion brûlante, d'Yvonne Lindsay - N°981

Mila est sublime, charmante et séduisante… au point de faire vaciller le cœur du prince Thierry de Sylvain. Pourtant, même si cette femme avec laquelle il vit une relation passionnée depuis plusieurs semaines lui plaît énormément, rien n'est possible entre eux, Thierry ne le sait que trop bien. Car cette année, celle de ses vingt-cinq ans, il célébrera son mariage avec une princesse inconnue de lui, soigneusement choisie par son père…

Cette délicieuse tentation, de Kathie DeNosky

Passer une nuit torride avec Jaron Lambert… voilà sept ans que Mariah en rêvait ! Mais, depuis que c'est chose faite, elle se sent complètement déstabilisée. Pourquoi Jaron se montre-t-il si froid envers elle ? Et pourquoi utilise-t-il leur différence d'âge comme prétexte pour l'éloigner de lui ? Les réponses à ses questions, Mariah les obtiendra. Car il est absolument hors de question qu'elle laisse s'échapper celui qui est le grand amour de sa vie…

Un bébé pour le cheikh, de Fiona Brand - N°982

En quelques jours, la vie de Sarah a basculé. Elle qui comptait se réserver jusqu'au mariage a cédé à la passion entre les bras d'un inconnu, Gabe, et la voilà enceinte ! Peu après, Gabe réapparaît pourtant et lui révèle qu'il a été informé de sa grossesse juste au moment où il allait se fiancer à une autre. À cette annonce, Sarah se sent prise de vertiges. Car Gabe, comme il vient de le lui apprendre, n'est autre que le cheikh du Zahir…

Un secret à préserver, de Silver James

À l'instant où Clayton Barron, le candidat en lice pour la Maison-Blanche avec qui elle vit une relation passionnée depuis plusieurs mois, la demande en mariage, Georgie comprend que ses ennuis ne font que commencer. Car, si elle ne doute pas des sentiments qu'elle éprouve pour Clayton, elle sait aussi que devenir son épouse serait le meilleur moyen de faire éclater au grand jour le secret qu'elle cache, et qui pourrait coûter sa carrière à l'homme qu'elle aime…

AZUR

GLAMOUR. INTENSE. IRRÉSISTIBLE.

Poussez les portes d'un monde fait de luxe, de glamour et de passions. Ici, les hommes sont beaux, riches et arrogants ; les femmes impétueuses, fières et flamboyantes. Entre eux, le désir est immédiat… et l'amour impossible.

11 romances à découvrir tous les mois, à seulement 4,60 €.

DIVERTIR • INSPIRER • ÉMOUVOIR

HARLEQUIN
www.harlequin.fr

RESTEZ CONNECTÉ AVEC HARLEQUIN

Harlequin vous offre un large choix de littérature sentimentale !

Sélectionnez votre style parmi toutes les idées de lecture proposées !

www.harlequin.fr

- **Découvrez** toutes nos actualités, exclusivités, promotions, parutions à venir…
- **Partagez** vos avis sur vos dernières lectures…
- **Lisez** gratuitement en ligne
- **Retrouvez** vos abonnements, vos romans dédicacés, vos livres et vos ebooks en précommande…

L'application Harlequin

- Des **ebooks gratuits** inclus dans l'application
- **50 nouveautés tous les mois** et + de 7 000 ebooks en téléchargement
- Des **petits prix** toute l'année
- Une **facilité de lecture** en un clic hors connexion
- Et plein d'autres avantages…

Téléchargez notre application gratuitement

Télécharger dans l'App Store

DISPONIBLE SUR Google Play

SUIVEZ-NOUS !

facebook.com/HarlequinFrance
twitter.com/harlequinfrance

VOTRE COLLECTION PRÉFÉRÉE DIRECTEMENT CHEZ VOUS

Vous souhaitez découvrir nos collections ? Une fois votre colis de bienvenue reçu, si vous souhaitez continuer à recevoir nos livres, cela se fera automatiquement. Vous n'avez aucune obligation d'achat et cette offre est sans engagement de durée !

Dans votre 1er colis, 2 livres au prix d'un + 1 cadeau*

*Pour la collection Intrigues : 1er colis à 17,25€ avec 2 livres + 1 cadeau

☛ COCHEZ la collection choisie et renvoyez cette page au
Service Lectrices Harlequin – CS 20008 – 59718 Lille Cedex 9 – France

Collections	Prix 1er colis	Réf.	Prix abonnement (frais de port compris)
❑ **AZUR**	4,50€	AZ1406	6 livres par mois 29,99€
❑ **BLANCHE**	7,30€	BL1603	3 livres par mois 24,45€
❑ **HISTORIQUES**	7,20€	LH1202	2 livres par mois 17,09€
❑ **PASSIONS**	7,70€	PS0903	3 livres par mois 25,89€
❑ **BLACK ROSE**	7,70€	BR0013	3 livres par mois 26,19€
❑ **HARMONY***	5,99€	HA0513	3 livres par mois 20,16€
❑ **NORA ROBERTS***	8,90€	NR2403	3 livres tous les 2 mois, prix variable**
❑ **SAGAS***	7,99€	SA2303	3 livres tous les 2 mois 28,86€
❑ **VICTORIA**	7,90€	VI2113	3 livres tous les 2 mois 26,19€
❑ **GENTLEMEN***	7,50€	GT2022	2 livres tous les 2 mois 17,35€
❑ **ALIÉNOR**	7,70€	AL2132	2 livres tous les 2 mois 17,75€
❑ **HORS-SÉRIE***	7,70€	HS2812	2 livres tous les 2 mois 18,25€
❑ **INTRIGUES***	17,25€	IN2012	2 livres tous les 2 mois 17,25€

*livres réédités / **entre 27,59€ et 30,19€ suivant le prix des livres

F22PDFM

N° d'abonnée Harlequin (si vous en avez un) ⎿⎿⎿⎿⎿⎿⎿⎿⎿

Mme ❑ Mlle ❑ Nom : ____________________

Prénom : ____________________ Adresse : ____________________

____

Code Postal : ⎿⎿⎿⎿⎿ Ville : ____________________

Pays : ____________________ Tél. : ⎿⎿⎿⎿⎿⎿⎿⎿⎿⎿

E-mail : ____________________

Date de naissance : ____________________

Date limite : 31 décembre 2022. Vous recevrez votre colis environ 20 jours après réception de ce bon. Offre soumise à acceptation et réservée aux personnes majeures, résidant en France métropolitaine, dans la limite des stocks disponibles. Prix susceptibles de modification en cours d'année. Vous pouvez demander à accéder à vos données personnelles, à les rectifier ou à les effacer. Il vous suffit de nous écrire en nous indiquant vos nom, prénom et adresse à : Service Lectrices Harlequin CS 20008 59718 LILLE Cedex 9. Service Lectrices disponible du lundi au vendredi de 9h à 17h : 01 45 82 47 47.

Harlequin® est une marque déposée du groupe HarperCollins France – 83/85, bd Vincent Auriol – 75646 Paris Cedex 13. SA au capital de 1 147 500€ – RCS Paris